陪你去看苏东坡

全新增订版

衣若芬 著

上海人民出版社

清代唐琅昌宋苏文忠公像（眉山三苏祠藏，衣若芬摄于 2017 年）

三苏祠里的苏轼母亲程夫人与姐姐八娘塑像（衣若芬摄于 2017 年）

三苏祠东坡盘陀塑像（衣若芬摄于 2017 年）

三苏祠明代《东坡盘陀像》碑（三苏祠博物馆提供）

蟆颐观苏洵求子处
（衣若芬摄于 2017 年）

四川青神唤鱼池苏轼与王弗像（衣若芬摄于 2017 年）

河南开封繁塔（衣若芬摄于 2011 年）

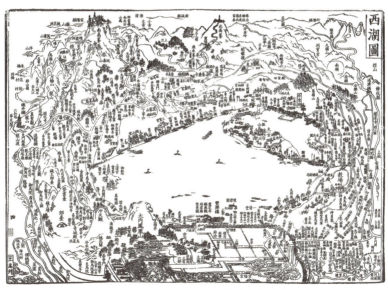

宋版《咸淳临安志·西湖图》（姜青青复原）

苏轼《寒食帖》黄庭坚题跋（台北故宫博物院藏）

杭州六一泉（衣若芬摄于 2015 年）

徐州快哉亭
（衣若芬摄于 2017 年）

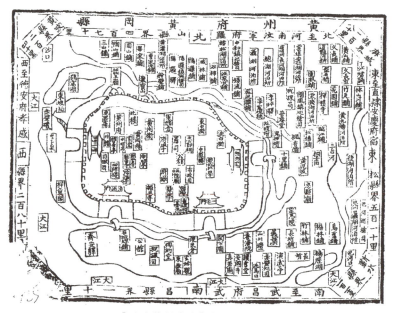

《弘治黄州府志》（天一阁藏）

湖北黄州赤壁（衣若芬摄于 2010 年）

湖北黄州安国寺（衣若芬摄于 2019 年）

河北定州雪浪石（衣若芬摄于 2017 年）

虔州城墙上的"熙宁二年"宋砖
（衣若芬摄于 2013 年）

梅岭古道（衣若芬摄于 2013 年）

广东惠州朝云墓（衣若芬摄于 2007 年）

海南儋州桄榔庵区域
与清代纪念碑
（衣若芬摄于2010年）

海南儋州东坡井（衣若芬摄于 2010 年）

常州藤花旧馆（衣若芬摄于 2010 年）

河南郏县苏洵衣冠冢前摸福石

河南郏县三苏祠苏轼像
（衣若芬摄于 2024 年）

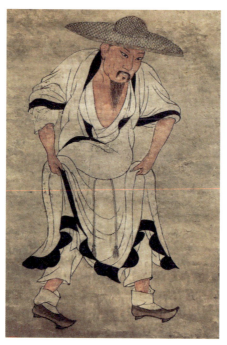

明代朱之蕃临李公麟《东坡笠屐图》（北京故宫博物院藏，任哨奇摄）

3D 超写实数字人苏东坡（中华书局提供）

苏轼《赤壁赋》局部（台北故宫博物院藏）

元祐党籍碑（局部）

苏轼《洞庭春色赋》《中山松醪赋》合卷局部（衣若芬摄于 2018 年）

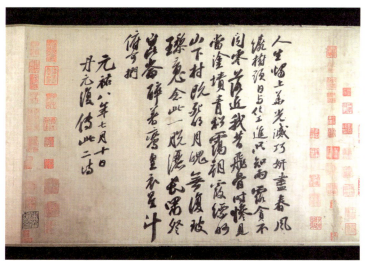

苏轼《李白仙诗卷》局部（大阪市立美术馆藏，衣若芬摄于 2010 年）

苏轼《久留帖》局部（台北故宫博物院藏，衣若芬摄于 2018 年）

"召唤苏东坡！"书法家吴耀基先生抬高双手，仰首呼喊。

我一边微笑着，一边翻看眼前一叠叠的书法作品。

流畅的草书腾跃在泛黄的竹宣纸上，每一张约莫 A4 大小，有王勃《滕王阁序》的"落霞与孤鹜齐飞，秋水共长天一色"；有李清照《如梦令》的："昨夜雨疏风骤，浓睡不消残酒。试问卷帘人，却道海棠依旧。知否，知否？应是绿肥红瘦。"都是优雅丽致的经典佳句。

我选了"春风又绿江南岸，明月何时照我还"，出自王安石的《泊船瓜洲》。喜爱书法家纵横飘逸的笔势，"江"字左边的水部和"工"字距离舒展，"工"字和"南"字相近，仿佛江面开阔，岸边小舟横斜。

突然想到：有没有写苏东坡的作品呢？

书法家说："有啊！只是这里几百张，不知道在哪里？"

嗯，找起来如大海捞针，我怎好请求书法家一一翻找？

他看出我的心思，举手召唤苏东坡。

我说："有的人有吸引苏东坡的体质。"

然后，奇迹发生了，我抽出了那张《蝶恋花·春景》：

花褪残红青杏小，燕子飞时，绿水人家绕。枝上柳绵吹又少。天涯何处无芳草。

墙里秋千墙外道，墙外行人，墙里佳人笑。笑渐不闻声渐悄。多情却被无情恼。

"显灵了！"我们相顾大笑。

是的，"玄学"与否我不敢说，"念念不忘，必有回响"。我追寻探索苏东坡人生之路，踏上他曾经的足迹，抚触他的手泽印记，点滴积累完成《陪你去看苏东坡》……这些种种不可思议的经验，让我只能承认，也许世界上真的有"天选之人"。

2020 年 4 月，《陪你去看苏东坡》繁体字版问世，新冠疫情暴发，我困守新加坡，看编辑发给我的"捷报"：再版、三版、四版……，既要躲避传染，又要抢购纸张……

陈文茜女士的慧眼青睐，推动读者们一窥这位花了 30 年岁月，只为天涯海角亲身感受苏东坡笔下的山河风景，在历史的现场凭吊千秋沧桑——我的苏东坡深情。于是，《陪你去看苏东坡》跃上畅销书排行榜冠军！记者访问我："怎样学习苏东坡面对疫情？"我顿时哑然，谁能料到这本书在如此严峻的环境中和读者见面？为了解答记者的询问，我在新加坡政府实施阻断措施期间，闭门 77 天，完成《倍万自爱：学着苏东坡爱自己，享受快意人生》和《陪你去看苏东坡》，连续荣获《联合早报》年度十大好书。

繁体字版的《陪你去看苏东坡》因疫情之祸得福，首版简体字版则波折连连，未知的明天会不会来？昨天的苏东坡宛若标本。

而绝处逢生的力量，还是来自苏东坡，以及许许多多的读者们。线上为纪念苏东坡生日的"寿苏会"连年举行。接踵而来的演讲邀约使我沉着反思阅读苏东坡的意义。未曾参拜河南郏县苏东坡兄弟墓的遗憾终于在 2024 年 5 月弥补。所谓的"知识博主"直接拿我书中的内容当成自己的见解输出，我纠正信口开河的"想当然尔"，和对苏东坡的恶俗"趣味"及抹黑，却被博主删帖。我陆陆续续又写了十多篇文章，不只是一往情深，是责无旁贷。

于我，文章未必能高及"经国之大业""不朽之盛事"，至少，是心灵的滋润、是存在价值的肯定。无需解释为什么我可以透明般走过那位警卫面前，径直到雪浪石。在被作品收藏地拒绝之后，竟然能到上海观览《洞庭春色·中山松醪赋》。率意推开徐州快哉亭危楼的大门，连守门人也惊讶。我知道，此生被赋予的功课，天涯海角，因缘际会，东坡伴我行。

感谢上海人民出版社温泽远社长、马瑞瑞女士盛情出版《陪你去看苏东坡》新修增订版。感谢美国斯坦福大学艾朗诺（Ronald Egan）教授、日本大阪大学浅见洋二教授、四川大学周裕锴教授推荐本书。吴耀基先生惠赐封面题字。我曾经在斯坦福大学分享赤壁书画、在大阪市立美术馆敬会《李白仙诗卷》、在四川大学谈《寒食帖》的生命历程……我们都在"苏轼圈"安身立命，情谊长存。

目　录

卷二 ｜ 海角

· 北京 ·

附　录

卷
一
——
天
涯

眉

山

苏轼生于宋仁宗景祐三年农历十二月十九日（公元 1037 年 1 月 8 日，星期六），生肖鼠。出生地眉州眉山，今属四川省眉山市，在成都以南大约 74 公里（高速公路最短距离）。

苏轼七八岁开始读书，他的老师包括天庆观北极院张易简道士、眉州教授刘巨、父亲苏洵、母亲程夫人等。1054 年，苏轼和青神县乡贡进士王方之女王弗结婚。在纱縠行住到 1056 年，大约 20 岁左右，苏轼和弟弟苏辙随父亲赴京师（今河南开封），参加礼部秋试。1057 年东坡进士及第，程夫人不幸病故，父子三人返乡奔丧，苏轼居家丁忧。

1059 年，苏轼再往京师参加制科考试，高中第三等（第一和第二等为虚设），授大理评事、签书凤翔府节度判官。1065 年和 1066 年，王弗和苏洵先后病逝于京师，苏轼扶柩回眉山。1068 年，守丧期满之后，苏轼娶王弗的堂妹王闰之，于 12 月和苏辙举家出蜀还京，效命朝廷，未料永别眉山。

* *

1997 年 9 月 16 日，我第一次进入东坡的家，那天，正好是中秋节。

那是我人生的第一场海外学术研讨会论文发表，顺着我的博士学位论文《苏轼题画文学研究》，我写了《宋代题画诗的创作现象与书写特质——以苏辙〈韩干三马〉及东坡等人之次韵诗为例》，我想论证北宋题画诗的兴盛和文人的同题唱和有关。而且，诗人笔下歌咏的马画，都是意有所指，具有政治含义。

从台湾桃园机场经香港转机，花了几乎一天的时间抵达成都。从双流机场的行李转盘取得行李，没走数步，一个魁梧大汉一把拉走了我的行李箱，啊？我这就到机场外、马路边啦？

在四川大学等我的曾老师说："人来了，安全就好！"

黑乎乎布满泥点的汽车看着并不正规，我糊里糊涂跟着行李上车，车上当然没有计程表，被敲诈是不用说的。

在成都逛玩了几天，我才去做"正事"。成都西南方的眉山，东坡故里，"纱縠行"，书上的地名竟然还在！

主办单位安排我和母校的王老师同住，我心里闹别扭，我没上过王老师的课，有些尴尬。已经博士毕业两年了，当了七年大学老师，还被看成研究生，颇不是滋味。走进霉湿和香烟味浓重的底楼房间，拉开窗帘——啊？窗外是一堵墙！另一栋正在施工的大楼。

陪你去看苏东坡（全新增订版）

"我要换地方住。"我马上转身,直接向王老师说。

王老师劝我,主办单位招待我们不容易,既然我们没有付费,勉强将就将就,不要给人添麻烦。

我不依,这样的环境我不能休息!便扔下行李跑出去找别的旅店。

由于东坡文化节,附近县城的政府机关工作人员、文艺表演者、邀请嘉宾……都来了,客满、客满、客满……我问到第三家旅店仍是客满,只好放弃。

我和衣而眠,睡衣外裹风衣,躺在棉被上。

王老师说:"你这样会感冒。"

我拉拢了风衣的下摆,从她身后见她坐在镜台前俯首,看不清她在做什么。怎么白日严妆盛饰的这个妇人,夜晚变得毫不讲究?

次日进行的文化节像是联欢游艺会,学术研讨也很随兴。坐在轻巧的小竹椅上,顺手抓几颗矮桌上的落花生,呷口清茶,来自日本、韩国的学者在三苏祠的庭院唱起各自国家的月亮歌曲。我也被"点唱"了一曲《月亮代表我的心》,是月色感染了我吗?我壮起胆子吐音唱词:"你问我爱你有多深,我爱你有几分?"情动于中,竟如醺醉。

月色里,最饱满、最深切的歌声,来自王老师。是因为下午尝了东坡家瑞莲池并蒂莲的新鲜莲子吗?王老师递给我时,她嘴里正嚼得津津有味。我扔进口中——好苦!想吐不敢吐出,硬着头皮吞下。她微微一笑,持着并蒂莲朝旁人分莲子去。她的歌,我从来没听过，那简直"练家子"的气场呀，肯定的，真本事！

"灯火钱塘三五夜。明月如霜，照见人如画"，虽然是中秋，我却想起了东坡写的上元夜。"人如画"，大家踩着彼此零乱的影子，三三两两，或哼唱，或笑谈，走回旅店。

一打开房间的灯，我愣住了！

我的床褥上，有血迹！

一团如茶杯大小，几点像变形的钱币，还有拖拉过的抹痕——这，发生了什么事？

我正要冲出去，王老师回来了。她先是吃了一惊，随即到柜台叫来服务员。

中年女服务员对着床大吼了几句脏话，朝房门外喊了几个名字，两个年轻女子进来撤走了棉被和床单。

"我要搬出去！"我叫道，拉出墙角我的行李箱。

王老师说："你不是问过了没空房吗？"她把皮包放在镜台上。

"我……"

搞什么啊？我真是——

风衣裹住睡衣，我躺在棉被上。

王老师说透透气，她拉开窗帘。我侧脸，望向窗外那堵墙，怎么——好像反照出半片的光亮？

"随遇而安。"是王老师说的吗？还是我自言自语？

"你去想一想，你去看一看，月亮代表我的心。"王老师的歌声从浴室传来，水流哗哗，还一字字清清楚楚。我第二次，也是最后一次听她唱歌。

* * *

（一）

苏轼《蝶恋花·密州上元》[1]（1075）

灯火钱塘三五夜，明月如霜，照见人如画。
帐底吹笙香吐麝，更无一点尘随马。
寂寞山城人老也，击鼓吹箫，却入农桑社。
火冷灯稀霜露下，昏昏雪意云垂野。

（二）

苏轼《阳关曲·中秋月》[2]（1077）

暮云收尽溢清寒，银汉无声转玉盘。
此生此夜不长好，明月明年何处看？

（三）

苏轼《中秋见月和子由》[3]（1078）

明月未出群山高，瑞光万丈生白毫。

1.《苏轼全集校注》词集，卷1，页129。
2.《苏轼全集校注》词集，卷1，页198。
3.《苏轼全集校注》诗集3，卷17，页1791。

一杯未尽银阙涌，乱云脱坏如崩涛。

谁为天公洗眸子，应费明河千斛水。

遂令冷看世间人，照我湛然心不起。

西南火星如弹丸，角尾奕奕苍龙蟠。

今宵注眼看不见，更许萤火争清寒。

何人舣舟临古汴，千灯夜作鱼龙变。

曲折无心逐浪花，低昂赴节随歌板。

青荧灭没转山前，浪飐风回岂复坚。

明月易低人易散，归来呼酒更重看。

堂前月色愈清好，咽咽寒螀鸣露草。

卷帘推户寂无人，窗下咿哑唯楚老。

南都从事莫羞贫，对月题诗有几人。

明朝人事随日出，恍然一梦瑶台客。

（四）

苏轼《西江月》[1] （1080）

世事一场大梦，人生几度新凉。

夜来风叶已鸣廊。看取眉头鬓上。

酒贱常愁客少，月明多被云妨。

中秋谁与共孤光。把盏凄然北望。

1.《苏轼全集校注》词集，卷1，页262。

程夫人
不急着吃棉花糖

东坡出生在哪里？学者的看法不一，主要有两种说法：

一是在四川眉山城里的纱縠行，也就是现在眉山市东坡区纱縠行南段三苏祠。

二是眉山城西七十里的拨股祠，也就是现在眉山市东坡区三苏镇（原名"三苏乡"，2017 年改为镇），与三苏祠直线距离约 23 公里。

还有学者折衷两种说法，认为东坡出生在城郊乡间，后来搬到城内的纱縠行，之后再迁徙他处。

南宋施宿《东坡先生年谱》和傅藻《东坡纪年录》，都说东坡出生在纱縠行。材质轻细的丝织品叫"纱"；表面不平整的绉纱叫"縠"（音同"胡"）。"纱縠行"的"行"字音同"银行"的"行"，顾名思义，"纱縠行"可能是从事织品制造、加工和售卖的商业街区。元代在纱縠行旧址兴建三苏祠纪念三苏父子，是后来三苏祠的基础。如今地址仍保留了宋代"纱縠行"的名称（当地方言听来犹如"沙锅巷"），是"眉山市东坡区纱縠行南段"。从附近的"西街""大南街""府街"等街名看来，纱縠行位于古代的行政中心区。纱縠行南段如今规划成仿古建筑林立的商业街。

而同样在元代，城外的拨股祠也有三苏祠，清代那里叫"三苏场"，民国年间的《眉山县志》说，那里才是东坡的出生地。

要追究"真正的东坡出生地"很困难，支持者也各有解释和史料来源，三种说法的共同点都是在四川眉山，有必要再细分吗？我想，这样追根究底的精神挺有意思，显示研究东坡的深化入微，以及东坡故乡人的文化自豪感。

东坡的远祖是唐代诗人，宰相苏味道（648—705），河北栾城人。苏味道晚年被贬为眉州长史，后转任益州长史，在前往益州的途中去世。苏味道的儿子苏份留在眉州，衍息了眉山苏氏家族，所以东坡有时自署"赵郡苏轼"，苏辙的文集称为《栾城集》，有追怀祖上的意思。

这一支在眉山落地生根的苏家子孙将近三百年，一直到东坡的伯父苏涣考中进士，入朝为官，才和朝廷沾上关系，让东坡的祖父苏序借着儿子的荣耀封了个"大理评事"官衔，累赠"尚书职方员外郎"。这三百年间能在眉山安居乐业，应该就像苏洵在1056年上书枢密副使田况所说的："洵有山田一顷，非凶岁可以无饥，力耕而节用，亦足以自老。"苏辙《藏书室记》也说："先君（苏洵）平居不治生业，有田一廛，无衣食之忧。"[1]

---

1. 曾枣庄、马德富标点：《栾城后集》（上海古籍出版社1987年版），卷10，页1565。

苏家靠的是田产度日，但是为了应付苏洵长年在外游历，以及全家开销，仍然需要靠东坡的母亲程夫人变卖嫁妆，在纱縠行租房做生意。东坡《记先夫人不发宿藏》回忆了发生在纱縠行的异事：

> 先夫人僦居于眉之纱縠行。一日，二婢子熨帛，足陷于地。视之，深数尺，有一瓮，覆以乌木板，夫人命以土塞之。瓮中有物，如人咳声，凡一年而已。人以为有宿藏物，欲出也。夫人之侄之问闻之，欲发焉。会吾迁居，之问遂僦此宅，掘丈余，不见瓮所在。

从"二婢子熨帛"，我们可以想见程夫人可能经营织品的生意。家里的地底藏了一个黑木板覆盖的瓮，程夫人命人把塌陷的地方填塞好，并不把瓮打开。后来程夫人的侄子之问租了这间屋子，掘地一丈多，也没有找到那个瓮。

东坡到陕西凤翔任官时，也发生居处地底仿佛有奇物的事情，和纱縠行不一样的是，这次是土地隆起。东坡想开挖看看，被妻子王弗劝阻，说："如果婆婆还在世，一定不会掘发的。"

> 其后吾官于岐下，所居古柳下，雪，方尺不积雪。晴，地坟起数寸。吾疑是古人藏丹药处，欲发之。亡妻崇德君曰："使先姑在，必不发也。"吾愧而止。

这则故事常被用来表扬程夫人对孩子的教导和对儿媳妇的影响，坚决不取来路不明的东西，是一种道义的行为。程夫人为大理寺丞程文应之女，出身富裕望族，受过良好的诗书教育。东坡笔下的母亲，经常表现出她的慈爱和严正，而且有时和自己的性格相左。《记先夫人不发宿藏》里的两件事都在克制东坡的好奇心。试想，一年来家里地底都埋着发出像人咳嗽声音的瓮，不是很恐怖吗？（会不会真的有人被活塞进那个瓮？）

我想到斯坦福大学心理学教授沃尔特·米歇尔（Walter Mischel）在 1966 年到 1970 年做的"棉花糖实验"（Stanford Marshmallow Experiment）。实验者给接受测试的幼儿园小朋友一块棉花糖，告诉小朋友："你待在房间里，如果你没有吃掉棉花糖，15 分钟以后我回来会再给你一块。"面对棉花糖的"诱惑"，小朋友必须忍耐、压抑和能够"延迟满足"（delayed gratification）。实验结果和持续对受试者的追踪观察，推衍出的"棉花糖理论"，使得"成功"的秘诀里注入了自我控制的成分，甚至被用来执行于教育。

程夫人一定是能通过棉花糖实验的吧？东坡如果接受测试，又会如何呢？

* * *

苏轼《记先夫人不残鸟雀》[1]（作年未详）

少时所居书堂前，有竹、柏、桃、杂花，丛生满庭，众鸟巢其上。

1.《苏轼全集校注》文集 11，卷 73，页 8458—8459。

武阳君恶杀生，儿童婢仆，皆不得捕取鸟雀。数年间，皆巢于低枝，其鷇可俯而窥。又有桐花凤四五，日翔集其间，此鸟羽毛至为珍异难见，而能驯扰，殊不畏人。闾里间见之，以为异事。

此无他，不忮之诚，信于异类也。有野老言："鸟雀巢去人太远，则其子有蛇、鼠、狐、狸、鸱、鸢之忧；人既不杀，则自近人者，欲免此患也。"

由是观之，异时鸟雀巢不敢近人者，以人为甚于蛇、鼠之类也。"苛政猛于虎"，信哉！

中国各地的东坡塑像，自有创制者的想象或图像依据；近年拍摄东坡故事的影像作品，饰演东坡的人选也颇受热议，哪一位演员的"人设"（人物设计）能够符合大家心目中的东坡形象呢？东坡是个大胡子矮胖哥？还是长得高挑清秀？我们从他的自述和朋友的眼光中，可以大致拼凑出他的样貌。

1099 年东坡在海南为弟弟 61 岁生日写诗志庆，苏辙回赠《次韵子瞻寄贺生日》，诗中说道："弟兄本三人，怀抱丧其一。颀然仲与叔，耆老天所骘。"东坡有一位兄长，名叫景先，不幸早夭。东坡和子由都是高个子，老天庇佑活到了这把年纪。东坡和朝云在黄州生的儿子名叫苏遁，东坡形容他"颀然颖异"，可惜这个小名叫"干（幹）儿"的孩子不满周岁就夭折了。

东坡大约有多高？ 1073 年，37 岁的东坡在杭州担任通判，相当于现在的副市长。某日白天他在西湖东南边的宝山睡觉，写了

《宝山昼睡》诗：

> 七尺顽躯走世尘，十围便腹贮天真。此中空洞浑无物，何止容君数百人。[1]

古代的"七尺"大约172厘米，"十围"大约100厘米，形容粗大。诗歌里的数字大多虚写，这位有大肚腩的高个儿，到了海南岛写的《菜羹赋并叙》还说："先生心平而气和，故虽老而体胖。"[2]从海南岛北归时，已经被困顿颠沛的生活折磨成"鹤骨霜髯心已灰"[3]了。

东坡的高个子基因遗传到32代孙，常州市苏东坡研究会副会长苏慎先生身上。苏慎是东坡长子苏迈的后人，我教"苏轼文学与艺术"课，常拿四川大学曾枣庄教授、海南东坡书院朱壮才院长和苏慎的合影让同学们猜：哪一位是东坡的后代？同学们从未猜对过，总以为东坡长得矮胖，还有满脸络腮胡。

一些东坡的画像也把东坡画成满脸络腮胡，比如三苏祠收藏清代唐琅昌绘的东坡像。有的学者认为"大胡子东坡"的造型是错误的，相反，东坡的胡须很少，果真如此吗？

人的高矮胖瘦评断是相对的，胡须的多寡也是。东坡称友人孙觉"髯孙"；称鲁元翰"髯卿"；刘景文、秦观的须髯都比他丰厚。

1.《苏轼全集校注》诗集2，卷9，页903。
2.《苏轼全集校注》文集1，卷1，页85—86。
3.《苏轼全集校注》诗集8，卷45，页5237。

"髯"是长在两颊的胡须，东坡形容自己有"雪髯""衰髯"。和他同年中进士的胡宗愈描述50岁的东坡是"苏公五十鬓髯斑"，鬓角和须髯黑白夹杂，所以东坡的胡须就算不浓密，也不能算稀疏了。

称东坡为"髯苏"的"大胡子东坡"造型，可能是从元代开始的。女诗人郑允端的一首题画诗《东坡赤壁图》说：

老瞒雄视欲吞吴，百万楼船一炬枯。留得清风明月在，网渔谋酒付髯苏。[1]

顺便一提，百度百科提到东坡自称"髯苏"，引用《客位假寐》诗："同僚不解事，愠色见髯苏"，这里的"髯苏"应该是"髯须"，而且指的是凤翔府太守陈公弼。明清时"髯苏"的形象趋于定型，例如明代魏学洢《核舟记》描写一件核桃雕刻的工艺品，主题是东坡的赤壁游，文中说："船头坐三人，中峨冠而多髯者为东坡。"清代李玉《眉山秀》传奇戏曲里的东坡打扮是"小生胡髯巾服"。

东坡容貌的显著特征是颧骨高耸。《表弟程德孺生日》诗："长身自昔传甥舅，寿骨遥知是弟兄。"东坡自注："予与君皆寿骨贯耳，班列中多指予二人，不问而知其为中表也。"[2]程德孺就是东坡姐姐八娘的丈夫程之才（正辅）的弟弟，和东坡有表亲关系。东坡说他和表弟长得像，都有高耸到耳边的颧骨。

1. 郑允端：《肃庸集》（庄严文化事业有限公司，1997年《四库全书存目丛书》本，据北京图书馆藏清钞本影印），页250—251。
2.《苏轼全集校注》诗集6，卷36，页4209。

一位南都（商丘）的画家陈怀立为东坡画像，东坡作《书陈怀立传神》：

凡人意思各有所在，或在眉目，或在鼻口。虎头云："颊上加三毛，觉精采殊胜。"则此人意思，盖在须颊间也。优孟学孙叔敖，抵掌谈笑，至使人谓死者复生。此岂能举体皆似耶？亦得其意思所在而已。

东坡强调每个人有他的面部特色，就是"意思"，画家只要掌握住特色，就能够表达像主的神采。他举了顾恺之画人物，以及僧惟真画曾公亮的例子，说自己让人画灯映壁上的投影，也就是侧面，削颊丰颧，形貌立现。

许昌苏青龙先生是苏辙的27世孙，我听他谈重印龙昌木刻孤本《眉阳苏氏族谱》的宏愿，注意到他也长着突出的颧骨，真是有苏家"意思"啊！

* * *

（一）

苏轼《书陈怀立传神》（又题作《传神记》） [1] (1085)

传神之难在于目。顾虎头云："传神写照，都在阿堵中，其次在

1.《苏轼全集校注》文集10，卷70，页7922—7923。

颧颊。"吾尝于灯下顾见颊影，使人就壁画之，不作眉目，见者皆失笑，知其为吾也。目与颧颊似，余无不似者，眉与鼻口，盖可增减取似也。传神与相一道，欲得其人之天，法当于众中阴察其举止。今乃使具衣冠坐注视一物，彼敛容自持，岂复见其天乎？凡人意思各有所在，或在眉目，或在鼻口。虎头云："颊上加三毛，觉精采殊胜。"则此人意思，盖在须颊间也。优孟学孙叔敖，抵掌谈笑，至使人谓死者复生。此岂能举体皆似耶？亦得其意思所在而已。使画者悟此理，则人人可谓顾、陆。吾尝见僧惟真画曾鲁公，初不甚似。一日，往见公，归而喜甚，曰："吾得之矣。"乃于眉后加三纹，隐约可见，作仰首上视，眉扬而额蹙者，遂大似。南都人陈怀立传吾神，众以为得其全者。怀立举止如诸生，萧然有意于笔墨之外者也。故以所闻者助发之。

（二）

苏辙《次韵子瞻寄贺生日》[1]（1099）

弟兄本三人，怀抱丧其一。颀然仲与叔，耆老天所骘。
师心每独往，可否辄自必。折足非所恨，所恨覆鼎实。
上赖吾君仁，议止海滨黜。凄酸念母氏，此恨何时毕。
平生贤孟博，苟生不谓吉。归心天若许，定卜老泉室。
凄凉百年后，事付何人笔。于今兄独知，言之泣生日。

―――――――――――
1.《栾城后集》，卷2，页1134。

（三）

苏轼《客位假寐》（因谒凤翔府守陈公弼）[1]（1063）

谒入不得去，兀坐如枯株。岂惟主忘客，今我亦忘吾。
同僚不解事，愠色见髯须。虽无性命忧，且复忍须臾。

1.《苏轼全集校注》诗集 1，卷 4，页 342—343。

我叫他
东坡自由自在像

　　几乎所有苏东坡长期居住过的地区，现在都兴建了纪念馆，像浙江杭州、湖北黄冈（黄州）、广东惠州，乃至于海南岛（儋州）。这些纪念馆都竖立了东坡的雕塑像，人们参观纪念馆，了解东坡与该地区的因缘，借着东坡像，想象东坡的模样。

　　在所有的东坡塑像之中，比较特别、且是少见的坐像，在东坡的老家四川眉山三苏祠里，名叫"东坡盘陀像"。

　　从三苏祠正门（南大门）进入，经过前厅、飨殿、启贤堂，在来凤轩前左转，披风榭北面的水渠中，就可见到东坡盘陀塑像。"盘陀"指的是东坡所坐的大石。根据《三苏祠志》的记录，塑像由雕塑家赵树同（1935—2018）设计，"用白色水泥、河沙、大理石颗粒、颜料配合浇铸仿红花岗石雕琢"，重约 60 吨，塑像与基石相连，总高 4.1 米，宽 4 米，厚 2 米。1982 年 4 月动工，7 月完成，费资人民币 5000 余元。

20　　　　　　　　　　　　　　　陪你去看苏东坡（全新增订版）

到三苏祠参访，免不了要和东坡先生"合影留念"。或站在像前；或坐于像侧；或顺着他脸庞转向，遥望他左上方的天空，与他的眼神"空中接触"。这一尊东坡盘陀像让观看的人有多种角度选择——选择怎么看东坡，也选择怎么和东坡一起被看。

据说雕塑家参考了三苏祠里相传为明代洪武二十九年（1396）李公麟的《东坡盘陀像》碑刻。隔着保护《东坡盘陀像》碑刻的玻璃上下左右端详，觉得和塑像其实不大一样。玻璃反映出我的影子，照片里的东坡碑刻和我的形貌重叠，好似把我的自拍像印在了东坡身上。

《东坡盘陀像》碑刻线描，东坡鹅蛋脸，天庭饱满，鼻隆耳大，双目有神，头上是道士般的黄冠，衣袍宽阔，双手执竹杖横放膝头，双腿盘坐在不平的巨石上，石上铺了豹纹的毡毯。这碑刻像说是出自东坡的友人画家李公麟，可能有文献的来源，和东坡亦师亦友的黄庭坚曾经写过一则题跋，说："李伯时近作子瞻按藤杖，坐磐石，极似其醉时意态。"[1] 李伯时就是李公麟。

东坡盘陀塑像的东坡面容比《东坡盘陀像》碑刻像清瘦，双目细长，须髯飘飘，头戴高士巾，身着交领衫，腰系带，腹间打蝴蝶结，带穗垂于左侧。东坡坐在左高右低、斜倾的巨岩上，左手支岩，左腿盘起，弓右腿，右手搭在右膝头。没有横筇杖，也没有豹纹毡。

同样采取坐姿，东坡盘陀塑像却不像盘陀像碑刻那样正襟危

1.《黄庭坚全集·跋东坡书帖后》（四川大学出版社 2001 年版），卷 28，页 777。

坐，给人正气凛然之感。他雍容闲雅，眼神淡定，波澜不惊。从塑像的坐态和欹斜的姿势看，我认为雕塑家用了水月观音的造型来诠释整体的东坡外观。

水月观音图像创造于8世纪，是中土佛教禅宗结合隐逸思想的视觉呈现。"水"和"月"象征无实相、无定性的虚空本质，在佛教经典十譬喻和《证道歌》之类的文献里时常出现，并有《佛说水月光观音菩萨经》。

目前我们能见到的最早有纪年的水月观音图像，是五代后晋出帝天福八年（943）的敦煌彩绘绢幡（巴黎吉美〔Guimet〕美术馆藏）。在千手观音像下方右侧有"水月观音菩萨"榜题，描绘竹林前面，菩萨右手持杨柳枝，左手执净瓶，坐在水中一块大石上，盘右腿，左脚踏在水中的一朵莲花上。这种"自在坐"的姿势——坐在水中磐石，搭配月亮（圆光）的形式，是水月观音菩萨的基本样态。

但是东坡毕竟不是菩萨，我们也不必神化他。这"自在坐"相的东坡，以及他毕生崇尚的自由精神，使我想把不大好懂的"盘陀像"名字改叫"自由自在像"。"自由自在"，不正是人们热爱东坡的原因之一吗？

（一）

陆游《眉州披风榭拜东坡遗像》[1]（1178）

蜿蜒回顾山有情，平铺十里江无声。孕奇蓄秀当此地，郁然千载诗书城。高台老仙谁所写，仰视眉宇寒峥嵘。百年醉魂吹不醒，飘飘风袖笻枝横。尔来逢迎厌俗子，龙章凤姿我眼明。北扉南海均梦耳，谪堕本自白玉京。惜哉画史未造极，不作散发骑长鲸。故乡归来要有日，安得春江变酒从公倾。

（二）

黄庭坚《跋东坡书帖后》[2]

……卢州李伯时近作子瞻按藤杖坐磐石，极似其醉时意态。……

（三）

三苏祠《东坡盘陀像》碑刻（碑高 1.22 m × 宽 0.75 m）

乐哉子瞻，在水中砥。野衣黄冠，非世所羁。横策欲言，问者为谁。我欲褰裳，溯游从之。有叩而鸣，亦发我私。人曰吾兄，我曰吾

1.《陆游全集校注》(浙江古籍出版社 2015 年版)，卷 9，页 333—334。

2.《黄庭坚全集》(四川大学出版社 2001 年版)，卷 28，页 777。

师。李伯时笔，子由词。元祐五年五月十六日。

元祐中龙眠李伯时作

东坡先生画像

元符中江南黄庭坚赞

子瞻堂堂，出于峨眉，司马严[1]扬。金门[2]石渠，阅士如墙。上前论事，释之冯唐。言语以为阶，而投诸云梦之黄。东坡之酒，赤壁之笛，嬉笑怒骂，皆成文章。解鞍而归，紫微玉堂。子瞻之德，未变于初尔，而名之曰元祐之党，放之珠厓儋耳。方其金门[3]石渠，不自知其东坡赤壁也。及其东坡赤壁，不自意其紫微玉堂也。及其紫微玉堂，不自知其珠厓儋耳也。九州岛岛四海，知有东坡。东坡归矣，民笑且歌。义形于色，为国山河[4]。一日不朝，其间容戈。至其一丘一壑，则无如此道人何。

洪武丙子孟冬谷旦，奉训大夫眉州知州赵从矩更石。儒学正丁济篆额。训导张迪书。朱安镌。

---

1. 黄庭坚《东坡先生真赞》作"班"。《黄庭坚全集》，卷22，页557—558。
2. 黄庭坚《东坡先生真赞》作"马"。
3. 黄庭坚《东坡先生真赞》作"马"。
4. 黄庭坚《东坡先生真赞》无"义形于色，为国山河"句。

世界上最短的咒语

名称的变化背后是时代环境的变化。一位日本学者跟我说他的"爱人"，我差点儿扑哧笑出声来，猜想他是 20 世纪七八十年代学的汉语。还有一位美国教授问我什么是"粉丝"，他说看不懂报纸，前后文读起来知道不是"蚂蚁上树"的"粉丝"。

孔子说："名不正则言不顺；言不顺则事不成。"应该先确立名义、名分。老子说："无名天地之始，有名万物之母。"把"名"推溯到未有"名"之前的空有状态，有了勉强赋予的"名"（名可名，非常名），便得以指涉万物，落实万物的存在。也就是说，没有"名"，不能指称，人事物也就等于不存在于世间。日本作家梦枕貘《阴阳师》里的安倍晴明说得简单直接："世界上最短的咒语是名字。"阴阳师降魔除妖时呵斥怪物的名字，让它无所遁形；平民百姓祈求护佑时念诵神佛的名字，得到心灵镇静的作用。

所以名字 / 咒语从原始的意义上讲，便具有祝祷的力量。寓意吉祥的名字，期望好兆头；卑贱低俗的名字，图个远祸全身。苏洵在《名二子说》里叙述了取名的原委：

> 轮辐盖轸，皆有职乎车，而轼独若无所为者。虽然，去轼则吾未见其为完车也。轼乎，吾惧汝之不外饰也。
>
> 天下之车，莫不由辙，而言车之功者，辙不与焉。虽然，车仆马毙而患亦不及辙。是辙者，善处乎祸福之间也。辙乎，吾知免矣。[1]

苏轼家族命名以同一世系为单位，依同一汉字部首为同辈。他的祖父苏序有三子，分别是苏澹、苏涣和苏洵，同为"水"部。苏澹二子，分别是苏位、苏佾，同为"人"部。苏涣三子，分别是苏不欺、苏不疑、苏不危，都是"不"字起首。苏轼的哥哥景先早夭（约1034—1038，《眉阳苏氏族谱》记载他名为"景"，待考），苏洵给二儿子和三儿子取名，肯定经过一番深思熟虑。苏轼没有随长兄以"日"为部首，而且从《名二子说》看来，苏轼兄弟俩都长大到一定的年龄，能够看得出行为习惯和个性了才有了正式的"名"。

《名二子说》的写作年份有多种说法，1043年、1046年、1047年和1049年等，如果取折中的年份1047年[2]，那年苏轼11岁，苏辙9岁。有的读者不晓得实际的情形，读《名二子说》惊叹苏洵的"神机妙算"，先知二子的将来发展，非也！

《名二子说》显示了苏洵对儿子的观察和了解，他选取"车"

---

1. 曾枣庄、金成礼笺注：《嘉祐集笺注》（上海古籍出版社1993年版），页415。
2. 曾枣庄、金成礼笺注：《嘉祐集笺注》苏洵年表，页560。

陪你去看苏东坡（全新增订版）

部的字，所以开篇就谈对车子极为关键的组织架构。车没有轮不能转动前进；轮要有"辐"连结轮圈和轴心才稳定；车上用木干支撑像伞一样的"盖"，既能遮阳蔽雨，也能显示地位；车厢牢固要靠底部的框架"轸"，这些都是车子缺一不可的要件。

至于"轼"，是车子前沿的横木扶手，看似没有很大的功能，然而如果遇到颠簸的路面，或是乘车时需要欠身行礼时，"轼"就能维持人身的安全及平衡。坐车扶"轼"往前看，所以苏轼字"子瞻"。"辙"是车轮碾过的痕迹，不属于车的配置，即使发生车祸，过错也不会怪罪于"辙"。随车行而留下"辙"，因此苏辙字"子由"。

父亲分析了"轼"和"辙"的职能和性质，对儿子训勉道："轼乎，吾惧汝之不外饰也。"这句话有点曲折，表面是说担心轼儿不懂得装饰自己的外在，用意是要他掩藏真心，不要过露锋芒，以免遭人妒恨。而"善处乎祸福之间"的苏辙，父亲对他比较放心，知道他能幸免于灾患。

苏洵的观点，颇有性格决定命运的意味；对于当事人苏轼兄弟是否也产生某种心理暗示，顺着父亲命名的"咒语"，强化自我认知，以至于果然"应验"于人生呢？

咒语是祝祷，用《阴阳师》的概念来想，咒语也是束缚，被限制和定义以区别甲乙，是甲即非乙，各自独立，二者之间的对应关系和行事的约定，形成儒家重视的"礼"。古人对长辈自称"名"（比如"轼"），平辈和朋友彼此称"字"（比如"子瞻"），不能直称帝王和尊长的名字，书写和取名时要避讳，即是"礼"的表现。

解放约束的方式，可以轻视它，叫阿猫阿狗，松绑"名"对于人的依附和预示，让老天忽略这个人，使他平凡苟活。或者，用更多的"咒语"模糊"名"和"字"的"言灵"影响，取"号""别名""表字"，接受不同人生阶段的身份带来的各种称呼，主导创造新的咒语来表达个人意志，苏轼被谪黄州后自号"东坡居士"，用城东边不起眼的荒地安置另一层自我，何尝不是隐射"东山再起"呢？

苏洵能料想得到，毕竟本性难移，为父的仅能用文字耳提面命。料想不到的是，千载知音，多少人凭轼瞻望，搭着他儿子为扶手，勇往直前。

* * *

苏洵《苏氏族谱》[1]（约1055）

苏氏之《谱》，谱苏氏之族也。苏氏出自高阳，而蔓延于天下。唐神龙初，长史味道刺眉州，卒于官，一子留于眉。眉之有苏氏自是始。而谱不及焉者，亲尽也。亲尽则曷为不及？谱为亲作也。凡子得书而孙不得书，何也？以着代也。自吾之父以及吾之高祖，仕不仕，娶某氏，享年几，某日卒，皆书，而他不书，何也？详吾之所自出也。自吾之父以至吾之高祖，皆曰讳某，而他则遂名之，何也？尊吾之所自

---

1. 曾枣庄，金成礼笺注：《嘉祐集笺注》，卷14，页373—374。苏轼家的族谱和世系表是苏洵编撰而成。

出也。《谱》为苏氏作，而独吾之所自出得详与尊，何也?《谱》，吾作也。

呜呼! 观吾之《谱》者，孝弟之心可以油然而生矣。情见乎亲，亲见于服，服始于衰，而至于缌麻，而至于无服。无服则亲尽，亲尽则情尽，情尽则喜不庆，忧不吊。喜不庆，忧不吊，则涂人也。吾之所以相视如涂人者，其初兄弟也。兄弟，其初一人之身也。悲夫! 一人之身分而至于涂人，此吾谱之所以作也。其意曰: 分而至于涂人者，势也。势，吾无如之何也已。幸其未至于涂人也，使之无至于忽忘焉可也。呜呼! 观吾之《谱》者，孝弟之心可以油然而生矣。

系之以诗曰: 吾父之子，今为吾兄。吾疾在身，兄呻不宁。数世之后，不知何人。彼死而生，不为戚欣。兄弟之亲，如足于手，其能几何? 彼不相能，彼独何心!

同志变女神

　　在新加坡，不管是大学食堂还是巴刹菜市场，我常被叫"小妹"。这里叫的"小妹"，不是餐厅服务生的意思，而应该是指"年轻女性"吧？以我的年龄，被叫"小妹"，或许要当是恭维了，可是我没有沾沾自喜。为此，我写了一篇《我不是小妹》的散文（收录在《北纬一度新加坡》一书中）。

　　称谓显示的人际网络，尤其是家族辈分亲疏和父系、母系的血缘关系，对目前家庭人口较少，宗族往来较不频繁的现代人来说，是一些难学会、难记得的专有名词。假如一竿子都网罗在一圈里，大家不分男女老幼，一律贴相同的标签，就简单干脆多了吧？

　　1997年，我第一次参加大陆召开的学术研讨会。

　　动辄一两百人的学术会议，初见世面的我还不习惯，认识的师长朋友也很少，只想安全地躲在人群中。不过那时与会的女学者很少，很容易就被注意到。听说有台湾来的老师，好奇者来敲房门要求认识，询问祖籍和近况，一会儿，我就成了"小衣同志"。被"小衣同志""小衣同志"地呼来唤去，那时的大陆，"同志"与"同性恋"之间应该是毫无关联的。

有的时候在会场，主持人会称大家"各位代表"。我不清楚别的学者怎么样，他们可能真的是被所属单位遴选出来，"代表"背后的某个群体，而我却不"代表"我之外的任何人。

那时学术会议的交流联谊性质比如今更浓，我找不到自己发表论文的场次和时间，向主办方先生请教。

"你想发言？想发言就今天早上第一个发言吧！"他说。

原来，是否宣读论文也很随意。我问可以讲多久？主办方先生先是说："想讲多久就讲多久。"见我困惑，又说："你远道前来，说个二十分钟好了。"

有的学者没有发表学术论文，吟诵自己写的诗，"研究"和"创作"不分，甚至谈谈个人的感想、对于东坡的认识和景仰……大家也都气氛平和，一点不见学术上的论辩争锋。

总之，是开了眼界，也结识了师长和朋友，其乐融融。

入乡随俗，在我宣读论文时，也拗口地向"各位代表"请安。

为了研究"潇湘八景"，我特地去湖南永州参加柳宗元研讨会，以便一探潇湘之美。从桂林坐火车去永州，由于听不到车上广播，也没见到其他乘客，我一直不敢好好坐着，每进一站，便趴在打不开的车窗上东张西望，生怕坐过站。

中午抵达永州，在车站外拦出租车，听了我要去的地点，没有一位司机愿意载。一位彪形大汉跨坐在机车（摩托车）上，对我说："上来吧！你要去的地方封桥了，汽车过不去的。"

把行李箱绑在他的机车后面，我一手扶着随时可能掉落的行李，一手抓住车椅横杆，颤颤巍巍、将信将疑，被他载上路。果然，必经的一座桥前面架设了拒马，机车左拐右弯，小心翼翼绕过拒马，驶上桥面。

我问他："为什么封桥？"

他大声回答："你要去的地方在开大会！"

我说："开会？会议早上已经开幕过了！"

"是听说开幕过了，可是还有海外代表没到哩！"他说。

我正在纳闷。他补充道："还是个台湾代表咧！"

我"代表"了台湾（任职新加坡后，我又"代表"了新加坡），怎能不战战兢兢？

"小衣同志"的称呼近十年绝响了，大家彼此尊称"老师"。"老师"比等级性质的"教授"通用，刚取得博士学位的博士后研究人员也可以叫"老师"，好像又有一番平等的意味。

我在大学时便听长辈称别的老师"先生"，而且不分男女。所以我们称"齐邦媛先生""林文月先生"。"先生"感觉古雅，女性的"先生"更感崇敬和知性。近年，"先生"的称呼在大陆的古典文学界也时有耳闻。

和"先生"的复古风气同时的，还有网络上发明和流行的名词。学术场合被要求合影时，听到青年学者称我"女神"，受宠若惊！"女神"比"先生"更加恭维，也更加令我不知所措。

同志变女神。未来，还有什么新奇等着我呢？

苏轼《赵德麟字说》[1]（1091）

宋有天下百余年，所与分天工治民事者，皆取之疏远侧微，而不私其亲。故宗室之贤，未有以勋名闻者。神宗皇帝实始慨然，欲出其英才与天下共之，增立教养选举之法，所以封植而琢磨之者甚备。行之二十年，而文武之器，彬彬稍见焉。元祐六年，予自禁林出守汝南，始与越王之孙、华原公之子签书君令畤游。得其为人，博学而文，笃行而刚，信于为道，而敏于为政。予以为有杞梓之用，瑚琏之贵，将必显闻于天下，非特佳公子而已。昔汉武帝幸雍，祠五畤，获白麟以荐上帝，作《白麟之歌》，而司马迁、班固书曰"获一角兽"，"盖麟云"。"盖"之为言，疑之也。夫兽而一角，固麟矣，二子何疑焉？岂求之武帝而未见所以致麟者欤？汉有一汲黯，而武帝不能用，乃以白麟赤雁为祥，二子非疑之，盖陋之也。今先帝立法以出宗室之贤，而主上虚己尽下，求人如不及，四方之符瑞皆抑而不闻，此真获麟者也。麟固不求获，不幸而有是德与是形，此麟之所病也。今君学道观妙，澹泊自守，以福贵为浮云，而文章议论，载其令名而驰之，既有麟之病矣，又可得逃乎。敬字君德麟，而为之说。

苏轼为宗室赵令畤取字"德麟"。赵令畤又名赵令畤（1051—

1.《苏轼全集校注》文集 2，卷 10，页 1050—1051。

1134），本字景贶，涿郡（今河北涿州）人，是宋太祖次子燕王赵德昭的玄孙。赵令畤曾经送家族酿的酒"洞庭春色"给苏轼，苏轼作《洞庭春色赋》。现存最早的《后赤壁赋图》（乔仲常绘）上有赵令畤题跋。他著有《侯鲭录》，记叙了当时的文人生活和文学创作。

陪你去看苏东坡（全新增订版）

文件（✓）、书籍（✓）、衬衫（✓）、裙子（✓）、外套（✓）、毛衣（✓）、鞋子（✓）、化妆品（✓）、西装（✗）、香烟（✗）、酒类（✗）、电子设备（✗）……

强睁着惺忪睡眼，在失物招领处填表格。我的行李没领到。

清晨4点多，飞机降落新加坡。

这种"红眼"航班只能凭运气，飞机上不要有啼哭的娃儿，飞行途中不要太颠簸起伏，邻座的乘客不要打呼噜太响……这一次，从成都返回新加坡，都遇上了。

中国爸爸带着约莫4岁的儿子，儿子坐在我和他父亲之间，兴奋得屁股不沾座椅，上蹿下跳。他爸爸安抚他：飞机要起飞了，该乖乖坐好，系紧安全带，不然空中小姐阿姨会来纠正你……

这爸爸真是超级有耐心，看来是个80后的小伙子，总是跟孩子讲道理，和颜悦色。"空中小姐阿姨"先送餐给小孩，问他想吃什么？他说："我不挑食，我妈说我什么都吃，关键是吃不胖！"空姐和爸爸交涉，鸡肉饭可能有点辣，孩子吃土豆炖牛肉行吗？孩子说："我要吃很多才能快点长高！我可以吃两个吗，爸爸？"

"你只买了一张机票，坐一个座位，就领一份餐。"爸爸说。

孩子不让喂，说自己能吃，很正常地吃得满桌狼藉，肉屑都飞到了我的身上和地上。"空中小姐阿姨，我要喝那种黄黄的果汁！"他朝着推餐车过去的空姐背影大喊。

"你是小朋友你先吃，空中小姐阿姨还要给别的乘客送餐。你果汁喝完了，要等下一趟推车再来的时候才能要。这里不是餐厅，不能这样喊。"爸爸一边帮他擦拭嘴角和衣服上的残渣，一边教导他。

"现在你是宝宝，我是爸爸，我要喂你吃……"，孩子又玩起"角色扮演"的游戏。这孩子可爱归可爱，我却委实受不了。担心大雾封闭公路，今早6点起床，从眉山赶到成都。下午在四川大学的演讲受到计算机宕机影响，硬生生没有简报画面，"干稿"说了一个多小时。听众和我一起投入"文图学"的想象世界，忘了何时计算机恢复"元气"；等到画面稳定了，再重头浏览复述一遍。现在是凌晨1点多，这孩子还是精力充沛啊！

我请空姐帮我换位子，也好腾出让这孩子蹲着玩的空间。

结果，你猜得没错，隔座的西洋大汉鼾声雷动。

总之，撑到行李转盘空荡荡的清晨六点多，我真的累到不行了。

"你的行李箱是什么颜色款式？里面装了什么？"

印度裔的职员打了电话询问，没有我的行李。要我填表格，勾选行李的内容。我猜：是不是如果找不着，航空公司会理赔呢？

回家倒头睡去。一个多小时之后突然醒来——我的行李就此"人间蒸发"了吗？

那张表格里打勾的，有什么是扔不得、买不回的东西？

而不在表格里罗列的，那东坡老家眉山三苏祠的银杏落叶，如何再寻？

带着濡湿泥土的银杏落叶，找不着完整无破损无褐斑的。我翻捡着，想至少带一扇给远方的友人，这是今年在东坡家，秋天阳光雨露过后的记忆。

两棵象征东坡兄弟的 600 年银杏树，每年都有黄扇飞舞，虽说是第三次造访三苏祠，2017 年我才有缘躬逢其盛。小心翼翼除去叶上的渣滓，夹进刚买的书里。南北朝时北魏诗人陆凯赠予范晔折枝梅花，并附诗："江南无所有，聊赠一枝春。"我这效颦之举，不过是聊表心头的思念和牵挂。

下次再访三苏祠，不知何年何月，即使还能遇见黄扇飞舞，也不是同一片被我呵护过的落叶。无法重来，无法复制，无法替换。

我辗转反侧，愈是怜惜，放心不下，愈是自责轻忽。"贵重物品请随身携带"——如果那扇银杏叶那么重要，我怎么随便夹在书里，把书塞进行李箱？明明当时草率而为，如今或许失去，怎却又珍视异常？

再想到法国导演班诺·贾克（Benoît Jacquot）的电影《女人出走》（*Villa Amalia*）里的女主角，在情感受创之后抛弃所有，让一切归零，重新认识自我——人生，有什么非拥有不可的东西吗？

恍惚间，接到机场的电话通知，行李找到了！

原来还在飞机里没卸下。

友人说："你的行李还不想回家。"

我奉上夹着那片银杏叶的小书《Emily 的抽屉》，和他相视而笑。

* * *

苏轼《秀州报本禅院乡僧文长老方丈》[1]（1072）

万里家山一梦中，吴音渐已变儿童。每逢蜀叟谈终日，便觉峨眉翠扫空。师已忘言真有道，我除搜句百无功。明年采药天台去，更欲题诗满浙东。

苏轼《永遇乐》[2]（1078）

彭城夜宿燕子楼，梦盼盼，因作此词。一云。徐州夜梦觉，此登燕子楼作。

明月如霜，好风如水，清景无限。曲港跳鱼，圆荷泻露，寂寞无人见。纥如三鼓，铿然一叶，黯黯梦云惊断。夜茫茫，重寻无处，觉来小园行遍。

天涯倦客，山中归路，望断故园心眼。燕子楼空，佳人何在，空锁楼中燕。古今如梦，何曾梦觉，但有旧欢新怨。异时对，黄楼夜景，为余浩叹。

1.《苏轼全集校注》诗集 2，卷 8，页 821。
2.《苏轼全集校注》词集，卷 1，页 222—223。

阴
影
的
背
面

　　失而复得的事情，东坡也经历过，是掘自故宅地底的一方石头，见于《天石砚铭并叙》(顺便一提，因为避讳祖父"苏序"的名字，东坡的诗文里把"序"写成"叙"，或是"引")：

　　轼年十二时，于所居纱縠行宅隙地中，与群儿凿地为戏。得异石，如鱼，肤温莹，作浅碧色。表里皆细银星，扣之铿然。试以为砚，甚发墨，顾无贮水处。先君曰："是天砚也。有砚之德，而不足于形耳。"因以赐轼，曰："是文字之祥也。"轼宝而用之，且为铭曰："一受其成，而不可更。或主于德，或全于形。均是二者，顾予安取。仰唇俯足，世固多有。"

　　这一方天石砚，有如东坡的传家之宝。他 12 岁时在纱縠行的空地玩耍，挖出了一块形状像鱼，摸起来有如皮肤温和莹润的浅绿色石头。石头上有细小如星星的花纹，敲打有铿铿的声音。他试着把这块石头作为砚台，发墨效果很好，美中不足的是，没有凹处能够存水。父亲苏洵告诉他：这是一方天然的砚，材质优异，只是外形不完善而已。认为得到这块奇石是对写作的吉祥征兆。

苏洵为这方砚石刻了凹处，让东坡能用来磨墨。东坡写了铭文，思考"德"和"形"难以两全，让人联想起《庄子·德充符》里说的道理。世上很多人为存活而仰人鼻息，苟且偷生，东坡自勉"一受其成，而不可更"，坚持初心。

宋神宗元丰二年（1079）发生了"乌台诗案"，东坡下狱受审，他的家庭受到打击，书籍也零乱散失。第二年，东坡被贬到黄州，想找这方砚石但找不到，以为弄丢了。元丰七年（1084）四月，他离开黄州要往贬所汝州，坐船经过当涂的时候，竟然在书箱里发现了它！东坡非常高兴，把它交给二儿子苏迨和幼子苏过。砚匣的材质虽然很普通，但是这方砚是父亲亲手刻制，再请工人完成，深富纪念意义啊！

12 岁以前，父亲大部分时间在外游学，东坡对父亲的描述始于 12 岁以后的印象。直到中年，甚至老年，父亲的影子还在东坡的梦中。举两个例子，一是发生在 1093 年，东坡 57 岁，《梦南轩》中记述：

元祐八年八月十一日，将朝尚早，假寐，梦归穀行宅，遍历蔬圃中。已而坐于南轩，见庄客数人，方运土塞小池，土中得两芦菔根。客喜，食之。予取笔作一篇文，有数句云："坐于南轩，对修竹数百，野鸟数千。"既觉，惘然思之。南轩，先君名之曰"来风"者也。

准备好觐见皇帝，时间还早，东坡边等候边打盹儿，不知不觉梦回故居纱縠行。家里菜圃依旧，客人吃了填池塘挖的土里长的萝卜根，东坡则坐在父亲命名为"来风轩"的南轩提笔作文，"吃萝卜根"和"作文"这两件事情似乎没有关联，其实都隐然指向父亲——父亲为居室命名，客人可能是父亲的朋友。现在三苏祠"来风轩"用的是梅尧臣给苏洵的诗《题老人泉寄苏明允》："日月不知老，家有雏凤凰。"

这个梦里东坡的父亲没有出现，然而四年后（1097）抵达贬谪地海南儋州十多天，东坡梦里的父亲即将来检查学习的进度，东坡本应该读完整部《春秋》，却因为贪玩只粗略刚读到桓公和庄公部分，被紧张的情绪吓醒，犹如被钓上的鱼惴惴不安：

夜梦嬉游童子如，父师检责惊走书。计功当毕《春秋》余，今乃粗及桓庄初。怛然悸寤心不舒，起坐有如挂钩鱼。我生纷纷婴百缘，气固多习独此偏。弃书事君四十年，仕不顾留书绕缠。自视汝与丘孰贤，《易》韦三绝丘犹然，如我当以犀革编。

东坡因着这个"噩梦"，想起要尽力继承父亲的遗志，研治周易，终于完成《东坡易传》。

读到东坡写自己的"童年阴影"，我有时反而很快慰，有一种窥知好学生"缺憾"的阿Q心理。类似的读书考试噩梦我至今没少做，脑袋空空呆望着数学考卷，身后轰轰响的冷气机滴水成河，浸湿我的双脚……

* * *

苏轼《天石砚铭并叙》[1]（1084）

轼年十二时，于所居纱縠行宅隙地中，与群儿凿地为戏。得异石，如鱼，肤温莹，作浅碧色。表里皆细银星，扣之铿然。试以为砚，甚发墨，顾无贮水处。先君曰："是天砚也。有砚之德，而不足于形耳。"因以赐轼，曰："是文字之祥也。"轼宝而用之，且为铭曰："一受其成，而不可更。或主于德，或全于形。均是二者，顾予安取。仰唇俯足，世固多有。"

元丰二年秋七月，予得罪下狱，家属流离，书籍散乱。明年至黄州，求砚不复得，以为失之矣。七年七月，舟行至当涂，发书笥，忽复见之。甚喜，以付迨、过。其匣虽不工，乃先君手刻其受砚处，而使工人就成之者，不可易也。

苏轼《梦南轩》[2]（1093）

元祐八年八月十一日，将朝尚早，假寐，梦归縠行宅，遍历蔬圃

1.《苏轼全集校注》文集 3，卷 19，页 2099—2100。
2.《苏轼全集校注》文集 10，卷 71，页 8136，"既觉，惘然怀思久之"句，台北故宫博物院藏苏轼《南轩梦语帖》作"既觉，惘然久之。"

中。已而坐于南轩，见庄客数人，方运土塞小池，土中得两芦菔根。客喜，食之。予取笔作一篇文，有数句云："坐于南轩，对修竹数百，野鸟数千。"既觉，惘然思之。南轩，先君名之曰"来风"者也。

苏轼《夜梦并引》[1] <small>（1097）</small>

七月十三日，至儋州十余日矣，澹然无一事。学道未至，静极生愁。夜梦如此，不免以书自怡。

夜梦嬉游童子如，父师检责惊走书。计功当毕《春秋》余，今乃粗及桓庄初。怛然悸寤心不舒，起坐有如挂钩鱼。我生纷纷婴百缘，气固多习独此偏。弃书事君四十年，仕不顾留书绕缠。自视汝与丘孰贤，《易》韦三绝丘犹然，如我当以犀革编。

1.《苏轼全集校注》诗集7，卷41，页4856。

　　友人说要带我去"蚂蚁山"。我望文生义，这山上很多蚂蚁吗？

　　新手驾驶，他开在土石崎岖的坡道，时而张望路标。怎不靠卫星定位指引呢？是这"蚂蚁山"太小？默默无闻？见他双手紧握方向盘，我不敢多嘴。

　　他摇下车窗，用四川方言问路，还是"蚂蚁山"。

　　"蛤蟆的蟆，周敦颐的颐。"他说。

　　蟆颐。我复述着。好特别，又好像曾经在哪儿看过这两个字。

　　不是蚂蚁，是蟆颐。

　　"那个周敦颐的颐？"没读过宋代理学的话，恐怕连这个字也写不出来。

　　"颐就是下巴。"他腾出右手朝自己的下巴比了比。

　　蛤蟆的下巴的山。他说："山的样子像蛤蟆的下巴。"

　　我一时想不出蛤蟆的下巴是尖是圆，取这名字的人真有想象力。

　　"这是东坡兄弟小时候踏青的地方。"聊着聊着，到了古木翁郁的山间。

朝前方隐约的宫观步行，我想起来，东坡和弟弟子由都写了踏青的诗，用手机上网一查就晓得了。

东坡的诗题目是《和子由踏青》，"和"的意思是唱和，也就是子由先写了一首《踏青》的诗，东坡依韵附和。子由诗的题目是《记岁首乡俗寄子瞻二首》，子瞻是东坡的字，古人不会直接称对方的"名"，比如苏轼姓苏名轼字子瞻，43岁被贬谪到黄州以后，自号东坡居士，子由的这首诗写于1063年，他25岁，东坡27岁。

《记岁首乡俗寄子瞻二首》，一是《踏青》；一是《蚕市》，题目里的"寄"字显示那时兄弟俩分居二处，东坡在陕西凤翔任签判，是"正"和"从"总共九品十八位阶里"正八品"的文书官职，也是东坡接受的第一个正式职务。兄弟俩从1061年底分离，东坡到凤翔工作，弟弟留在京师侍奉父亲，到写《踏青》诗的时候，已经是第二个没有共度的新年。

子由怎会先写《踏青》诗给哥哥呢？原来，在那之前，东坡先写了《馈岁》《别岁》和《守岁》诗给子由，怀念家乡岁暮的风俗，子由都分别回应了唱和诗。哥哥写了"岁暮乡俗"，子由便写"岁首乡俗"，回忆家乡正月七日的踏青活动和二月十五日的蚕市买卖。

《集注分类东坡诗》里，宋代赵次公的批注引用了子由《踏青》诗的序文："眉之东门十数里，有山曰蟆颐。山上有亭榭松竹，山下临大江。每正月人日，士女相与游嬉饮食于其上，谓之踏青也。"（这段序文未见于今本苏辙《栾城集》）蟆颐山就在眉山市区的东边，隔着岷江（这一段也叫"玻璃江"）。子由记忆里的蟆颐山踏青是：

江上冰消岸草青，三三五五踏青行。浮桥没水不胜重，野店压糟无复清。松下寒花初破萼，谷中幽鸟渐嘤鸣。洞门泉脉龙晴动，观里丹池鸭舌生。山下瓶罂沾稚孺，峰头鼓乐聚簪缨。缟裙红袂临江影，青盖骅骝踏石声。晓去争先心荡漾，莫归夸后醉从横。最怜人散西轩静，暖暖斜阳着树明。

冰雪消融，江岸的青草翠绿迎春，人们乘船横渡，走过可能是木板搭建的浮桥，登上蟆颐山。山下山上，平民百姓和达官显贵都尽情饮酒作乐。蟆颐观底的老翁泉水流潺潺，水边的鸭舌草欣欣向荣，这欢闹的景象在人散之后恢复宁静，是子由最感舒适的时候。

子由好静，东坡则欣赏人气喧腾：

东风陌上惊微尘，游人初乐岁华新。人闲正好路傍饮，麦短未怕游车轮。城中居人厌城郭，喧阗晓出空四邻。歌鼓惊山草木动，箪瓢散野乌鸢驯。何人聚众称道人，遮道卖符色怒嗔。宜蚕使汝茧如瓮，宜畜使汝羊如麕。路人未必信此语，强为买服禳新春。道人得钱径沽酒，醉倒自谓吾符神。

东坡描写了一个自称道人的吹牛贩子，他拦住游客强卖平安符，说能保佑家里出大蚕茧和大肥羊。如果不买他的平安符，还会摆现生气难看的脸色。大过年的，游客不想破坏兴致，就让那位"道人"大赚一笔，他拿钱买酒，喝得酩酊大醉，倒卧路边，还喃喃地说自己是"符神"。

我到蟆颐山，没有符神，只见秋意。蟆颐观重瞳殿前方有石阶斜坡，坡头拱券上有"老人泉"字样，青苔湿滑，想来泉水丰沛。蟆颐观后拾级登高，岷江在望，这是东坡兄弟想念的风景。

* * *

苏辙《记岁首乡俗寄子瞻二首》之一《踏青》[1]（1063）

江上冰消岸草青，三三五五踏青行。浮桥没水不胜重，野店压糟无复清。松下寒花初破萼，谷中幽鸟渐嘤鸣。洞门泉脉龙晴动，观里丹池鸭舌生。山下瓶罂沾稚孺，峰头鼓乐聚簪缨。缟裙红袂临江影，青盖骅骝踏石声。晓去争先心荡漾，莫归夸后醉从横。最怜人散西轩静，暖暖斜阳着树明。

苏辙《记岁首乡俗寄子瞻二首》之二《蚕市》[2]（1063）

枯桑舒牙叶渐青，新蚕可浴日晴明。前年器用随手败，今冬衣着及春营。困计口卖余粟，买箔还家待种生。不惟箱筐供妇女，亦有鉏鎛资男耕。空巷无人斗容冶，六亲相见争邀迎。酒肴劝属坊市满，鼓笛繁乱倡优狞。蚕丛在时已如此，古人虽没谁敢更？异方不见古风俗，

1.《栾城集》，上册，卷1，页21—22。
2.《栾城集》，上册，卷1，页22。

但向陌上闻吹笙。

苏轼《和子由踏青》[1]（1063）

东风陌上惊微尘，游人初乐岁华新。人闲正好路傍饮，麦短未怕游车轮。城中居人厌城郭，喧阗晓出空四邻。歌鼓惊山草木动，箪瓢散野乌鸢驯。何人聚众称道人，遮道卖符色怒嗔。宜蚕使汝茧如瓮，宜畜使汝羊如麇。路人未必信此语，强为买服禳新春。道人得钱径沽酒，醉倒自谓吾符神。

苏轼《和子由蚕市》[2]（1063）

蜀人衣食常苦艰，蜀人游乐不知还。千人耕种万人食，一年辛苦一春闲。闲时尚以蚕为市，共忘辛苦逐欣欢。去年霜降斫秋荻，今年箔积如连山。破瓢为轮土为釜，争买不啻金与纨。忆昔与子皆童丱，年年废书走市观。市人争夸斗巧智，野人喑哑遭欺谩。诗来使我感旧事，不悲去国悲流年。

1.《苏轼全集校注》诗集册1，卷4，页273。
2.《苏轼全集校注》诗集册1，卷4，页276。

苏洵求子

蟆颐观又叫重瞳观，据说始建于唐代，目前见到的是明清修缮的格局。我在殿宇附近看到"苏洵求子处""苏洵手植树"的丹书石碑，觉得挺讶异，不知道是什么故事？

关于东坡出生的传说，比较著名的是南宋张端义《贵耳集》里记载的：

蜀有彭老山，东坡生则童，东坡死复青。[1]

还有南宋谢维新《古今合璧事类备要》记载：

苏洵生苏轼、辙，以文章名，其后二子继之，故时人谣曰："眉山生三苏，草木尽皆枯。"[2]

---

1. 张端义：《贵耳集》（大象出版社 2013 年《全宋笔记》本），第 6 编第 10 册，页 295。
2. 谢维新编：《古今合璧事类备要》（台湾商务印书馆，1983 年《文渊阁四库全书》本），册 939，后集，卷 10，页 10，总页 641。

这两条资料都为突显东坡的灵气特秀，说他吸取了天地的精华而生。东坡生于农历十二月，那时天寒地冻；去世于农历七月，那时刚入初秋，彭老山的草木随季节枯荣，好像也合理——这当然是和古人抬杠的话。不世出的人才，需要有非凡的事迹来帮衬他的伟大奇俊，看来和大自然抗衡最能增加他的英杰功力。

人的生死影响家乡草木的枯荣，那毕竟还是带着原始朴素的天人感应色彩。东坡是肉身实骨，父母所生，程夫人怀孕时，曾经梦见一位高个子、一只眼睛失明的僧人来家里，这牵引出东坡前身是五祖戒禅师的故事，暂且不细谈。和蟆颐观产生联系的是苏洵膜拜张仙求子。

苏洵有一篇文章《题张仙画像》：

洵尝于天圣庚午重九日至玉局观无碍子卦肆中见一画像，笔法清奇，乃云："张仙也。有感必应。"因解玉环易之。洵尚无子嗣，每旦必露香以告，逮数年，既得轼，又得辙，性皆嗜书。

"天圣庚午"是仁宗天圣八年，公元1030年，苏洵22岁，和程夫人结婚3年，生有一女，不久夭折。玉局观在成都，苏洵用玉环换了一幅卦算馆的张仙画像，每天早晨虔诚烧香膜拜，终于有了两个爱读书的儿子。

我们不知道这灵验的张仙是何许人，苏洵的文字也没有形容张仙的形貌长相。从他的叙述可知，他是先被画像的"笔法清奇"所吸引，才从店主人无碍子那里知晓这像主是张仙，"有感必应"。可以向张仙祈求的不一定是生子，而生子恰是苏洵那时的愿望，他求子得子，题写画像记事。

"送子张仙"的来历有几种说法，一说是后蜀末代君王孟昶。花蕊夫人张挂亡夫孟昶的画像，宋太祖问她所拜何人？她说是送子张仙。

另一说是五代张远霄。蟆颐观殿前明代成化十三年（1477）的石刻碑记依稀可读，内容说双眼里有四个瞳子的四目仙翁卖给张远霄竹弓和铁弹，让他为人除疫避害，并认为苏洵题写的就是《张仙挟弹图》。

还有一种说法，认为受古人生儿子"悬弧"的影响，弧就是弓。《礼记·内则》："子生，男子设弧于门左；女子设帨于门右。"生儿子便在门的左边挂弓；生女儿就在门右边挂佩巾，叫"悬帨"。"弓"加"长"为姓氏"张"，挟弹的"弹"和诞生的"诞"同音，于是就有"张仙挟弹"的形象。

我觉得张仙保佑的是生儿子，他挟带的"弹"还有指涉睾丸的意味，你看韩国传统习俗，家里生了儿子的话，要在门上挂草编的禁绳，禁绳插着辣椒，不也象征男性生殖器吗？

东坡有个长他两岁的哥哥，不幸5岁就夭折了，苏洵在《题张仙画像》里完全没提这个名叫"景先"的长子，两个优秀好学的儿子已经让他心满意足了。别以为苏洵只爱儿子，东坡的姐姐八娘婚姻不幸福，死于青春年华，苏洵愤怒哀伤，不惜与八娘的婆家决裂，尽管那是程夫人的娘家。

一个 27 岁才甘愿从体制外的游历山川、结交八方，转向读书科举的男人，考运不如自己的两个儿子，心中如何五味杂陈？苏洵和儿子并称"三苏"，在历史上的地位总是以身为两个成才的儿子的父亲被人认识。他拜的张仙赐给他儿子；他的儿子声名使得张仙的神力广大。张仙如果是张远霄，他花 30 万向四目仙翁买的竹弓和铁弹，真是回报率很高的投资啊！

＊ ＊ ＊

苏洵《题张仙画像》[1]（1048）

洵尝于天圣庚午重九日至玉局观无碍子卦肆中见一画像，笔法清奇，乃云："张仙也。有感必应。"因解玉环易之。洵尚无子嗣，每旦必露香以告，逮数年，既得轼，又得辙，性皆嗜书。乃知真人急于接物，而无碍子之言不妄矣。故识其本末，使异时祈嗣者于此加敬云。

1.《嘉祐集笺注》，卷 15，页 416。

青

神

青神县现在属四川省眉山市，在眉山市以南约 40 公里。青神的意思是"青衣神"，也就是古代神话里的蜀王蚕丛，蚕丛穿着青色的衣服，教人蚕桑。距离青神北边 170 公里的广汉市三星堆考古出土的青铜像，眼睛直筒突出，被认为是"蚕丛纵目"的形象。

因是外婆家，也是前后两任妻子王弗和王闰之的家乡，苏轼青年时代多次去过青神。1068 年苏轼离开眉山再未回乡，1100 年"苏门四学士"之一的黄庭坚到青神拜望姑母，接受张浩的请托，为苏轼的书迹《黄州寒食帖》题跋。北宋书法四大家苏（轼）、黄（庭坚）、米（芾）、蔡（襄）中有两家的墨宝在同一件作品上，极为难能可贵。

去过两次青神的中岩寺，第一次在 1997 年。那时还没有手机，登上中岩寺，顾不得参拜和观景，便急着给家里打电话。手指插进红色的电话拨号孔，可能拨得太快，拉动了机座，几乎要从桌面扯落。

爸爸接的。

"我在青神。"爸爸听不懂，一直"啊？啊？"地大声问。

"就是苏东坡老婆娘家。"我说，"在四川。"

"你去人家娘家干啥？"爸爸说。

我来看传说中的"唤鱼池"呀。东坡给起的名，那金鱼可好玩了，你拍拍手，鱼儿会成群结队游过来，水边还有东坡和他第一任夫人的塑像。山壁上有唐代佛像石刻，那些字看不清楚了……

这些好长好长的话最终没说，我只说："没什么。我都好。"就挂断了电话。

20年后，爸爸不在了。到青神中岩寺下，拍拍手，鱼儿游来。水边塑像整理得益发洁净，郎才女貌，一对佳偶。我拾级上山，半休业的餐馆墙面上，几乎脱落的塑料布广告还写着："这里是北宋大诗人黄庭坚吃饭休息处。"山下的岷江，一路流经蟆颐山前。看得到程家嘴吗？瑞草桥呢？

东坡《与刘宜翁使君书》说："轼龆龀好道，本不欲婚宦，为父兄所强，一落世网，不能自逭。"他少时从道士张易简读书，对于方外之术很好奇，不想成家立业，无奈接受父亲和家族兄长的安排，过着世俗的生活。

1054年，18岁的东坡娶青神乡贡进士王方的女儿、芳龄16岁的王弗为妻。结婚5年，生长子苏迈（1059—1119）。王弗侍奉公婆，相夫教子11年，于1065年在京师去世。东坡29岁丧偶，苏迈时年7岁，苏洵念及王弗对婆婆程夫人的恭孝，告诉东坡以后要将王弗归葬眉山。不到一年，苏洵也在京师过世，朝廷抚恤东坡，让他用官船扶两灵柩返乡安葬。欧阳修为苏洵作《故霸州文安县主簿苏君墓志铭》，东坡亲自写了《亡妻王氏墓志铭》。

墓志铭这种悼念死者的文字本来是刻在石板上随棺木埋在墓里，让后人知道墓主的身份，所以会详细记录死者的生平和墓地的位置。墓志铭由散文和韵文的铭两部分组合，《亡妻王氏墓志铭》符合文体的规范，嵌入夫妻俩生活的一些细节，描绘了王弗 27 年的生命经历。

苏洵编修的族谱把家世上推到唐代的苏味道。苏味道是河北赵州栾城人，所以东坡自称"赵郡苏轼"。有的作者喜欢强调东坡和王弗是自由恋爱，从墓志铭看来，东坡结婚之初并不晓得王弗的文化素养，她非但能读书，还能通解和记忆，是个聪颖又娴静的女性。

《礼记·祭统》说："夫铭者，一称而上下皆得焉耳矣。是故，君子之观于铭也，既美其所称，又美其所为。"指出铭文的内容要名副其实，用行为实例来表扬书写对象。王弗的名字"弗"，意思是"不"，有劝止的含义。她多次劝告东坡明辨利害、谨言慎行，在《记先夫人不发宿藏》里，用程夫人的身教举措来阻止东坡开挖凤翔官舍的土地。贯彻苏洵《名二子说》里提醒东坡要懂得"外饰"的道理。王弗把兴冲冲往前冲的东坡往后拉一拉——"不！不！"，她既是妻子伴侣，又扮演着父母一般督导者的角色。如今父母和妻子都相继离世，往后拉扯他的，是官场的风浪。

* * *

苏轼《亡妻王氏墓志铭》[1] （1066）

治平二年五月丁亥，赵郡苏轼之妻王氏，卒于京师。六月甲午，殡于京城之西。其明年六月壬午，葬于眉之东北彭山县安镇乡可龙里先君先夫人墓之西北八步。轼铭其墓曰：

君讳弗，眉之青神人，乡贡进士方之女。生十有六年，而归于轼。有子迈。君之未嫁，事父母；既嫁，事吾先君、先夫人，皆以谨肃闻。其始，未尝自言其知书也。见轼读书，则终日不去，亦不知其能通也。其后轼有所忘，君辄能记之。问其他书，则皆略知之。由是始知其敏而静也。从轼官于凤翔，轼有所为于外，君未尝不问知其详。曰："子去亲远，不可以不慎。"日以先君之所以戒轼者相语也。轼与客言于外，君立屏间听之，退必反复其言曰："某人也，言辄持两端，惟子意之所向，子何用与是人言。"有来求与轼亲厚甚者，君曰："恐不能久。其与人锐，其去人必速。"已而果然。将死之岁，其言多可听，类有识者。其死也，盖年二十有七而已。始死，先君命轼曰："妇从汝于艰难，不可忘也。他日汝必葬诸其姑之侧。"未期年而先君没，轼谨以遗令葬之。铭曰：

君得从先夫人于九原，余不能。呜呼哀哉！余永无所依怙。君虽没，其有与为妇何伤乎。呜呼哀哉！

1.《苏轼全集校注》文集 3，卷 15，页 1624—1625。

卷一　天涯   57

如果我们把作品中涉及的人都称为"朋友",你晓得苏轼的"朋友圈"里有多少人呢?

我曾经拿这个问题在上海的演讲中让听众们猜:900 人?1300?1800?大部分的听众都猜是 900 人,这大概是用现今的网络社群媒体想法推测的结果。

根据孔凡礼先生在《苏轼年谱》中的统计,答案是 1300 余人!

在 1300 多人当中,我想,称得上平生知己的,除了弟弟苏辙,还有黄庭坚(号山谷道人,1045—1105)。黄庭坚比苏轼小 9 岁,后人并称他俩为"苏黄"。

在苏黄二人还没见面之前,苏轼就读过黄庭坚的诗文。一次是神宗熙宁五年(1072),在湖州太守孙觉(莘老,1028—1090)处初读,十分欣赏。孙觉是黄庭坚的岳父。另一次是熙宁十年(1077),苏轼在齐州,于黄庭坚母舅李常(公择,1027—1090)

处读到黄庭坚的作品，印象更为深刻。

元丰元年（1078），苏轼在徐州，黄庭坚任北京（河北大名）国子监教授，作《上苏子瞻书》附《古诗二首上苏子瞻》。苏轼回信《答黄鲁直书》，表示两人惺惺相惜，不必拘谨礼节。信末附《次韵黄鲁直见赠古风二首》，应和黄庭坚的赠诗，没想到诗里"纷纷不足愠，悄悄徒自伤"的句子，用了《诗经》"忧心悄悄，愠于群小"的寓意，讥讽当时的政坛小人，把黄庭坚卷入了"乌台诗案"。

还没见过苏轼本尊，就因为被卷进"乌台诗案"，黄庭坚被判罚铜20斤。当个正八品的著作佐郎，黄庭坚每月正俸禄17000文，20斤铜相当于2400文，也是失血破财了。

苏黄初次相见的时间有两种说法，一说是元丰六年（1083）九月在光州（今河南光山）大苏山净居寺；一说在哲宗元祐元年（1086）秘书省，当年山谷42岁，东坡50岁。他们在京师共处到1089年，东坡到杭州任职。哲宗绍圣元年（1094）七月初，山谷与东坡相遇于彭蠡湖（鄱阳湖），洒泪作别，竟成永诀。

在"天下第三行书"——苏轼的《黄州寒食帖》后面，有黄庭坚在1100年于四川青神的跋语：

东坡此诗似李太白，犹恐太白有未到处。此书兼颜鲁公、杨少师、李西台笔意。试使东坡复为之，未必及此。它日东坡或见此书，应笑我于无佛处称尊也。

"无佛处称尊"是什么意思？我在《书艺东坡》里研究指出：

这是山谷"以有法说无法"的方便行事。"佛"就是"世尊",既然没有佛,哪里来的世尊?两相消解,化为大空,无须语言文字而心传。可是收藏《黄州寒食帖》的张浩是旧友,张浩从距离青神二百多公里的居所梓州盐亭,带来三件东坡墨宝,殊胜因缘,怎能谢却张浩的好意,不留下一些赘辞呢?山谷于绍圣二年(1095)因修纂《神宗实录》得罪朝廷,被贬黔州(四川彭水)。元符元年(1098)迁戎州(四川宜宾)。元符三年(1100)得赦后,到青神探望姑姑,于是有缘一览东坡墨宝。

山谷应该已经得知东坡从海南岛被赦还,心想东坡日后可能会看见自己的题跋,所以既从诗歌的维度称赞《寒食帖》的诗胜过李白;又从书法的脉络认为笔法堪比颜真卿(709—785)、杨凝式(873—954)和李建中(945—1013)。

《寒食帖》里,东坡写道:"君门深九重,坟墓在万里。"东坡所在的黄州(湖北黄冈)距离埋葬父母和第一任妻子王弗的老家苏坟山有1262公里。宋代人在寒食节,也就是冬至过后105天吃冷食、扫墓祭祖。东坡被贬黄州,"本州安置",意思是不能随意离开贬所。在苦雨缠绵的寒食节,无法返乡扫墓,东坡的沮丧低落情绪,表现在书法的笔墨转折里。

山谷应该是读到了"君门深九重,坟墓在万里"的诗句,想到远在广州的东坡,于是去拜谒了苏洵的墓。李之仪(1048—1127)《跋山谷帖》说:"(山谷)既得罪,迁黔南,徙戎,凡五六年而后归。辗转嘉眉,谒苏明允墓。"

2017年11月,我拿着以水代酒的纸杯和一枝黄菊花,在苏洵和程夫人的合葬墓前跪拜，我轻声地朝墓碑说："谢谢你们生育了苏东坡，谢谢你们养成了一个给予世间温暖力量的诗人。"

因东坡受罚，无怨无悔。为东坡尽心，天涯寄情。1300 人中，得山谷一知己，是尊是佛，无碍称名。

＊ ＊ ＊

黄庭坚《上苏子瞻书》[1]（1078）

……"伏惟阁下学问文章度越前辈，大雅恺弟，约博后来。立朝以直言见排退，补郡辄上课最，可谓声实相当，内外称职。凡此数者，在人为难兼，而阁下所蕴，海涵地负，特所见于一州一国者耳。惟阁下之渊源如此，而晚学之士，不愿亲炙光烈，以增益其所不能，则非人之情也……

黄庭坚《古风二首上苏子瞻》[2]（1078）

其一

江梅有佳实，托根桃李场。

桃李终不言，朝露借恩光。

孤芳忌皎洁，冰雪空自香。

1.《黄庭坚全集》（四川大学出版社 2001 年版），卷 18，页 457。
2.《黄庭坚全集》，卷 1，页 2—3。

古来和鼎实，此物升庙廊。

岁月坐成晚，烟雨青已黄。

得升桃李盘，以远初见尝。

终然不可口，掷置官道傍。

但使本根在，弃捐果何伤。

其二

青松出涧壑，十里闻风声。

上有百尺丝，下有千岁苓。

自性得久要，为人制颓龄。

小草有远志，相依在平生。

医和不并世，深根且固蒂。

人言可医国，何用太早计。

小大材则殊，气味固相似。

苏轼《答黄鲁直书》[1]（1078）

轼顿首再拜鲁直教授长官足下。轼始见足下诗文于孙莘老之坐上，耸然异之，以为非今世之人也。莘老言："此人，人知之者尚少，子可为称扬其名。"轼笑曰："此人如精金美玉，不即人而人即之，将逃名而不可得，何以我称扬为？"然观其文以求其为人，必轻外物而自重

1.《苏轼全集校注》文集 8，卷 52，页 5738—5739。

者，今之君子莫能用也。

其后过李公择于济南，则见足下之诗文愈多，而得其为人益详，意其超逸绝尘，独立万物之表，驭风骑气，以与造物者游，非独今世之君子所不能用，虽如轼之放浪自弃，与世阔疏者，亦莫得而友也。

今者辱书词累幅，执礼恭甚，如见所畏者，何哉？轼方以此求交于足下，而惧其不可得，岂意得此于足下乎？喜愧之怀，殆不可胜。然自入夏以来，家人辈更卧病，忽忽至今，裁答甚缓，想未深讶也。《古风》二首，托物引类，真得古诗人之风，而轼非其人也。聊复次韵，以为一笑。秋暑，不审起居何如？未由会见，万万以时自重。

苏轼《次韵黄鲁直见赠古风》二首 [1] (1078)

其一

嘉谷卧风雨，稂莠登我场。

陈前漫方丈，玉食惨无光。

大哉天宇间，美恶更臭香。

君看五六月，飞蚊殷回廊。

兹时不少假，俯仰霜叶黄。

期君蟠桃枝，千岁终一尝。

顾我如苦李，全生依路傍。

纷纷不足愠，悄悄徒自伤。

1.《苏轼全集校注》诗集3，卷16，页1773—1776。

其二

空山学仙子，妄意笙箫声。

千金得奇药，开视皆稊苓。

不知市人中，自有安期生。

今君已度世，坐阅霜中蒂。

摩挲古铜人，岁月不可计。

阆风安在哉，要君相指似。

苏轼《寒食帖》张演题跋（1180年或1182年以后）

东坡老仙三诗，先世旧所藏。伯祖永安大夫尝谒山谷于眉之青神，有携行书帖，山谷皆跋其后，此诗其一也。老仙文高笔妙，粲若霄汉云霞之丽，山谷又发扬蹈厉之，可为绝代之珍矣。昔曾大父礼院官中秘书。与李常公择为僚。山谷母夫人，公择女弟也。山谷与永安帖自言：识先礼院于公择舅坐上，由是与永安游好。有先礼院所藏昭陵御飞白记及曾叔祖卢山府君志，名皆列山谷集。惟诸跋世不尽见。此跋尤恢奇，因详着卷后。永安为河南属邑，伯祖尝为之宰云。

三晋张演季长甫

懿文堂书

　　本来没有刻意要去看四川来的三星堆文物展。

　　在此之前，1998 年旧金山"中国考古的黄金时代"展览中初次惊艳，便为其中神秘而巨大的铜制人形面具赞叹不已。酷似好莱坞电影中外星来的"小可爱"魔怪的三角形耳朵、菱形的眼睛、纵突的眼珠、夸张的扁平大嘴，仿佛露出微笑的高深莫测表情，与印象里贵为国之鼎器的青铜制品迥异的风采。

　　不能说是美，不能仅从表相去解释，虽然耳下有孔，也不一定就如学者所推测的，是先民祭祀用的面具。试想：要有多大力气，才能扛得动这青铜面具？祭师或巫者，戴着这面具扮演神灵吗？也就是说，这就是人们想象的，神灵的容貌？

　　它们极古老，来自公元前 14 至 12 世纪，却也极新颖，带着超现实的造型，令人兴奋，发现文化中也有常规秩序之外的"怪力乱神"，丰富多样但又严肃诚恳。1999 年，台北故宫博物院的"三星堆传奇：华夏古文明的探索"展览里，你所不知道的中华文化，它们好像"外星人"降临地球的纪念似的，好一派耀眼奇景。那次展出的三星堆古文物比在旧金山时看过的还多，探索的意味十足。

2001年去四川开会，有学者邀集会后去九寨沟，并且到广元的三星堆遗址实地考察。那次的旅程非常长，从北京香山开完会，飞到成都和台湾来的旅行团会合，前往梦寐以求的西藏。好容易在意志、毅力，以及药物、食品（黑糖水）的控制之下，适应了高海拔造成的种种身体反应，带着完成心愿，法喜充满的愉悦，宛如自仙乡重返凡间，在眉山的东坡故里，却发生了晕眩欲呕的症状。在平地也会有"高山症"的情形，真是始料未及。

难道我的身体在终于克服困难之后，变成了如同藏民一般的柔韧坚强，合乎了高山生活的节奏和质量，反而不能习惯原来的平地气压，连呼吸空气的方式、饮食的形态都忘了？

支撑着度过会议，很多时候昏昏欲睡，对于会后去三星堆遗址博物馆，感到兴趣缺缺。倒是九寨沟心向往之，听说最近道路比较平坦顺畅，路程没有以前那么辛苦了。

好吧。就冲着九寨沟，再欣赏一回三星堆的青铜巨人。

幸亏我对三星堆古文物没抱多大期待，心想顶多再三会面，瞧瞧那挖出惊世奇物的土丘，青铜巨人的谜底不会就在遗址揭晓。我也不是研究古器物的专家，没有学术上勘探的任务和自许，三星堆遗址博物馆不过是旅游九寨沟返程的休息停留点。

到了三星堆遗址博物馆，老实说，真应了那句陈腔滥调："相见不如怀念"。

美好的三星堆印象，全被那些装饰得有如圣诞节的闪亮小灯泡，一眨一眨的红光黄光，装神弄鬼的怪异气氛给瓦解了。

怎么会这样？

是因为真品都在专家研究中？保养维护中？出国巡回亮相中？

博物馆外的广场沿路都在卖青铜人像的复制品，可惜我嫌行李太重，只选了一个掌心大小的，又不谙此道，否则挑个大件的，当成摆设，一定也挺唬人。

新加坡亚洲文明博物馆要展出三星堆古文物的消息我去年（2006）就听说了，没有特别想去看。在课堂上鼓励学生们把握这"第一次在东南亚展示"的机会，印证上学期放映的投影片，所谓"蚕丛纵目"，有此一说，见三星堆青铜人像面具可知。

从新加坡河畔不知不觉散步到亚洲文明博物馆，地图上画的距离比实际走来还远。记得之前在博物馆一楼临河的餐厅露台吃过饭，新年期间不知是否营业。

走进博物馆，六点多了竟然还灯火通明，有一种"三星堆古文物期待我去探望它们"的幻想心情。

决定先填饱肚子，临河的餐厅就着舞狮的锣鼓吃越南菜。习习凉风，吹得桌上的烛火如轻摆柳腰的舞女。

还是那些青铜人像最吸引我，四度相见，我不大读解说文字，只单纯地欣赏他们的造型。学者以前说耳垂上的孔可以证明这些是面具。我看着，怎么也像耳环的孔洞，厚实的大耳，挂的是玉耳环？

那是一张张的脸，想象或写实，变形夸大的脸。

夜晚的博物馆有点诡谲，这些可能用来祭祀或做陪葬的明器的物品，件件都有耐人寻味之处。其中一件的后脑刻意凿了缺口，好像被钝器捅了一道，血和脑浆从那个破洞汩汩流出，直到不支死去。

阴气从玻璃柜里渗出似的，青铜人的微笑。我仔细前后端详，柜子里镜面反映出我的脸。

很想像青铜人一样露出微笑。

没有文字，记忆就是一片空白吗？没有记录，猜谜的游戏可以一直玩下去，青铜人一副"我不告诉你"的洋洋得意。

曾经发生的事，失去了载体，日后追求意义也可以说是毫无意义。

掩埋与焚毁的那当下，便是意义的完成，千代万年，再没有别的。

* * *

李白《蜀道难》[1]

噫吁嚱，危乎高哉！蜀道之难，难于上青天！

蚕丛及鱼凫，开国何茫然！

尔来四万八千岁，不与秦塞通人烟。

---

1. 詹锳主编：《李白全集校注汇释集评》（天津：百花文艺出版社，1996年），页290—300。

西当太白有鸟道，何以横绝峨眉巅。

地崩山摧壮士死，然后天梯石栈方钩连。

上有六龙回日之高标，下有冲波逆折之回川。

黄鹤之飞尚不得过，猿猱欲度愁攀援。

青泥何盘盘，百步九折萦岩峦。

扪参历井仰胁息，以手抚膺坐长叹。

问君西游何时还？畏途巉岩不可攀。

但见悲鸟号古木，雄飞雌从绕林间。

又闻子规啼夜月，愁空山。

蜀道之难，难于上青天，使人听此凋朱颜！

连峰去天不盈尺，枯松倒挂倚绝壁。

飞湍瀑流争喧豗，冰崖转石万壑雷。

其险也如此，嗟尔远道之人胡为乎来哉！

剑阁峥嵘而崔嵬，一夫当关，万人莫开。

所守或匪亲，化为狼与豺。

朝避猛虎，夕避长蛇。磨牙吮血，杀人如麻。

锦城虽云乐，不如早还家。

蜀道之难，难于上青天，侧身西望长咨嗟！

乐

山

　　1059 年，苏轼服母丧结束，再度出蜀前往京师。和 1056 年父子三人走陆路经长安到达汴梁不同，这一次，家里已经没有需要照顾的长辈，他们携家带眷，包括苏轼的妻子王弗、新生的长子苏迈、苏辙的妻子史氏、乳母任氏、保姆杨氏等。他们先走水路，后接陆路。从眉山往南到嘉州（今四川乐山），顺流而下，经长江三峡到江陵，然后行陆路，一路览景访友，花了四个月（1059 年 10 月至来年 2 月）才到京师。

* * *

　　佛是一座山；山是一尊佛。岷江、青衣江和大渡河三江交汇于乐山大佛脚下，三水竟然青、绿、碧，三色分明。我站在船头，经年日晒雨淋的大佛在镜头里无喜无悲。要参透"是非成败转头空"，得付出人生的代价，也许，即使人生尽处，还是红尘滚滚。

看着这流水逝去的，还有一双神采暗淡的凹陷眼睛。他长于拉弓射箭的手，现在记记税务的账目，可能还拨拨算盘珠子。没有人在乎他曾经驰骋沙场立下的汗马功劳，有功不赏，让他没有旅费还乡，无奈沦落至此。他对着两个青年过客诉说当年勇，不禁涕泪交流。青年惊异好奇，义愤填膺，用他的名字为题，写下了诗篇《郭纶》。

东坡写的是七言诗：

河西猛士无人识，日暮津亭阅过船。路人但觉骢马瘦，不知铁槊大如椽。因言西方久不战，截发愿作万骑先。我当凭轼与寓目，看君飞矢射蛮毡。

苏辙的诗序交代了郭纶的背景："纶本河西弓箭手，屡战有功，不赏。自黎州都监官满，贫不能归，权嘉州监税。"他洋洋洒洒的五言古诗激昂慷慨地记录一场场出生入死的战役，为郭纶鸣不平：

郭纶本蕃种，骑斗雄西戎。流落初无罪，因循遂龙钟。嘉州已经岁，见我涕无穷。自言将家子，少小学弯弓。长遇西鄙乱，走马救边烽。手挑丈八矛，所往如投空。平生事苦战，数与大寇逢。……

眼前落魄的郭纶在人生的谷底徘徊，苏家兄弟都非常积极地推崇这位英雄人物，期许他重振威风。兄弟俩的乐观投射到他们准备去京师参加制科考试，为朝廷建功立业的宏图指日可待的壮心。他们用诗歌为郭纶立传，也许还拿了李白的"天生我材必有用"来鼓舞郭纶。郭纶后来怎么样了？萍水相逢，故事没有进行到结尾，但也可能兄弟俩见到的郭纶就已经在故事的尾声。

《郭纶》是目前所见东坡兄弟最早的同题诗作，我们很容易从文字的风格和叙事的笔法推衍印证他们的文学特色：东坡善于小中见大，以烘托、对比的方式刻画人物的特征；子由善于发表议论，事理层次分明，正气凛然。

苏辙认为郭纶的失意归因于"有功不赏"，他在诗的序文和内文里一再提到，这应该也是郭纶心里的纠葛，出自郭纶个人的判断。过去我也同情这位末路英雄，年岁渐长，见识多了办公室政治，我在自己的日记里写下："要紧的不是你的自我感觉良好，是人家怎么看你，在人家的眼里，你到底值多少？"朝廷将郭纶安插到嘉州担任监税，就是朝廷给予的"赏"，郭纶看不上这"人才垃圾场"似的"赏"，于是期待落空，闷闷不乐。要说郭纶受到不公平的待遇吗？所有自认怀才不遇、沉寂下僚的人都会指陈"正义"没有在"正确"的位置。

我这么说或许很残酷，但是经过切肤之痛才领悟。我们都像郭纶那样努力过、奋勇过，可惜得到的回报让我们感到卑微。郭纶"不幸"吗？当然不是！他的"不幸"感动了两位青年才俊，他的名字列在两大诗人的诗篇首章，难道不是一种"幸运"吗？苏辙不知道，郭纶不甘心担任的监税小官，后来他因兄长的"乌台诗案"牵连，一样被扔进"人才垃圾场"，被贬为筠州监酒税。"资源回收"的概念和做法还是好的，只要不消磨志气，苏辙最终官拜门下侍郎（副宰相，正二品），安享终老。

* * *

（一）
苏轼《初发嘉州》[1]（1059）

朝发鼓阗阗，西风猎画旃。

故乡飘已远，往意浩无边。

锦水细不见，蛮江清可怜。

奔腾过佛脚，旷荡造平川。

野市有禅客，钓台寻暮烟。

相期定先到，久立水溅溅。

（二）
苏轼《郭纶》[2]（1059）

河西猛士无人识，日暮津亭阅过船。

路人但觉骢马瘦，不知铁槊大如椽。

因言西方久不战，截发愿作万骑先。

我当凭轼与寓目，看君飞矢射蛮毡。

1.《苏轼全集校注》诗集 1，卷 1，页 5。
2.《苏轼全集校注》诗集 1，卷 1，页 1。

（三）

苏辙《郭纶》[1]

郭纶本蕃种，骑斗雄西戎。

流落初无罪，因循遂龙钟。

嘉州已经岁，见我涕无穷。

自言将家子，少小学弯弓。

长遇西鄙乱，走马救边烽。

手挑丈八矛，所往如投空。

平生事苦战，数与大寇逢。

昔在定川寨，贼来如群蜂。

万骑拥酋帅，自谓白相公。

挥兵取其元，模糊腥血红。

战胜士气振，赴敌如旋风。

蚩蚩毡裘将，不信勇且忠。

遥语相劝诱，一矢摧厥胸。

短兵接死地，日落沙尘蒙。

驰归不敢息，马口衔折锋。

谁知八尺躯，脱命万死中。

忽闻南蛮叛，羽檄行匆匆。

将兵赴危难，瘴雾不辞冲。

1.《栾城集》，卷 1，页 1—2。

行经贺州城，寂寞无人踪。
攀堞莽不见，入据为筑墉。
一旦贼兵下，百计烧且攻。
三日不能陷，救至遂得通。
崎岖有成绩，元帅多异同。
有功不见赏，憔悴落巴賨。
已矣复谁信，言之气恟恟。
予不识郭纶，闻此为敛容。
一夫何足言，窃恐悲群雄。
此非介子推，安肯不计功。
郭纶未尝败，用之可前锋。

为什么李白、杜甫不是「千年英雄」?

　　2000 年,法国第二大全国日报《世界报》(*Le Monde*)为迎接千禧年特别制作专题,记者让-皮埃尔·朗日里耶(Jean-Pierre Langellier)选取 12 位跨越公元 1000 年的世界人物,名为"千年英雄"。其中,唯一获选的中国人是苏东坡。

　　此后,在华文语境里,"千年英雄苏东坡"成为标志苏东坡国际地位和终身成就的荣耀,甚至以"苏东坡是国际认定的千年英雄"为前提,指出苏东坡优于李白、杜甫的伟大。

　　评价人的标准很多,往往指标之间是"相对"的衡量;文学艺术更难有"绝对"的判定。李白、杜甫、苏东坡并不是一起参加马拉松长跑的运动员,谁能一眼看出哪一位是先驰得点?是优胜劣败的结果?

　　为什么李白、杜甫不是"千年英雄"?原因其实很简单,他们出生于公元 1000 年以前,不在《世界报》选取的时代范围之内,也就是说，没有"参赛资格"。

那么，获选《世界报》的12位"千年英雄"是哪些人？他们有什么特色？苏东坡在他们之中，具有什么意义呢？

"千年英雄"（*Les Héros de l'An Mil*）一书在2000年9月出版，12位英雄依序为：

拉乌尔·格拉贝（Raoul Glaber，985—1047），法国僧侣、历史学家。

西尔维斯特二世（Sylvestre II，945—1003），天文学家、教育家。

奥托三世（Otton III，980—1002），神圣罗马帝国皇帝。

阿雷佐（Guy d'Arezzo，991/992—1033年之后），意大利中世纪音乐理论家，常被认为是现代音乐记谱法（五线谱）的发明者。

圣史蒂芬一世（Etienne Ier de Hongrie，969—1038），匈牙利阿尔帕德王朝大公和第一位国王。

奥拉夫一世（Olaf Ier de Norvège Olaf Tryggvason，1099—1115），挪威国王。

巴西尔二世（Basil II Porphyrogenitus，958—1025），马其顿王朝的东罗马帝国皇帝。

曼苏尔（Al-Mansur，938—1002），西班牙安达卢西亚军事政治家。

伊本·西那（Ibn Sina，980—1037），中世纪波斯哲学家、医学家、自然科学家、文学家。

马哈茂德·伽色尼（Mahmud de Ghazna，971—1030），伽色尼王国（今属阿富汗）最著名的英明帝王。

苏东坡（1037—1101），中国伟大文学家。

紫式部（Murasaki Shikibu，约978—1016），日本小说《源氏物语》作者。

这份名单的人物来自欧洲和亚洲，涵括了政治、军事、宗教、医学、艺术、文学、历史、哲学等方面的卓越人才，大部分是出生于10世纪，也就是生活跨越过第一个千禧年的人。其中，只有紫式部是女性。苏东坡作为"学者型官员"、诗人、书画家，可以说是12位"千年英雄"里全面发展又出类拔萃的一位。

过去我只晓得苏东坡对东亚的影响，以及英语学术圈的研究概况。2017年11月23日，在第八届（眉山）东坡文化节开幕主题演讲中，皮埃尔叙述了当年挑选12位"千年英雄"的机缘和背景，盛赞苏东坡的天才和精神。他还谈到苏东坡在法国的知音，作家克洛德·鲁瓦（Claude Roy，1915—1997）写了小说《千年之前的朋友》（*L'ami qui venait de l'An Mil*，1994年出版），从友谊和情感方面认识苏东坡；汉学家帕特里克·凯瑞（Patrick Carré，1952—　）写过苏东坡贬谪黄州的著作《永垂不朽》（*L'Immortel*，1992年出版）。我猜想，用法语诵读苏东坡的诗词，一定别有情调吧？

换一个角度想，"千年英雄"所推崇的，不仅仅是某一生命个体所发挥的对当时有益的事物、言论、措施，对人类文明的贡献，而是基于他个人的才能智识，回应了所处的时代与生活，使得千年以后的我们，既回溯过往，观察一千年的历史变化，进一步思考"人"的价值。这"人"的价值，超越人种和语言文化，达到"人同此心"。

所以，别再纠结李白、杜甫为什么不被法国人选为"千年英雄"啦！他们可是"千年英雄"以前的"英雄"呢！

＊ ＊

苏轼心目中的"英雄"是怎样的呢？我们从他评价孔融（北海）、诸葛亮、曹操的文章，可以看出一些想法：

1. 英雄具有勇气、担当和不怕死的特质："临难不惧，谈笑就死为雄"。

2. 世人以成败论英雄，无可厚非。曹操可称为英雄。

3. 曹操临终前流露了真性情："平生奸伪，死见真性"。他在赤壁之战之所以失败是因为"魏武长于料事，而不长于料人"，"重发于刘备而丧其功，轻为于孙权而至于败"，也就是误判形势，施力不当。诸葛亮比曹操重视仁义，可是不能掌握时势，终究还是缺失。

＊ ＊ ＊

（一）

苏轼《孔北海赞并叙》¹（作年未详）

文举以英伟冠世之资，师表海内，意所予夺，天下从之，此人中

1.《苏轼全集校注》文集4，卷21，页2314。

龙也。而曹操阴贼险狠，特鬼蜮之雄者耳。其势决不两立，非公诛操，则操害公，此理之常。而前史乃谓公负其高气，志在靖难，而才疏意广，讫无成功，此盖当时奴婢小人论公之语。公之无成，天也。使天未欲亡汉，公诛操如杀狐兔，何足道哉！世之称人豪者，才气各有高庳，然皆以临难不惧，谈笑就死为雄。操以病亡，子孙满前而咿嘤涕泣，留连妾妇，分香卖履，区处衣物，平生奸伪，死见真性。世以成败论人物，故操得在英雄之列。而公见谓才疏意广，岂不悲哉！操平生畏刘备，而备以公知天下有己为喜，天若胙汉，公使备，备诛操无难也。予读公所作《杨四公赞》，叹曰：方操害公，复有鲁国一男子慨然争之，公庶几不死。乃作《孔北海赞》曰：

晋有羯奴，盗贼之靡。欺孤如操，又羯所耻。我书《春秋》，与齐豹齿。文举在天，虽亡不死。我宗若人，尚友千祀。视公如龙，视操如鬼。

（二）

苏轼《诸葛亮论》[1]（1060 应制科试前）

取之以仁义，守之以仁义者，周也。取之以诈力，守之以诈力者，秦也。以秦之所以取取之，以周之所以守守之者，汉也。仁义诈力杂用以取天下者，此孔明之所以失也。

曹操因衰乘危，得逞其奸，孔明耻之，欲信大义于天下。当此时，

1.《苏轼全集校注》文集 1，卷 4，页 378—380。

曹公威震四海，东据许、兖，南牧荆、豫，孔明之恃以胜之者，独以其区区之忠信，有以激天下之心耳。夫天下廉隅节概慷慨死义之士，固非心服曹氏也，特以威劫而强臣之，闻孔明之风，宜其千里之外有响应者，如此则虽无措足之地而天下固为之用矣。且夫杀一不辜而得天下，有所不为，而后天下忠臣义士乐为之死。刘表之丧，先主在荆州，孔明欲袭杀其孤，先主不忍也。其后刘璋以好逆之至蜀，不数月，扼其吭，拊其背，而夺之国。此其与曹操异者几希矣。曹、刘之不敌，天下之所共知也。言兵不若曹操之多，言地不若曹操之广，言战不若曹操之能，而有以一胜之者，区区之忠信也。孔明迁刘璋，既已失天下义士之望，乃始治兵振旅，为仁义之师，东向长驱，而欲天下响应，盖亦难矣。

曹操既死，子丕代立，当此之时，可以计破也。何者？操之临终，召丕而属之植，未尝不以谭、尚为戒也。而丕与植，终于相残如此。此其父子兄弟且为寇雠，而况能以得天下英雄之心哉！此有可间之势，不过捐数十万金，使其大臣骨肉内自相残，然后举兵而伐之，此高祖所以灭项籍也。孔明既不能全其信义，以服天下之心，又不能奋其智谋，以绝曹氏之手足，宜其屡战而屡却哉！

故夫敌有可间之势而不间者，汤、武行之为大义，非汤、武而行之为失机。此仁人君子之大患也。吕温以为孔明承桓、灵之后，不可强民以思汉，欲其播告天下之民，且曰"曹氏利汝吾事之，害汝吾诛之。"不知蜀之与魏，果有以大过乎！苟无以大过之，而又决不能事魏，则天下安肯以空言竦动哉？呜呼！此书生之论，可言而不可用也。

（三）

苏轼《魏武帝论》[1]（1061）

世之所谓智者，知天下之利害，而审乎计之得失，如斯而已矣。此其为智犹有所穷。惟见天下之利而为之，惟其害而不为，则是有时而穷焉，亦不能尽天下之利。古之所谓大智者，知天下利害得失之计，而权之以人。是故有所犯天下之至危，而卒以成大功者，此以其人权之，轻敌者败，重敌者无成功。何者？天下未尝有百全之利也，举事而待其百全，则必有所格，是故知吾之所以胜人，而人不知其所以胜我者，天下莫能敌之。

昔者晋苟息知虢公必不能用宫之奇，齐鲍叔知鲁君必不能用施伯，薛公知黥布必不出于上策，此三者，皆危道也，而直犯之，彼不知用其所长，又不知出吾之所忌，是故可以冒害而就利。自三代之亡，天下以诈力相并，其道术政教无以相过，而能者得之。当汉氏之衰，豪杰并起而图天下，二袁、董、吕，争为强暴，而孙权、刘备，又已区区于一隅，其用兵制胜，固不足以敌曹氏，然天下终于分裂，讫魏之世，而不能一。

盖尝试论之。魏武长于料事，而不长于料人。是故有所重发而丧其功，有所轻为而至于败。刘备有盖世之才，而无应卒之机。方其新破刘璋，蜀人未附，一日而四五惊，斩之不能禁。释此时不取，而其后遂至于不敢加兵者终其身。孙权勇而有谋，此不可以声势恐喝取也。

1.《苏轼全集校注》文集1，卷3，页291—292。

魏武不用中原之长，而与之争于舟楫之间，一日一夜，行三百里以争利。犯此二败以攻孙权，是以丧师于赤壁，以成吴之强。

且夫刘备可以急取，而不可以缓图。方其危疑之间，卷甲而趋之，虽兵法之所忌，可以得志。孙权者，可以计取，而不可以势破也，而欲以荆州新附之卒，乘胜而取之。彼非不知其难，特欲侥幸于权之不敢抗也。此用之于新造之蜀，乃可以逞。

故夫魏武重发于刘备而丧其功，轻为于孙权而至于败。此不亦长于料事而不长于料人之过欤？

嗟夫！事之利害，计之得失，天下之能者举知之，知之而不能权之以人，则亦纷纷焉或胜或负，争为雄强，而未见其能一也。

（四）
杨慎《临江仙》[1]

滚滚长江东逝水，浪花淘尽英雄；是非成败转头空，青山依旧在，几度夕阳红。

白发渔樵江渚上，惯看秋月春风；一壶浊酒喜相逢，古今多少事，都付笑谈中。

1.《历代史略词话》卷上，收入《杨升庵丛书》（天地出版社 2002 年版），册 4，页 588。

重

庆

　　苏洵父子全家1059年出蜀入京，结合了水路和陆路，离开嘉州（今四川乐山市）之后，顺江经戎州（今四川宜宾市）、泸州（今四川泸州）、渝州（今重庆市）、涪州（今重庆市涪陵区）、忠州（今重庆市忠县）、万州（今重庆市万州区）、夔州（今重庆市奉节县），然后入三峡，出峡后继续江行，经过峡州（今湖北宜昌市），到达江陵。在江陵改行陆路北上抵达京师。

＊ ＊ ＊

　　在这个世界上，想当自己的主子，不理老板脸色的人比比皆是，如果你身怀一技之长，懂得抛锅弄铲、理面修容，或是驾驶车辆、搬有运无，总有混一口饭吃的地方，但是假使你只空有一身力气和杀不完的时间，别担心，到重庆去！

三千万人口的重庆，在1997年挺出风头，三峡大江截流的消息吸引来排山倒海的游客，顺水而下的起点，逆流而上的终点，总之，往返于长江总会停靠重庆，这还不风光？重庆人引以为傲的"双重喜庆"是"香港回归祖国""重庆升格为直辖市"，尤其是后者，远在西南一隅，自抗战胜利之后便交出"陪都"的席次，黯然退居二线，终于再以惊人的人口数量拉上了与北京、上海和天津并列的地位。在中国大陆，遇见新朋友猜他是四川人准没错，想想，仅仅四川就有上亿人，概率怎么不大？

　　"嘉陵江""沙坪坝"，往昔小说戏剧里耳熟能详的地方全到了眼前，一时目眩神驰——当然晕头转向啦！重庆实在够热的，都9月底了，气温还可以窜上摄氏三十几甚至四十度，江上的烟雾全是蒸腾的水汽，挥汗如雨的重庆人连说话也比温软的成都人急切烦躁，有时热得超乎人体所能承受，学校还放"暑"假，下午早早就放孩子回家，极度奢侈的冷气机（空调）恐怕是重庆小朋友写给圣诞老公公最为渴望的礼物吧！不过热归热，买得起冷气却未必交得起电费，难怪旅行成都时遇见的重庆老夫妇讲起他们住的80元一晚的小宾馆会如痴如醉，宛若天堂："极冷的空调""无限量供应的卫生纸""一次性的盥洗用具"……不是有个讽刺的笑话这么说——南京、武汉和重庆三大火炉的老百姓是不怕死后下地狱煎油锅的，因为他们生前就活在"油锅"里！

　　赭红泥土的山城处处可见旧时的防空洞，除了部分被封闭，其他大都已经改为民宅、商铺、工厂或者油库，所谓的"重庆精神"已被"红岩精神"的标语口号取代，吃苦耐劳、勤奋坚忍的特质依然一致吧？

地狭人稠，每天有千万人穿流于蜿蜒的山路。不像其他城市里有大量的自行车，街边贩售自行车的商店窗明几净，店里陈售的是最新款的越野车。歪着脑袋想一想，可不是吗？不是有闲钱、有闲工夫，努力锻炼身体的人，谁能对付得了那行行重行行、上山下坡、没完没了的路程？重庆人自称住在"堵城"，公交车挤得水泄不通，出租车猛按喇叭，蹲在路旁吸烟的"棒棒军"道："急个什么劲儿？反正十路九堵，另一条还在挖挖补补咧！"

"棒棒军"大多是乡间的农民，或是下岗的工人，他们拎着一根木棒，重庆大街上讨生活。话说那日初到重庆港，还未下游览车，"棒棒军"便抓着棍棒蜂拥而上。导游小姐要我们小心提好个人行李，千万别随便交给"棒棒军"。大家一团混乱，我没听清楚她的话，只是心头一惊，道是盲流来袭。拖着旅行箱，跟跟跄跄来到码头，同车的客人都陆续登船了，剩下我一人呆立，无所适从。导游的干女儿陪着我，等导游去联系，听说我搭的船明天早上才到。熙熙攘攘的人群，喧嚣鼎沸，不时有"棒棒军"前来询问，女孩对他们凶怒斥喝，用重庆话叫他们滚远一些，我才弄懂他们原来是城市挑夫，想替我把行李扛上船，赚取工资。

女孩年约十四五岁，留着中分的齐耳短发，两边乖乖地别了一对水蓝色的塑料发夹，笑起来唇角一双深深的小酒窝，十分甜美可爱。我们正聊着她最喜爱的《几度夕阳红》连续剧，"棒棒军"发现躲在角落的我俩，将我们团团包围。见她突然变得凶悍，手插腰际，瞪视面前三五个"棒棒军"大汉，连声轰走他们而毫无惧色，令我吃惊。

　　"棒棒军"这样的营生，完全是"靠山吃山"而来。山城的阶梯令背负行李的旅人或上街购物的市民望而却步，环伺在旁的"棒棒军"比出租车还便宜，狭巷小弄，来去自如，又不虞塞车，送货到府，服务到家，的确方便。

　　然而，为什么大庭广众之下，灼如烈炽的"棒棒军"会如此令我心生畏惧呢？是由于他们吃饭的家伙状似武器？为了避免"破财"的晦气，"棒棒军"使的不是剖成两半的扁担，而是长度相当的材头木棍，他们似乎各凭本事招揽生意，又像是有组织的部队分散攻击。非常"雄性"的棒棒军击中了我疲惫旅行的脆弱神经。导游和她的干女儿带我找了一家颇具规模的饭店投宿，并答应明天一早派人带我上船。我婉谢了她们领我去尝地道重庆麻辣火锅的邀请，卸下防卫之后的倦意让我不能饮食，不能思想。

　　站在十楼的窗前，只有靛蓝不见星斗的天空和重庆港的霓虹灯隐约在望。我拉上窗帘，和衣倒头便睡，晚安，三千万重庆同胞！晚安，"棒棒军"兄弟！明儿早晨，你们是否也在码头送我？

＊　＊　＊

苏轼《渝州寄王道矩》[1]（1059）

　　曾闻五月到渝州，水拍长亭砌下流。惟有梦魂长缭绕，共论唐史

1.《苏轼全集校注》诗集1，卷1，页28。

更绸缪。舟经故国岁时改，霜落寒江波浪收。归梦不成冬夜永，厌闻船上报更筹。

东坡的渝州（重庆）印象来自青神的友人王道矩。王道矩和他谈过 5 月的渝州景致，待他自己亲身体验，却是迥然的风光——没有长亭下拍击的波浪，而是结霜停滞的江水。这里是旧友的故地，自己"在场"，但是和旧友提供的经验断裂。弥补断裂，联系过去与现在的纽带，是两人共同讨论唐史的往事。梦魂回到往事的情境，仿佛一切如故；可叹的是旅夜漫漫，报时的更声回响于舟船。

成如容易却艰辛

在嘉州认识落寞的异族弓箭手郭纶，在渝州怀想友人王道矩，前往京师的 4 个月行程，苏洵父子见闻增广，眼界大开，时时书写记录。从眉山到江陵期间共写了 100 篇，合为《南行集》，东坡作《叙》。其后江陵到京师途中又完成了 73 篇，合为《南行后集》，子由作《引》，并将东坡作叙的集子称为《南行前集》，前后合称《南行集》。《南行集》和子由的引文今不存，我们只能分别从他们三位个人的文集里摘取，找到包括东坡《南行前集叙》大约 151 篇，一窥全书的原貌。

在《南行前集叙》里，东坡道出写作的初衷："不得不然"，不是刻意"作文"，而是受到山川（自然）、风俗（文化）、贤人君子（人物）所触动发出的感叹。这个观点和《诗经（毛诗）·大序》说的"情动于中而形于言"相通，且更强调水到渠成，天然不假外求的自由状态。

东坡说他受到父亲的影响，所谓"自少闻家君之论文，以为古之圣人有所不能自已而作者"，苏洵论文的主张见于他1049年写的《仲兄字文甫说》。苏洵的二兄苏涣本来字"公群"，苏洵从《易经·涣卦》六四爻辞读到"群"的含义，认为字"公群"有自命圣人之感。于是苏涣请他改字。苏洵根据《易经·涣卦》象曰："风行水上，涣。"高谈阔论"风"和"水"相遇成"文"的道理，为二兄取字"文甫"。

苏洵指出：风水相遇生成的"文"是天下至"文"。风拂水面形成波纹，不是风要制造波纹，也不是水想显现波纹，毫无勉强刻意，波纹就形成了。把水的波纹引申到文章的"文"，同样地，写作也应该无压力、无负担，好文章自然成型。

用水比喻写作的例子还见于东坡的《自评文》(《论文》)：

吾文如万斛泉源，不择地皆可出，在平地滔滔汩汩，虽一日千里无难。及其与山石曲折，随物赋形，而不可知也。所可知者，常行于所当行，常止于不可不止，如是而已矣。其它虽吾亦不能知也。[1]

"常行于所当行，常止于不可不止"的提法，直到东坡临终前数月，还用来褒扬一位青年推官谢民师，可见他的坚持。如果只看《南行集》的作品，会发现叙文里谈的自然生成写作毕竟只是理想，至少东坡兄弟俩是极把写作当回事，努力为之的，否则就不必有许

1.《苏轼全集校注》文集10，卷66，页7422。

多同题和次韵唱和的作品。

顶厉害的一首，光看诗题就挺有摩拳擦掌的意味：《江上值雪，效欧阳体，限不以盐玉鹤鹭絮蝶飞舞之类为比，仍不使皓白洁素等字，次子由韵》，既然是东坡次韵，可见是子由先出招。子由提议学欧阳修在仁宗皇祐二年（1050）作《雪》，诗题下注明："时在颍州作。玉、月、梨、梅、练、絮、白、舞、鹅、鹤、银等字，皆请勿用。"意思是避免使用平常形容雪景的字眼，子由也挑了一些形容词和比喻词作为禁用字眼，兄弟俩这种刻意又烧脑的深度练习，谁相信是"非勉强所为之文"啊！

* * *

（一）

苏轼《南行前集叙》[1]（1059）

夫昔之为文者，非能为之为工，乃不能不为之为工也。山川之有云雾，草木之有华实，充满勃郁，而见于外，夫虽欲无有，其可得耶！自少闻家君之论文，以为古之圣人有所不能自已而作者。故轼与弟辙为文至多，而未尝敢有作文之意。己亥之岁，侍行适楚，舟中无事，博弈饮酒，非所以为闺门之欢，而山川之秀美，风俗之朴陋，贤人君子之遗迹，与凡耳目之所接者，杂然有触于中，而发于咏叹。盖

1.《苏轼全集校注》文集 2，卷 10，页 1009。

家君之作与弟辙之文皆在，凡一百篇，谓之《南行集》。将以识一时之事，为他日之所寻绎，且以为得于谈笑之间，而非勉强所为之文也。

时十二月八日，江陵驿书。

（二）
苏洵《仲兄字文甫说》[1]（1049）

洵读《易》至《涣》之六四曰："涣其群，元吉。"曰：嗟夫，群者，圣人所欲涣以混一天下者也。盖余仲兄名涣，而字公群，则是以圣人之所欲解散涤荡者以自命也，而可乎？他日以告，兄曰："子可无为我易之？"洵曰："唯。"既而曰：请以文甫易之，如何？

且兄尝见夫水之与风乎？油然而行，渊然而留，渟洄汪洋，满而上浮者，是水也，而风实起之。蓬蓬然而发乎太空，不终日而行乎四方，荡乎其无形，飘乎其远来，既往而不知其迹之所存者，是风也，而水实形之。今夫风水之相遭乎大泽之陂也，纡余委蛇，蜿蜒沦涟，安而相推，怒而相凌，舒而如云，蹙而如鳞，疾而如驰，徐而如徊，揖让旋辟，相顾而不前，其繁如縠，其乱如雾，纷纭郁扰，百里若一，汩乎顺流，至乎沧海之滨，磅礴汹涌，号怒相轧，交横绸缪，放乎空虚，掉乎无垠，横流逆折，溃旋倾侧，宛转胶戾，回者如轮，萦者如带，直者如燧，奔者如焰，跳者如鹭，跃者如鲤，殊状异态，而风水之极观备矣！故曰："风行水上涣。"此亦天下之至文也。

1.《嘉祐集笺注》，卷15，页412。

然而此二物者岂有求乎文哉？无意乎相求，不期而相遭，而文生焉。是其为文也，非水之文也，非风之文也，二物者非能为文，而不能不为文也。物之相使而文出于其间也，故曰：此天下之至文也。今夫玉非不温然美矣，而不得以为文；刻镂组绣，非不文矣，而不可以论乎自然。故夫天下之无营而文生之者，唯水与风而已。

　　昔者君子之处于世，不求有功，不得已而功成，则天下以为贤；不求有言，不得已而言出，则天下以为口实。呜呼，此不可与他人道之，唯吾兄可也。

（三）

欧阳修《雪》[1]（1050）

　　时在颍州作。玉、月、梨、梅、练、絮、白、舞、鹅、鹤、银等字，皆请勿用。

　　新阳力微初破萼，客阴用壮犹相薄。朝寒棱棱锋莫犯，暮雪缕缕止还作。

　　驱驰风云初惨淡，炫晃山川渐开廓。光芒可爱初日照，润泽终为和气烁。

　　美人高堂晨起惊，幽士虚窗静闻落。酒垆成径集瓵罂，猎骑寻踪得狐貉。

1.《欧阳修全集》(中华书局 2001 年版)，外集卷 4，页 764。"等字"《欧阳修诗文集校笺》丛刊本作"等事"，《欧阳修诗文集校笺》(上海古籍出版社 2009 年版) 外集卷 4，页 1363。

龙蛇扫处断复续，狼虎团成呀且攫。共贪终岁饱粹麦，岂恤空林饥鸟雀。

沙墀朝贺迷象笏，桑野行歌没芒骠。乃知一雪万人喜，顾我不饮胡为乐。

坐看天地绝氛埃，使我胸襟如洗瀹。脱遗前言笑尘杂，搜索万象窥冥漠。

颍虽陋邦文士众，巨笔人人把矛槊。自非我为发其端，冻口何由开一噱。

（四）

王安石《题张司业诗》[1]

苏州司业诗名老，乐府皆言妙入神。
看似寻常最奇崛，成如容易却艰辛。

1.《王荆文公诗笺注》(上海古籍出版社 2010 年版)，册下，卷 45，页 1189。

三

峡

悬
解

　　1059 年，苏洵父子和家眷出蜀入京，沿江而行，进入长江三峡。他们欣赏了三峡的万千气象，游历了屈原塔、神女庙以及昭君村、望夫台、八阵碛等名胜古迹。

＊　＊

　　和所有赶风潮的人一样，我也在三峡大坝工程开始的倒数声中搭上游轮，来了一趟"文化"之旅。

　　先是没赶得及原先预订的船班，被迫在重庆过夜。第二天只有"星级"游轮可以补得上位，我被"海噱"了一顿，掏光了钱包，买了比本来贵三倍的船票。只怪自己当初考虑不周，买的是不能退换的武汉飞香港的机票，过河卒子，硬着头皮，不入武汉，回不了家。

　　游轮的名字很引人遐想——"长江公主"，那可不正是指我吗？优哉游哉，"朝辞白帝彩云间，千里江陵一日还"……我的公主梦还未酣，就被不洁的伙食和饮水打落凡间。细雨纷飞，我强忍着腹痛，在甲板上望着陡峭的峡壁，滚滚长江东逝水，再不是三国，再不是唐宋，我的船行只有渴望的归程。

第二天，换乘小船游历素有"小三峡"之称的大宁河。大宁河之奇险更胜三峡，时有惊涛从洞开的"窗户"泼溅进来（说是"窗户"实在勉强，除了木条钉成的窗框，什么遮蔽物也没有）。同船的游客兴致勃勃，穿着保丽龙救生衣摇摇晃晃地摆出胜利的手势照相。行经低浅的水域，必须以竹篙撑顶而过，并避开巉露的巨岩，坐在船中伸手"窗"外，竟可触及河底，随意挑拣卵石，清澈的河水透着沁凉。

不知是船老大的技术太差，还是机械太老旧，别的船只可以靠马达冲越的石堆，我们却颤颤巍巍，裹足不前，远远落后同游轮的其他小船。船老大吃力地撑着竹篙，帮助推动船身前进，结果后来竟动弹不得，原来是搁浅了！试过十几回无效之后，船老大用无线电求救，等待救援的一船人彼此攀谈起来，"十年修得同船渡"！是真巧，一船十来名游客都是台湾同胞。

既然走不动，河岸边观望的五六个小孩纷纷涉水到我们船边，做起买卖：菊花石、鱼化石、恐龙蛋，探头下水，什么样的奇石都有！聪明的同胞说这是船老大故意安排的 shopping（购物）活动，孩子们也司空见惯这种进退两难的局面，丝毫没有要帮忙的意思。

买卖做得差不多了，救兵却不见踪影，有人催促船老大快点儿，他把烟蒂丢向河里，再拿起沙沙作响的无线电，又过了半个小时，终于来了一艘同样破旧的小船。船老大扳住那艘船的船顶，将它拉近，跳上船头，朝我们大吼一声，大家乖乖地换船，各自坐在同样的方位，窸窸窣窣，继续前行。

不到40分钟，气喘吁吁的马达宣告寿终正寝，群起哗然，浓重的柴油味儿让坐在后座的人陆续走避。"是没油了吗？""漏光了？""马达烧坏了？"议论间，船老大检查不出结果，土法炼钢，把竹篙撑得更弯了。没有用，十几二十个人单凭一枝竹篙怎么搬得动？

船老大满头大汗，约莫40岁的脸上青筋猛爆，再度扯出无线电。

这一次来的船稍微新一些，至少木板座位上加了塑胶垫。船老大让来船靠近，把我们赶上新船。新船的船老大是个小伙子，使人重新燃起了希望，展开了笑语，一路颠簸，大宁河上早没有了其他船只的踪影，我们向老船老大挥挥手，新的船老大说，再过两个钟头吧。就快到了！

看看那峡谷，看看那古栈道和悬棺的遗迹，大三峡壮阔，小三峡俊美，我早把那位晕船比谁都厉害的随船导游姑娘给忘了。她在台湾同胞万金油加绿油精的擦擦揉揉，以及连番换船的折腾之下清醒了过来，执起话筒尽了些本分。可惜，真是好事多磨，我们的船又触礁了，打横在河心。这时已经有从目的地回返的船只，我们这拦路一挡，造成交通大乱。几个船老大隔空喊话的结果，由靠近河岸的那艘先放下乘客，撑来对岸，接驳我们下船。照这般光景是不能再前进了，否则天黑之前无法回到游轮。正午早过，大家交互传递的饼干零食也已告罄。"回去吧！"有人说，"早知道这么危险我就不来玩了！"

但是回去得在对岸登船，水流湍急，岩礁处处，怎么渡河呢？

船老大说至少得绕过山岗，往上游稍平缓的台地才能安全登船，顺着他的手指仰首眺望，土坡上零星的帆布篷看似有人烟，我们沿着蔓草横生的小径爬上山，大宁河"塞船"的景观真是不亚于台北。

虽然饥肠辘辘，大家不理睬山村居民叫卖着的番薯和面条，径自走去。群龙无首，幸而路只有一条，应该不会错。导游姑娘又开始身体不适，一位老妇人搀扶她走在最后，憨厚模样的老伯提醒大家维持步调不要走散。阵阵猪圈的臭气飘浮在空中，前头有人高喊着："到了，到了！"不晓得船老大约的是不是就是那里。

但我们却越来越怀疑，因为船老大不见了踪影。有人说："该不会被放鸽子吧！""别开玩笑了！"又有人回首来时路说："刚才那一段山路，被洗劫了、被干掉了都没人知道……"

河面吹来淡淡的微风，发现自己仍穿着保丽龙救生衣的人尴尬地脱掉。我身旁一位中年男子从背袋里找出一把指甲剪，咔咔咔，剪起指甲。指甲剪的声音惹来众人眼光，"都什么时候了，还剪指甲！"

"闲着也是闲着。"那男子说。

东坡在惠州游松风亭，脚力疲乏，昂首仰观，松风亭还在高山之上，心忧何时可达，良久，悟道："此间有什么歇不得处？"

可不是吗？

"要不要剪指甲？"

我接过他的剪子，学当地人蹲在河边，咔、咔、咔、咔……

* * *

苏轼《记游松风亭》[1]（1095）

余尝寓居惠州嘉祐寺，纵步松风亭下，足力疲乏，思欲就林止息。仰望亭宇尚在木末，意谓如何得到？良久忽曰："此间有甚么歇不得处！"由是心若挂钩之鱼，忽得解脱。若人悟此，虽两阵相接，鼓声如雷霆，进则死敌，退则死法，当恁么时，也不妨熟歇。

1.《苏轼全集校注》文集 10，卷 71，页 8113。

　　苏轼的《记游松风亭》严格说来是记载了半途而废，欲游松风亭而不达的经历。这个故事很容易让人联想到禅宗的"活在当下""放下""解脱"的思想。我在三峡大宁河遇阻，蹲在河边剪指甲的时候也是这么想。还联想到可能是从铃木大拙谈禅的书里读来的公案，说有个人被猛虎追逐，拼命逃跑，滑到悬崖顶，双手紧抓着山壁土缝里露出的藤蔓。他双脚腾空，抬眼望见面前红艳艳的浆果，当下心念一转，伸手朝土缝里摘了一颗浆果："好甜!"

　　然后呢？东坡最终有没有在休息过后继续登上松风亭？被猛虎追逐的逃命人有没有获救？

　　2007年去惠州，我注意到东坡曾经活动过的地方并没有高山。他寓居的嘉祐寺后来是东坡小学（惠州市惠城区学背街119号），附近较高的地势大约23米。即使后来他购地筑室的白鹤峰（位于东江南岸），海拔也不过17米。松风亭等于是在小坡上，怎么年近

60 岁的东坡就"足力疲乏，思欲就林止息"了呢？所以他才觉得心有未甘、力有未逮，要写一篇记叙文来解释停歇的正当理由吗？他举了一个极端的情况，说战争时前进或后退都可能受到生命威胁或军法制裁，击鼓咚咚，你不妨停下来歇歇。

人到中老年，懂得舍得应该是某种人生领悟吧。回到三峡舟中 20 多岁的东坡，他有没有像我一样在三峡受阻呢？

还真有。

就在归州（今秭归）东南 12 公里处，西陵峡北岸的新崩滩。此处又叫"新滩""豪三峡"，历史上曾经发生多次巨大面积的山体滑坡，形成奇险难行的地貌，东坡有《新滩》诗描述："扁舟转山曲，未至已先惊。白浪横江起，槎牙似雪城。"他们在新滩因风雪滞留了三天，东坡作《新滩阻风》诗记之。

三天没法前行，东坡说，就待在室内喝酒。东坡不是酒徒，酒徒喝了酒尽兴。诗人喝了酒创作，如同《南行前集叙》说的："博弈饮酒，非所以为闺门之欢。"东坡写《新滩阻风》，记的是自己行程停顿的原因和状态，他喝酒思索、锻炼字句的作品之一，就是子由提出的"考题"：《江上值雪，效欧阳体，限不以盐玉鹤鹭絮蝶飞舞之类为比，仍不使皓白洁素等字，次子由韵》。

我们怎么知道的？子由的原诗不存，他在次韵东坡《病中，大雪数日，未尝起观，虢令赵荐以诗相属，戏用其韵答之》的诗《次韵子瞻病中大雪》，提到了那时的情景："空记乘峡船，行意被摧铧。溟蒙覆洲渚，泠冽光照坐。我唱君实酬，驰骋不遑卧。譬如逐兽卢，岂觉山径坷。酒肴助喧热，笔砚尽沾涴。诗词禁推类，令肃安敢破。"既然得在原地待几天，不如玩个可以打发时间的游戏，子由提议仿效欧阳修"禁体物语"，不用常见描写雪的字语，以求别开生面。东坡不眠不休，像个追捕猎物的猎犬，顾不得山路坎坷，奋勇前奔。东坡写诗，搞得吃菜喝酒的场合都沾了墨。这种多重限制、力图突破的写诗规定，的确是很有挑战性啊！

东坡最终交出了作品——苏轼《江上值雪，效欧阳体，限不以盐玉鹤鹭絮蝶飞舞之类为比，仍不使皓白洁素等字，次子由韵》：

缩颈夜眠如冻龟，雪来惟有客先知。江边晓起浩无际，树杪风多寒更吹。青山有似少年子，一夕变尽沧浪髭。方知阳气在流水，沙上盈尺江无澌。随风颠倒纷不择，下满坑谷高陵危。江空野阔落不见，入户但觉轻丝丝。沾裳细看巧刻镂，岂有一一天工为。霍然一挥遍九野，吁此权柄谁执持。世间苦乐知有几，今我幸免沾肤肌。山夫只见压樵担，岂知带酒飘歌儿。天王临轩喜有麦，宰相献寿嘉及时。冻吟书生笔欲折，夜织贫女寒无帏。高人着屐踏冷冽，飘拂巾帽真仙姿。野僧斫路出门去，寒液满鼻清淋漓。洒袍入袖湿靴底，亦有执板趋阶墀。舟中行客何所爱，愿得猎骑当风披。草中咻咻有寒兔，孤隼下击千夫驰。敲冰煮鹿最可乐，我虽不饮强倒卮。楚人自古好弋猎，谁能往者我欲随。纷纭旋转从满面，马上操笔为赋之。[1]

全诗先写江上雪景，接着从自然转到人事，樵夫、皇帝、宰

1.《苏轼全集校注》诗集1，卷1，页90。

相、书生、贫女、高人、野僧……因雪而不同感受和遭遇的苦乐众生相。最后写个人现况，风雪阻行，大伙儿上岸打猎，酒肉同欢。

东坡是以应战的心态接受写作这一类禁止熟词熟语的诗，他后来在《聚星堂雪》里说："当时号令君听取，白战不许持寸铁"[1]，所以"禁体物语"的诗也称"白战体"。东坡赤手空拳打仗的策略，是避免和敌人正面交锋，子由要求"不以盐玉鹤鹭絮蝶飞舞之类为比，仍不使皓白洁素等字"，这些字主要来形容雪的景象，东坡利用水平思考法（Lateral Thinking/Horizontal Thinking）的发散性思维，把"人看雪"换位反向成"雪中人"，巧妙脱离了制约。

《记游松风亭》是不是要强调"休息是为了走更长远的路"？还是"量力而为，顺其自然"？抑或"当下即是，放下执念"？我想，文学的多维解读正如东坡因应那场三峡风雪，自由。

* * *

（一）

苏轼《新滩阻风》[2]（1059）

北风吹寒江，来自两山口。初闻似摇扇，渐觉平沙走。飞云满岩谷，舞雪穿窗牖。滩下三日留，识尽滩前叟。孤舟倦鸦轧，短缆困牵揉。尝闻不终朝，今此独何久。只应留远人，此意固亦厚。吾今幸无

1.《苏轼全集校注》诗集 6，卷 34，页 3808。
2.《苏轼全集校注》诗集 1，卷 1，页 88。

事，闭户为饮酒。

（二）

苏轼《病中，大雪数日，未尝起观，虢令赵荐以诗相属，戏用其韵答之》[1]（1062）

经旬卧斋阁，终日亲剂和。不知雪已深，但觉寒无奈。

飘萧窗纸鸣，堆压檐板堕（关中皆以板为檐）。风飙助凝冽，帏幔困掀簸。

惟思近醇醲，未敢窥璨瑳。何时反炎赫，却欲躬臼磨。

谁云坐无毡，尚有裘充货。西邻歌吹发，促席寒威挫。

崩腾踏成径，缭绕飞入座。人欢瓦先融，饮隽瓶屡卧。

嗟予独愁寂，空室自困坷。欲为后日赏，恐被游尘涴。

寒更报新霁，皎月悬半破。有客独苦吟，清夜默自课。

诗人例穷蹇，秀句出寒饿。何当暴雪霜，庶以蹑郊贺。

（三）

苏辙《次韵子瞻病中大雪》[2]（1062）

吾兄笔锋雄，诗俊不可和。雪中思清绝，韵恶愈难奈。

殷勤赋黄竹，自劝饮白堕。言随飞花落，意与长风簸。

1.《苏轼全集校注》诗集1，卷4，页257—258。
2.《栾城集》，卷1，页20。

余力远见撩，千里寄璀璨。嗟予学久废，有类转空磨。

研磨久无得，安可待充货。空记乘峡船，行意被摧锉。

溟蒙覆洲渚，泠冽光照坐。我唱君实酬，驰骋不遑卧。

譬如逐兽卢，岂觉山径坷。酒肴助喧热，笔砚尽沾涴。

诗词禁推类，令肃安敢破。亦有同行人，牵挽赴程课。

尔来隔秦魏，渴望等饥饿。徒然遇佳雪，有酒谁与贺。

陪你去看苏东坡（全新增订版）

　　闷热难眠，辗转反侧的夜晚，我总会想起苏轼的词《洞仙歌》。

　　仙人住在洞窟里，应该是冬暖夏凉吧？而既然是仙人，长生不老，哪里还担心寒暑呢？

　　《洞仙歌》最妙的，是中年的苏轼在贬谪之地黄州，思想起幼年的经历，一位曾经服侍于后蜀孟昶宫中的 90 岁朱姓老尼姑告诉他的故事：

　　仆七岁时，见眉州老尼，姓朱，忘其名，年九十岁。自言尝随其师入蜀主孟昶宫中，一日大热，蜀主与花蕊夫人夜纳凉摩诃池上，作一词，朱具能记之。今四十年，朱已死久矣，人无知此词者，但记其首两句，暇日寻味，岂《洞仙歌令》乎？乃为足之云。

　　老尼姑背诵了孟昶词的全部内容，40 年后的苏轼只记得头两句："冰肌玉骨，自清凉无汗。"后面的词句是什么呢？苏轼寻思，先是认为词牌是《洞仙歌》，然后倚《洞仙歌》的格律补足了全篇：

冰肌玉骨，自清凉无汗。水殿风来暗香满。绣帘开，一点明月窥人，人未寝，欹枕钗横鬓乱。　　起来携素手，庭户无声，时见疏星渡河汉。试问夜如何？夜已三更，金波淡，玉绳低转。但屈指，西风几时来，又不道流年，暗中偷换。

人们对这首"有头无身"的作品很感兴趣，也提出了材料和看法，大致有四种情形：

一、找出孟昶（一说是妃子花蕊夫人）的"原作"《玉楼春》（一说《木兰花》宋代胡仔《苕溪渔隐丛话》引《漫叟诗话》）：

冰肌玉骨清无汗，水殿风来暗香暖。帘开明月独窥人，欹枕钗横云鬓乱。起来琼户寂无声，时见疏星渡河汉。屈指西风几时来，只恐流年暗中换。

二、认为苏轼把孟昶的诗《避暑摩诃池上作》（内容即《玉楼春》词）改编为《洞仙歌》词（宋代张邦基《墨庄漫录》）。

三、认为《玉楼春》词是根据苏轼的《洞仙歌》伪造成孟昶的作品（清代沈雄《古今词话》）。

四、从开挖摩诃池掘出古石刻，得出孟昶词全篇（南宋赵闻礼

《阳春白雪》）：

冰肌玉骨，自清凉无汗。贝阙琳宫恨初远。玉阑干倚遍，怯尽朝寒回首处，何必流连穆满。　芙蓉开过也，楼阁香融，千片红英泛波面。洞房深深锁，莫放轻舟瑶台去，甘与尘寰路断。更莫遣、流红到人间，怕一似当时，误他刘阮。

这四种说法，哪一个可信啊？

让我们用删除法，先删除最不可能的第四种意见。词在五代和宋朝的文学地位不高，只是作为酒席歌席上娱乐助兴的歌曲，没必要大费周章把词刻在石碑。第一和第二种说法都肯定孟昶有《玉楼春》词，从第五句的最后一个字"声"押平声韵看来，这篇作品应该是诗而不是词。诗意内容和苏轼的《洞仙歌》很接近，难道是苏轼明知道有孟昶的诗，故意编了故事？

古人虽然没有我们现代的著作权法律观念，但是假如引用或改写前人的作品，大部分还是会显示出处。化用前人作品为自己的文字，宋人称为"檃括"，希望得到"夺胎换骨""点铁成金"的效果。苏轼也作过檃括词，何必为《洞仙歌》故弄玄虚？所以，我认为先是苏轼《洞仙歌》流传开了，才引出一些动静。何况，老尼本来就说是词，"冰肌玉骨，自清凉无汗"和"冰肌玉骨清无汗"的韵味还是不同的。

少了"自"和"凉"字，这意思说得通，可是说不好。"清"是视觉的，"凉"是触觉的。我们可以看得出一个人有没有流汗，但不接触他的皮肤，却感觉不到他的凉暖。苏轼只记得《洞仙歌》的前两句，也可能这两句最为形象生动，待懂得男女之事，有了肌肤之亲，方体会孟昶这两句词的艳情。为什么说"自清凉无汗"？即使激烈的运动，这女子还是体凉的。

有了这样引人入胜的开头，词人自舍不得轻易放过，他想象原作并接续着写，展开了地点、时间、周边空气的氛围。先是嗅到花香，拉开绣帘，不说"窥见明月"，而是"明月窥人"，从明月的视角，窥见云雨欢快后的两人。月是"一点"，月光稀微，呼应花香之"暗"。睡不着觉的两人，起来牵手望星，直到月色暗淡，北斗星中的玉绳星低垂。暑热会随西风吹来而消散，那时，时光又不知不觉地流逝了。

和写作《洞仙歌》同一年的 1082 年，苏轼在《寒食雨》诗里说："暗中偷负去，夜半真有力。"时间无时无刻变动着，把昨日的青春偷换成今日的苍老。也约莫在这一年前后，苏轼纳朝云为妾，在惨淡经营的生活里有了新鲜的润泽。

* * *

（一）

胡仔《苕溪渔隐丛话》[1]

《漫叟诗话》云：杨元素（绘）作本事曲，记《洞仙歌》"冰肌玉

1.《洞仙歌》《苕溪渔隐丛话前后集》（台北：长安出版社 1977 年版），前集卷 60，页
   412—413。

骨，自清凉无汗，水殿风来暗香满。绣帘开，一点明月窥人，人未寝，
欹枕钗横云鬓乱。　　　起来携素手，庭户无声，时见疏星渡河汉。试
问夜如何？夜已三更，金波淡，玉绳低转。细屈指，西风几时来，又
不道流年暗中偷换。"钱塘有一老尼，能诵后主诗首章两句，后人为足
其意，以填此词。余尝见一士人诵全篇云："冰肌玉骨清无汗，水殿风
来暗香暖。帘开明月独窥人，欹枕钗横云鬓乱。起来琼户启无声，时
见疏星度河汉。屈指西风几时来？只恐流年暗中换。"

　　东坡《洞仙歌》序云：仆七岁时，见眉州老尼，姓朱，忘其名，
年九十余，自言尝随其师入蜀主孟昶宫中，一日，大热，蜀主与花蕊
夫人夜起，避暑摩诃池上，作一词，朱具能记之。今四十年，朱已死
矣，人无知此词者，独记其首两句云："冰肌玉骨，自清凉无汗"，暇
日寻味，岂《洞仙歌令》乎，乃为足之云。苕溪渔隐曰：《漫叟诗话》
所载《本事曲》云："钱唐一老尼，能诵后主诗首章两句。"与东坡
《洞仙歌》序全然不同，当以序为正也。

（二）
张邦基《墨庄漫录》[1]

　　东坡作长短句《洞仙歌》，所谓"冰肌玉骨，自清凉无汗"者。公
自叙云："予幼时见一老人，年九十余，能言孟蜀主时事。云：蜀主尝
与花蕊夫人夜坐，纳凉于摩诃池上，作《洞仙歌令》。老人能歌之。予

1.《东坡洞仙歌》，引自《墨庄漫录》（中华书局2002年版），卷9，页237。

今但记其首两句，乃为足之。"

近见李公彦季成诗话，乃云："杨元素作《本事记》、《洞仙歌》："冰肌玉骨，自清凉无汗。'"钱唐有老尼，能诵后主诗首章两句，后人为足其意，以填此词。其说不同。

予友陈兴祖德昭云：顷见一诗话，亦题云李季成作，乃全载孟蜀主一诗：

冰肌玉骨清无汗，水殿风来暗香满。帘间明月独窥人，敧枕钗横云鬓乱。三更庭院悄无声，时见疏星度河汉。屈指西风几时来？只恐流年暗中换。

云："东坡少年，遇美人，喜《洞仙歌》，又邂逅处景色暗相似，故檃括稍协律以赠之也。"予以谓此说乃近之，据此乃诗耳。而东坡自叙乃云是《洞仙歌令》，盖公以此叙自晦耳。《洞仙歌》腔出近世，五代及国初未之有也。

（三）

沈雄《古今词话》[1]

徐萍村曰：按《漫叟诗话》，杨元素作本事曲，记东坡《洞仙歌》成，而后为士人寄调《玉楼春》，以诵全篇也。或传《玉楼春》为蜀主昶自制曲，若然，则东坡为衍词也，何以云足成之。

---

1. 沈雄：《古今词话》(齐鲁出版社 2001 年《四库全书存目丛书补编》本）词辨卷下，页 16。

（四）

赵闻礼《阳春白雪》[1]

宜春潘明叔云："蜀王与花蕊夫人避暑摩诃池上，赋《洞仙歌》，其辞不见于世。东坡得老尼口诵两句，遂足之。蜀帅谢元明因开摩诃池，得古石刻，遂见全篇。"

"冰肌玉骨，自清凉无汗。贝阙琳宫恨初远。玉阑干倚遍，怯尽朝寒。回首处，何必留连穆满。　　芙蓉开过也，楼阁香融，千片红英泛波面。洞房深深锁，莫放轻舟瑶台去，甘与尘寰路断。更莫遣、流红到人间，怕一似当时，误他刘阮。"

---

1. 赵闻礼:《阳春白雪》(上海古籍出版社 1993 年版)，卷 2，页 116。

　　河南开封是北宋时的京城，苏轼因参加科举考试和在朝廷任职多次在此居住。1056 年的发解试，苏轼考了第二名。1057 年的省试，发生了欧阳修误认苏轼的文章为曾巩所写的事件。苏轼兄弟俩顺利通过省试和殿试，母亲程夫人病逝，于是匆忙返乡奔丧。1061 年结束丁忧重回京师，参加秘阁考试制科和仁宗皇帝亲试的制科，苏轼获三等，苏辙四等，第一和第二等是虚设。苏轼授大理评事，签书凤翔府节度判官（正八品）。

　　1065 年，苏轼还朝，判登闻鼓院，后直史馆。1066 年苏洵在京师病逝，苏轼扶柩归葬眉山。1069 年再度还朝。后以直史馆权开封府推官（从六品）。因新旧党争受劾请求外任，1071 年任杭州通判。之后任密州知州（俗称"太守"，北宋无此官衔。从六品）、徐州知州、1079 年湖州知州任上发生"乌台诗案"，被贬黄州。后短暂任登州知州。1085 年底回到京师，任中书舍人（正四品）、翰林学士、知制诰兼侍读等职。1089年7月再任杭州知州。后任颍州知州。1092年11月返京任端明殿学士兼翰林侍读学士（正三品）、礼部尚书（从二品）。1093年9月出知定州，此后未再还京。1094年被贬惠州。1097年被贬儋州。1101年在常州病逝。

* *

有的地方你行过千百遍，仍然陌生如新；有的地方你宛如梦过千百遍，景致历历如真。

脑海里一张古地图，穿街走巷不迷路，你已经了如指掌，即使初来乍到，你看到那千年未改的名字，立辨南北东西。

以皇城为中心，离大内不远的相国寺，是李清照和夫婿赵明诚搜古淘宝的市集。全域东北方地势较高，以前有夷山，号称"夷门自古帝王州"，琉璃砖砌成的佛塔，色泽如铁。西北边的金明池，定期开放给百姓游憩，端午节的龙舟竞渡夺标，是围观争看的年度大事。东南方六角形的繁塔，一砖一尊佛像，虔诚供奉。繁塔附近的古吹台，李白、杜甫和高适在此吟咏。再向东南，城外的虹桥横跨汴河，张择端的《清明上河图》捕捉了船帆航经桥下的盛况。

苏东坡和弟弟在哪儿考试？宋徽宗和李师师在哪儿幽会？

在北宋，这里是东京，人口比如今的开封城区人口还多近一倍，当时世界第一大城。

来到开封，我几乎以为把脑海中那张古地图摊开，便能够恣意纵横，像一个访旧的故人，流连光景。

先是寻不着汴河，金明池只有遗址，潘家湖和杨家湖的龙亭水下，沉没着大宋的宫阙。

早听说七层的天清寺繁塔在明代因"铲王气"削去了四层；十三层的开宝寺铁塔被历年的水患埋入两层。人为的破坏与自然的灾害，触摸冰凉的塔砖，直沁心底的寒。

"都在你的脚下。"人们告诉我，你所习得的知识，知识创造出的记忆，都没有灰飞烟灭，不过是"黄河之水天上来"，把春秋时代开始的七朝都城一层层掩埋。此刻的你，正站在历史的最上层，去大宋御街、去清明上河园、去开封府、去天波杨府，有复制新建的宋朝让你体验。

或者，想探看考古研究学者挖掘出的"城下城"，印证那张古地图并非事过境迁。我所缅怀的"古"，也许对漠不关心的居民和游人有点儿新鲜。开封的生存条件，磨炼出宽宏的观点——繁华与衰颓，都是一种变移中的状态，今日覆盖昨日，去年强似前年。

在古城，千年和百年弹指流逝，好像事物也都不必太在乎它们轻易老去。一座 20 世纪 90 年代的告示碑牌，怎么也风吹雨打出了岁月沧桑？时间不是在此处暂时停格，而是加速前进了。

秋雨缠绵连日，冷冽的阴风终于随阳光消散。漫步河南大学旧校区，西门外逶迤了长串的旧书。远远望去，像是人家趁天晴曝晒。走近端详，可都有不大积极招呼买卖的潇洒主人。

一位年约五十开外的男子，拿手巾揩拭一本本小红书毛语录。是古城人都习惯了沙土吧，比起其他任尘土风沙堆积书页的生意人，他的认真清理特别醒目。

陪你去看苏东坡（全新增订版）

他给我看一本比小红书稍大，蓝色塑胶皮封面，缀印粉红小花的日记。20世纪70年代末，"文革"接近尾声，日记的作者工工整整用蓝色墨水笔记录每天开会的情形：应该出席的人数，缺席的人数，会议里的重点事项，仿佛是例行公事，但是偶尔出现的字词，却又透露出一股不耐烦的调子。

窥看这位不知姓名者的日记，风起云涌的声息里满是他的公开私语。千年前的孟元老，在《东京梦华录》里淀淀了开封的物色光华；这一本蓝色的日记，则搅动着不堪回首的过去。日记的作者不愿再想起了吗？所以弃置不顾？还是不经意间把日记和旧书一并打包处理，以致流落街头？

我犹豫翻阅着，最后决定不带走他的记忆，让这本蓝色的日记，继续留在东京，梦见属于它的花开花落。

* * *

（一）

苏轼《辛丑十一月十九日，既与子由别于郑州西门之外，马上赋诗一篇寄之》[1]（1061）

不饮胡为醉兀兀，此心已逐归鞍发。归人犹自念庭闱，今我何以慰寂寞。登高回首坡垄隔，但见乌帽出复没。苦寒念尔衣裘薄，独骑

1.《苏轼全集校注》诗集1，卷3，页181。

瘦马踏残月。路人行歌居人乐，童仆怪我苦凄恻。亦知人生要有别，但恐岁月去飘忽。寒灯相对记畴昔，夜雨何时听萧瑟？君知此意不可忘，慎勿苦爱高官职。

（尝有夜雨对床之言，故云尔）。

（二）
孟元老《东京梦华录序》[1] （1147）

仆从先人宦游南北，崇宁癸未到京师，卜居于州西金梁桥西夹道之南。渐次长立，正当辇毂之下，太平日久，人物繁阜，垂髫之童，但习鼓舞，班白之老，不识干戈，时节相次，各有观赏。灯宵月夕，雪际花时，乞巧登高，教池游苑。举目则青楼画阁，绣户珠帘，雕车竞驻于天街，宝马争驰于御路，金翠耀目，罗绮飘香。新声巧笑于柳陌花衢，按管调弦于茶坊酒肆。八荒争凑，万国咸通。集四海之珍奇，皆归市易，会寰区之异味，悉在庖厨。花光满路，何限春游，箫鼓喧空，几家夜宴。伎巧则惊人耳目，侈奢则长人精神。瞻天表则元夕教池，拜郊孟享。频观公主下降，皇子纳妃。修造则创建明堂，冶铸则立成鼎鼐。观妓籍则府曹衙罢，内省宴回；看变化则举子唱名，武人换授。仆数十年烂赏迭游，莫知厌足。一旦兵火，靖康丙午之明年，出京南来，避地江左，情绪牢落，渐入桑榆。暗想当年，节物风流，人情和美，但成怅恨。近与亲戚会面，谈及曩昔，后生往往妄生不然。

---

1. 孟元老：《东京梦华录》《全宋笔记》（大象出版社 2012 年版）第 5 编，页 114—115。

仆恐浸久，论其风俗者，失于事实，诚为可惜，谨省记编次成集，庶几开卷得睹当时之盛。古人有梦游华胥之国，其乐无涯者，仆今追念，回首怅然，岂非华胥之梦觉哉。目之曰《梦华录》。然以京师之浩穰，及有未尝经从处，得之于人，不无遗阙。倘遇乡党宿德，补缀周备，不胜幸甚。此录语言鄙俚，不以文饰者，盖欲上下通晓尔，观者幸详焉。

绍兴丁卯岁除日，幽兰居士孟元老序。

很多人都读过苏轼的《刑赏忠厚之至论》吧。这篇自创典故的考试论文，因为主考官欧阳修的"多心眼"，以为是门人曾巩写的，想要避嫌，故意判了个第二名，让苏轼好生冤枉啊！

《刑赏忠厚之至论》常见于许多文章选本里，最著名、影响最大的是清代的《古文观止》。语文老师教这篇文章的时候一定会讲这个故事，我也不例外。可是故事从我口中说出以后，愈来愈觉得不对劲儿，好像这里面戏剧似的高潮结束，反而生出许多的空虚。

再来看一看故事最经典的叙述，苏辙的《亡兄子瞻端明墓志铭》：

嘉祐二年，欧阳文忠公考试礼部进士，疾时文之诡异，思有以救之。梅圣俞时与其事，得公《论刑赏》，以示文忠。文忠惊喜，以为异人，欲以冠多士，疑曾子固所为。子固，文忠门下士也，乃置公第二。

《论刑赏》指的就是《刑赏忠厚之至论》。梅尧臣（圣俞）批阅苏轼的文章，认为笔法很接近欧阳修主张的畅达自然风格，于是请欧阳修看。欧阳修猜不出考生是谁，因为宋代科举考试实行试卷糊名弥封和誊录制度，看不到考生名字也认不出笔迹，以防阅卷的考官评选不公。

欧阳修很早便认识曾巩，1042 年他写《送曾巩秀才》安慰落第的曾巩，惋惜曾巩的文章得不到考官的欣赏，欧阳修为他抱不平，认为天下只有他了解曾巩文章的优点（自信满满）。

苏轼参加省试是仁宗嘉祐二年（1057）正月，他 21 岁，曾巩 39 岁。在那之前的五个月，他刚通过科举考试的第一关，获得第二名。说来苏洵为儿子的前途可真是煞费苦心。他写信给在成都做官的张方平，极力推介两个儿子，希望经由张方平结交欧阳修和富弼。而且可能靠着张方平的关系，他们没有在家乡参加第一关的发解试，而是千里迢迢进京，利用京师取解名额比较多的优势，以"寄应"的办法入开封府试。

打铁趁热，苏轼和弟弟继续在京师准备考第二关礼部省试，考试类型包括策、论、诗、赋和墨义，《刑赏忠厚之至论》就是其中"论"的考题。我们可以在苏轼和曾巩的文集里找到他们的文章，对照开篇，看看欧阳修为什么会"看走眼"。苏轼的文章说：

尧、舜、禹、汤、文、武、成、康之际，何其爱民之深，忧民之切，而待天下之以君子长者之道也。有一善，从而赏之，又从而咏歌嗟叹之，所以乐其始而勉其终；有一不善，从而罚之，又从而哀矜惩创之，所以弃其旧而开其新。故其吁俞之声，欢忻惨戚，见于虞、夏、商、周之书。

苏轼是用说故事的方式，先布置一个宏大的历史背景，那些古代的贤君都是怎样对待百姓的呢？用"何其"带有疑问（如何）和感叹（怎么那样）的语气来吸引读者的好奇。接着把"赏"和"刑"对举，用动态的"咏歌嗟叹"、心情的"哀矜惩创"，加上"吁俞"的声音陪衬，然后用典籍回应开篇的设计，表示以上所述都是可验证的。

曾巩写道：

《书》记皋陶之说曰："罪疑惟轻，功疑惟重。"释者曰："刑疑附轻，赏疑从重，忠厚之至也！"夫有大罪者，其刑薄则不必当罪；有细功者，其赏厚则不必当功。然所以为忠厚之至者，何以论之？

文章里有很多故典，姑且不细讲，只看他的章法。劈头先来掉个书袋，这一招很危险，万一背记得不全，马上会被拆穿。苏轼就很巧妙地把用典引文藏在文章后面，其实他背错的才多呢。曾巩的写法就是后来明代八股文的标准范式，先破题，再逐一申论。八股文不讨喜，就是摆道理，没悬念嘛！

苏轼的文章博眼球，可惜欧阳修的心态太微妙——他若想提拔曾巩的话，何不秉公处理？还是他想保护自己？

陪你去看苏东坡（全新增订版）

苏轼是在单科"论"的那一场考了第二名，第一名不是曾巩。整个省试五科合计的结果，第一名叫李寔，苏轼呢？不是第二名，是全部合格的388位考生之一。曾巩呢？排名比苏轼还后头——欧阳老师，您这是爱我还是害我啊？

＊　＊　＊

（一）

苏轼《刑赏忠厚之至论》[1]（1057）

　　尧、舜、禹、汤、文、武、成、康之际，何其爱民之深，忧民之切，而待天下以君子长者之道也。有一善，从而赏之，又从而咏歌嗟叹之，所以乐其始而勉其终。有一不善，从而罚之，又从而哀矜惩创之，所以弃其旧而开其新。

　　故其吁俞之声，欢忻惨戚，见于虞、夏、商、周之书。成、康既没，穆王立，而周道始衰。然犹命其臣吕侯，而告之以祥刑。其言忧而不伤，威而不怒，慈爱而能断，恻然有哀怜无辜之心，故孔子犹有取焉。

　　《传》曰："赏疑从与，所以广恩也。罚疑从去，所以慎刑也。"当尧之时，皋陶为士，将杀人，皋陶曰"杀之"三，尧曰"宥之"三，故天下畏皋陶执法之坚，而乐尧用刑之宽。四岳曰"鲧可用"，尧曰

1.《苏轼全集校注》文集1，卷2，页155—156。

"不可，鲧方命圯族"，既而曰"试之"。何尧之不听皋陶之杀人，而从四岳之用鲧也？然则圣人之意，盖亦可见矣。

《书》曰："罪疑惟轻，功疑惟重，与其杀不辜，宁失不经。"呜呼，尽之矣。可以赏，可以无赏，赏之过乎仁；可以罚，可以无罚，罚之过乎义。过乎仁，不失为君子；过乎义，则流而入于忍人。故仁可过也，义不可过也。古者赏不以爵禄，刑不以刀锯。赏以爵禄，是赏之道，行于爵禄之所加，而不行于爵禄之所不加也。刑之以刀锯，是刑之威，施于刀锯之所及，而不施于刀锯之所不及也。先王知天下之善不胜赏，而爵禄不足以劝也，知天下之恶不胜刑，而刀锯不足以裁也，是故疑则举而归之于仁，以君子长者之道待天下，使天下相率而归于君子长者之道，故曰忠厚之至也。

《诗》曰："君子如祉，乱庶遄已。君子如怒，乱庶遄沮。"夫君子之已乱，岂有异术哉？时其喜怒，而无失乎仁而已矣。《春秋》之义，立法贵严，而责人贵宽。因其褒贬之义以制赏罚，亦忠厚之至也。

（二）

曾巩《论刑赏》[1]（1057）

《书》记皋陶之说曰："罪疑惟轻，功疑惟重。"释者曰："刑疑附轻，赏疑从重，忠厚之至也！"夫有大罪者，其刑薄则不必当罪；有细功者，其赏厚则不必当功。然所以为忠厚之至者，何以论之？

1.《曾巩集》辑佚（中华书局1984年版），页759—760。

陪你去看苏东坡（全新增订版）

夫圣人之治也，自闺门、乡党至于朝廷皆有教，以率天下之善，则有罪者易以寡也；自小者、近者至于远大皆有法，以成天下之务，则有功者易以众也。以圣神渊懿之德而为君于上，以道德修明之士而为其公卿百官于下，以上下交修而尽天下之谋虑，以公听并观而尽天下之情伪。当是之时，人之有罪与功也，为有司者推其本末以考其迹，核其虚实以审其情，然后告之于朝而加其罚、出其赏焉，则其于得失岂有不尽也哉？然及其罪丽于罚、功丽于赏之可以疑也，以其君臣之材非不足于天下之智，以其谋虑非不通于天下之理，以其观听非不周于天下之故，以其有司非不尽于天下之明也。然有其智而不敢以为果有其通，与周与明而不敢以为察。必曰罪疑矣而过刑，则无罪者不必免也；功疑矣而失赏，则有功者不必酬也。于是其刑之也，宁薄而不敢使之过；其赏之也，宁厚而不敢使之失。

　　夫先之以成教以率之矣，及其有罪也，而加恕如此焉；先之以成法以导之矣，及其不功也，而加隆如此焉。可谓尽其心以爱人，尽其道以待物矣，非忠厚之至则能然乎？皋陶以是称舜，舜以是治其天下。故刑不必察察当其罪；赏不必予予当其功，而天下化其忠，服其厚焉。故曰："与其杀不辜，宁失不经，好生之德洽于民心。"言圣人之德至于民者，不在乎其他也。

　　及周之治，亦为三宥三赦之法，不敢果其疑，而至其政之成也，则忠厚之教行于牛羊而及于草木。汉文亦推是意以薄刑，而其流也风俗亦归厚焉。盖其行之有深浅，而其见效有小大也，如此，《书》之意岂虚云乎哉？

苏辙《刑赏忠厚之至论》[1]（1057）

古之君子立于天下，非有求胜于斯民也。为刑以待天下之罪戾，而唯恐民之入于其中以不能自出也；为赏以待天下之贤才，而唯恐天下之无贤而其赏之无以加之也。盖以君子先天下，而后有不得已焉。夫不得已者，非吾君子之所志也，民自为而召之也。故罪疑者从轻，功疑者从重，皆顺天下之所欲从。

且夫以君临民，其强弱之势、上下之分，非待夫与之争寻常之是非而后能胜之矣。故宁委之于利，使之取其优，而吾无求胜焉。夫惟天下之罪恶暴着而不可掩，别白而不可解，不得已而用其刑。朝廷之无功，乡党之无义，不得已而爱其赏。如此，然后知吾之用刑，而非吾之好杀人也；知吾之不赏，而非吾之不欲富贵人也。使夫其罪可以推而纳之于刑，其迹可以引而置之于无罪；其功与之而至于可赏，排之而至于不可赏。若是二者而不以与民，则天下将有以议我矣。使天下而皆知其可刑与不可赏也，则吾犹可以自解。使天下而知其可以无刑、可以有赏之说，则将以我为忍人，而爱夫爵禄也。圣人不然，以为天下之人，不幸而有罪，可以刑，可以无刑，刑之，而伤于仁；幸而有功，可以赏，可以无赏，无赏，而害于信。与其不屈吾法，孰若使民全其肌肤、保其首领，而无憾于其上；与其名器之不僭，孰若使民乐得为善之利而无望望不足之意。呜呼！知其有可以与之之道而不

1.《栾城应诏集》，卷11，页1712—1713。

与，是亦志于残民而已矣。

且彼君子之与之也，岂徒曰与之而已也，与之而遂因以劝之焉耳。故舍有罪而从无罪者，是以耻劝之也；去轻赏而就重赏者，是以义劝之也，盖欲其思而得之也。故夫尧舜、三代之盛，舍此而忠厚之化亦无以见于民矣。

"誉之所至，谤亦随之"，苏轼大概是古今畅销书作家里，承受盛名之累极为严重者之一。严重到想自杀；严重到蹲大牢，到恐怕丢性命。

苏轼出生的年月日和时辰都有清楚的记录，我就拿来做检验，比如紫微斗数的命盘啦！生命周期的流年啦！然后，在 1079 年，他的人生遇到大劫难，运势跌到谷底……

1079 年，北宋神宗元丰二年，苏轼 43 岁，由徐州转知湖州，之后发生了"乌台诗案"。

负责监督、纠察、弹劾官员的中央机构是"御史台"。汉代御史台附近有许多柏树，树上有乌鸦，所以"御史台"又称"乌台"。"乌台诗案"的导火线是苏轼的《湖州谢上表》，"谢上表"是官员抵达任职的地方以后，写给皇帝报告情况的公文。在《湖州谢上表》中，苏轼说："（陛下）知其愚不适时，难以追陪新进；察其老不生事，或能牧养小民。"用第三人称"其"（他）来指自己，意思是："我这个人笨，不懂得迎合时势，无法追捧和奉陪那些因为新法而快速获得晋升的人们。我自知年岁老大，应该不至于招惹事端，或许就安分当个治理百姓的小官吧。"

这段看起来像是挖苦自己的文字，被那些御史台的"新进"读到了，强烈谴责，监察御史里行何正臣说苏轼"愚弄朝廷，妄自尊大，宣传中外，孰不叹惊"。然后在7月28日到湖州押送苏轼去京师。8月18日，苏轼抵达京师，拘禁在御史台的监狱。8月20日展开审讯。

虽然已经有许多学者研究过"乌台诗案"，提出了精辟的见解，像美国的蔡涵墨（Charles Hartman）教授、日本的内山精也教授、大陆的朱刚教授，不过我们往往还有一些误解或迷思。比如："乌台诗案"是王安石陷害苏轼的吗？苏轼是被冤枉的吗？是皇帝救了苏轼一命吗？

参考学者的研究成果，让我们好好认识认识"乌台诗案"的真相。

苏轼对王安石变法有意见，多次上万言书给神宗皇帝，皇帝虽然接见苏轼，听取他的建议，但并没有停止施行新法。苏轼既失望，又不愿卷入党争，于是请求外任，被命为杭州通判。到"乌台诗案"发生那年，王安石早已二度罢相，出知江宁府（今南京）三年，可以说不在京师权力核心了。

主张惩处苏轼的御史台官员多数受过王安石的提拔，与其说他们的目的是为王安石报复，坚持新法，我认为神宗答应让诗案成立才是关键。这不是熙宁年间，二十多岁，信赖王安石治理天下的皇帝；而是更改年号，过了三十而立之年的一国之君。苏轼在皇帝巩固威权的过程中，成为了某种"祭品"。

苏轼之所以会成为"祭品"，苏辙的理解是"独以名太高，与朝廷争胜耳"。举发苏轼的御史中丞李定说他"滥得时名"。苏轼为什么有名？名气有多大啊？监察御史里行舒亶说他的文字"小则镂板，大则刻石，传播中外"。看看民间卖的镂板《元丰续添苏子瞻学士钱塘集》就晓得。

《元丰续添苏子瞻学士钱塘集》的书名告诉我们：这是苏轼《钱塘集》的增补再版，出版于元丰一、二年间（1078—1079）。钱塘就是杭州，《钱塘集》收录苏轼于熙宁四年（1071）到七年（1074）担任杭州通判期间的作品。显然，初版的《钱塘集》卖得红火，所以书商又收集了苏轼的作品雕版印刷。

曾经因判案过轻而和苏轼在同一时期被关押御史台的苏颂，于1076年到1077年在杭州，他在诗里说苏轼"文章传过带方州"，并且自作注解说："前年高丽使者过余杭，求市子瞻集以归。"你看御史台官员指陈苏轼"宣传中外"，的确有理由，他是国际畅销书作家呀！

被关押一百多天，苏轼必须交代他与友人的往来文字，诗篇的内容和指涉对象，他有没有被刑求？苏轼的诗题目里有"狱吏稍见侵"的字眼，委婉表达了承受的压力。

御史台审讯，大理寺依审讯记录汇整法律依据，而后交给审刑院判定，"乌台诗案"的审理体现了北宋"鞫谳分司"的司法程序。

经过折冲，12月28日，苏轼遭到重惩，皇帝圣旨：苏轼可责授检校水部员外郎充黄州团练副使，本州安置，不得签书公事。

走出御史台监狱，苏轼和家人团聚共度除夕。大年初一，离开京师，前往黄州（今湖北黄冈）。

* * *

（一）
苏轼《湖州谢上表》（1079）[1]

臣轼言。蒙恩就移前件差遣，已于今月二十日到任上讫者。风俗阜安，在东南号为无事；山水清远，本朝廷所以优贤。顾惟何人，亦与兹选。臣轼（中谢）。

伏念臣性资顽鄙，名迹埋微。议论阔疏，文学浅陋。凡人必有一得，而臣独无寸长。荷先帝之误恩，擢置三馆；蒙陛下之过听，付以两州。非不欲痛自激昂，少酬恩造。而才分所局，有过无功；法令具存，虽勤何补。罪固多矣，臣犹知之。夫何越次之名邦，更许借资而显授。顾惟无状，岂不知恩。此盖伏遇皇帝陛下，天覆群生，海涵万族。用人不求其备，嘉善而矜不能。知其愚不适时，难以追陪新进；察其老不生事，或能牧养小民。而臣顷在钱塘，乐其风土。鱼鸟之性，既能自得于江湖；吴越之人，亦安臣之教令。敢不奉法勤职，息讼平

1.《苏轼全集校注》文集4，卷23，页2577—2578。

刑。上以广朝廷之仁，下以慰父老之望。臣无任。

（二）

苏轼《杭州召还乞郡状》（1091）[1]

……李定、何正臣、舒亶三人，构造飞语，酝酿百端，必欲致臣于死。先帝初亦不听，而此三人执奏不已，故臣得罪下狱。定等选差悍吏皇甫遵，将带吏卒，就湖州追摄，如捕寇贼。臣即欲与妻子诀别，留书与弟辙，处置后事，自期必死。过扬子江，便欲自投江中，吏卒监守不果。到狱，即欲不食求死。……

（三）

苏颂《己未九月，予赴鞫御史，闻子瞻先已被系。
予昼居三院东阁，而子瞻在知杂南庑，才隔一垣，
不得通音息。因作诗四篇，以为异日相遇一噱之资耳》其二[2]

词源远远蜀江流，风韵琅琅舜庙球。拟策进归中御府，文章传过带方州。（自注：前年高丽使者过余杭，求市子瞻集以归）未归纶阁时称滞，再换铜符政并优。叹惜钟王行草笔，却随诸吏写毛头。

1.《苏轼全集校注》文集 5，卷 32，页 3375。
2.《苏魏公文集》（中华书局 1988 年版），卷 10，页 130。

（四）

苏轼《予以事系御史台狱狱吏稍见侵自度不能堪死狱中不得一别子由故作二诗授狱卒梁成以遗子由》二首[1]<small>（应在1079）</small>

其一

圣主如天万物春，小臣愚暗自亡身。百年未满先偿债，十口无归更累人。是处青山可埋骨，他年夜雨独伤神。与君今世为兄弟，又结来生未了因。

其二

柏台霜气夜凄凄，风动琅珰月向低。梦绕云山心似鹿，魂惊汤火命如鸡。眼中犀角真吾子，身后牛衣愧老妻。百岁神游定何处，桐乡知葬浙江西。

（五）
胡仔《苕溪渔隐丛话·后集》[2]

《元城先生语录》云："子弟固欲其佳，然不佳者，亦未必无用处也。元丰二年，秋冬之交，东坡下御史狱，天下之士痛之，环视而不敢救；时张安道致政在南京，乃愤然上疏，欲附南京递，府官不敢受，乃令其子恕持至登闻鼓院投进。恕素愚懦，徘徊不敢投。其后东

1.《苏轼全集校注》诗集3，卷19，页2092—2094。
2. 胡仔（纂集）：《苕溪渔隐丛话前后集》，后集卷30，页222—223。

坡出狱，见其副本，因吐舌色动久之。人问其故，东坡不答。后子由亦见之，云：'宜吾兄之吐舌也，此事正得张恕力。'或问其故，子由曰：'独不见郑崇之救盖宽饶乎？其疏有云：上无许史之属，下无金张之托。此语正是激宣帝怒尔。且宽饶正以犯许史辈有此祸，今乃再讦之，是益其怒也。且东坡何罪，独以名太高，与朝廷争胜耳，今安道之疏乃云：其文学实天下之奇才也。独不激人主之怒乎？但一时急欲救之，故为此言耳。'仆曰：'然则是时救东坡，宜为何说？'先生曰：'但言本朝未尝杀士大夫，今乃开端，则是杀士大夫自陛下始，而后世子孙因而杀贤士大夫，必援陛下以为例。神宗好名而畏议，疑可以止之。'"

诸
城

1074 年 11 月到 1076 年，苏轼担任密州知州。密州就是今山东诸城。苏轼在先前杭州通判任上开始填词，但密州的北方风土和习俗给予他雄强粗犷的生活体验。著名的豪放词《江城子·密州出猎》（老夫聊发少年狂）写的就是在密州打猎的气势。

※ ※

朋友从家乡给我带来了玉米煎饼。

煎饼卷大葱，正宗的山东吃法，1998 年我和妹妹在泰山上吃过一次。黄澄澄的大饼，涂上甜面酱，卷上大葱，吃起来干硬老涩。大概是饼皮搁久了，大葱在烈日曝晒下也水分尽失，第一次尝到先父所说的家乡味，怎么也没有父亲说的辛香甘美。

被朝思暮念的乡情给美化了吧？煎饼卷大葱，穷苦百姓果腹的粗食，能有什么好滋味呢？

泰山上的煎饼大葱不甚了了，不如买两根黄瓜啃啃，还能止渴。

从小听父亲说吃"窝窝头"，我问："窝窝头什么味道？"父亲说："香！"

形容味觉，的确是挺难的。

我只听说早上起床没梳洗，顶个鸡窝头，没听过窝窝头。想象中的窝窝头，就跟鸡窝头似的，一团蓬松乱糟糟。

父亲能手搓馒头，我央着父亲做窝窝头吃，父亲说："窝窝头是玉米面做的，台湾没有玉米面。"我说："没有玉米面，那就用阳春面做。"

父亲曾经做了三角形的小馒头，告诉我：窝窝头就是这个样子。

我吃着蒸熟的馒头窝窝，发现那底下有个凹陷的洞，我说："爸你看！"

父亲说："这就是窝窝头的窝呀！"

窝窝头为什么要有个窝呢？是因为它有个窝，所以才叫窝窝头吗？还是，为了符合这个可爱的名字，给它钻了个窝？

1990 年第一次到大陆，在北京王府井买了艾窝窝，以为是改良版的窝窝头。千里迢迢带回台北，父亲说："这不是窝窝头，这是吃着玩的！"

泰山上的煎饼大葱，对我和妹妹来说，也是吃着玩的，而且，有点不够好玩。若是那时父亲还健在，也许买一点回去，能让他解解馋。

啃大葱和嚼大蒜，是父亲经常就饭的习惯，我总不明白那怎么是"香"，其实是"臭"吧？

我们在台湾，不知道保存了多少父亲老家的规矩。小学时我在报纸上练书法，父亲有时兴起也写两笔，他常说："横要平，竖要直，心正则笔正。"初中时每星期的"生活周记"要用毛笔写，抄完了报纸上的"一周大事"，没东西可写，我边看电视边抄流行歌词，被父亲发现，臭骂一顿，那时，他已经打不动我了。我理直气壮地说："老师也不看，把格子填满就好了！"父亲说："书法不是拿来写那些狗屁倒灶的内容！"

然后，我爷爷字没写好，被曾祖父罚站在雪地里的故事又出来了。

到了高中，读了"程门立雪"的事迹，晓得怀疑那是父亲借用典故来着。

之后，喜欢"快雪时晴"四个字。下雪天合该有写字的故事。

像我这一辈的"外省第二代"，听着各种各样吹牛故事长大。我家"本家"亲戚是某伟人的干儿子，给某伟人开飞机，飞机上还载着伟人贤妻的哈巴狗……真真假假，见怪不怪。前两年在大陆开会，被问到我与那位亲戚的关系，对方说："那位飞将军不就是某伟人的干儿子吗？"

我一听，头皮发麻——那不是我父亲那些老头儿朋友闲扯淡的吗？

我拿出乘坐飞机来南洋的玉米煎饼，跟孩子说："这是我们今天的晚餐，你爷爷故乡的名产。"

孩子很好奇，眼睛瞪得大大的，翻看着煎饼的纸袋。

这里没有山东大葱，也没有宜兰的三星葱，就炒一点里脊肉，配生小黄瓜丝，包卷着将就吃吧。

剪开塑胶袋，摊开煎饼——怎么那么大？比泰山上卖的大得多！

不能全部摊开，随便把配菜裹进饼里。

"好硬！"孩子说，"跟吃毛巾一样！"

我们都噗嗤笑出来，那不是相声里的段子吗？四郎返乡探亲，族人见他老泪纵横，递上毛巾。四郎泪眼模糊，瞧黄澄澄一片，说："谢谢！我不想吃饼！"

孩子来不及听爷爷说的煎饼大葱故事，让相声教了他过往的点滴。

毛巾煎饼，哈哈，我笑出了泪光。仔细慢慢咀嚼，愈嚼还愈有味的。

＊　＊　＊

苏轼《薄薄酒二首并引》[1]（1076）

胶西先生赵明叔，家贫，好饮，不择酒而醉。常云：薄薄酒，胜茶汤，丑丑妇，胜空房。其言虽俚，而近乎达，故推而广之以补东州

1.《苏轼全集校注》，诗集3，卷14，页1400—1404。

之乐府；既又以为未也，复自和一篇，聊以发览者之一噱云尔。

其一

薄薄酒，胜茶汤；粗粗布，胜无裳；丑妻恶妾胜空房。五更待漏靴满霜，不如三伏日高睡足北窗凉。珠襦玉柙万人相送归北邙，不如悬鹑百结独坐负朝阳。生前富贵，死后文章，百年瞬息万世忙。夷齐盗跖俱亡羊，不如眼前一醉是非忧乐都两忘。

其二

薄薄酒，饮两盅；粗粗布，着两重；美恶虽异醉暖同，丑妻恶妾寿乃公。隐居求志义之从，本不计较东华尘土北窗风。百年虽长要有终，富死未必输生穷。但恐珠玉留君容，千载不朽遭樊崇。文章自足欺盲聋，谁使一朝富贵面发红。达人自达酒何功，世间是非忧乐本来空。

在三苏祠晃悠，从"东坡盘陀像"那里发散的水雾飘向林间树丛。微信的信息声提醒我，我翻找出背袋里的手机，还来不及看，铃声就响起了——

"衣老师你在哪里？唐老师在找你！"

"我……"我前后左右张望，一时说不出自己确切的位置。

啊！记得刚才拍了东坡的母亲程夫人和他的姐姐八娘的塑像，那地方叫什么来着？

我反问对方，还是告诉我唐老师在哪里吧！

通话完，查看微信的信息，是另一位眉山市政府的工作人员发来的："衣教授，唐凯琳老师想请您一起去碑林看看，她在碑林等您。"

"好的。"我回复他之后朝碑林走去。

碑林里有东坡的书迹石刻，包括我的书《书艺东坡》里研究的

《洞庭春色赋》《中山松醪赋》和《寒食帖》，虽然都是1982年左右的摹刻，经过了30多年，已经有些旧意。时光让旧意沉淀，在三苏祠里宁静的碑林徘徊，文字写些什么内容似乎都不如外形保留东坡神采重要了。

唐老师找我一起看看，约莫因为这次研讨会我谈了碑林里明代的《东坡盘陀像》碑刻。碑刻中的东坡盘腿坐在一块巨石上，膝上横握一根竹杖，和翁方纲藏的东坡《天际乌云帖》上朱鹤年画的东坡像同中有异。

碑林里不见唐老师踪影，我猜她被几位接待人员簇拥着，可能走得比较慢吧？没过十分钟，微信的信息又告诉我："衣教授，唐老师她们去消寒馆喝茶去了。"

我走出碑林，经过大门口的古银杏树，原来，唐老师被热情的学者和媒体包围，忙着陪他们拍照呢！她看见我，高喊着："在这儿！"那一口标准流利的京片子，不见本人，很想难像出自一个白皙肤色的美国老太太。

我和她在银杏树下合影，她挽着我的手臂，用英语对我说："我很高兴你在这里！"我点点头，朝镜头微笑。

知道她20世纪80年代追随曾枣庄教授学习苏东坡时，便到过三苏祠。在东坡盘陀像前，她要我替她拍一张坐在东坡脚下的照片。我扶她在石块坐稳了，她曲起双腿并拢，裙摆自然下垂遮住鞋子，要我看看模样如何。这是30年前她和东坡合影时的相同姿势。

看了我手机里的照片，她说："很圆满！"

我想，她可能要说"很满意"吧？

来眉山开会前，她特地去成都探望曾枣庄老师。我和四川大学的周裕锴老师及曾老师的家人在曾府等她。听到楼梯间的动静，曾老师和师母迫不及待地走到门口相迎。唐老师紧紧握住曾老师的手，一直说："您好吧？看起来挺好！"我们劝两位长辈进屋里坐着聊，记忆中高挑健美的唐老师，如今竟然仿佛缩小了三分之一。

她从皮包里取出塑胶袋包裹的一叠东西——啊，原来是旧照片。从20世纪80年代她为了学习苏东坡，接近东坡老家而放弃北京大学，转到四川大学投入曾老师门下，到二十三十年来几次相聚的留影。周老师发现，那些照片里有他也有我，我竟认不出自己啊！我也才想起，我们是在1998年结识于山东诸城，也就是东坡写《水调歌头》"但愿人长久"的密州。我们同在曾枣庄老师主持的《苏轼研究史》写作团队中，合作完成历史上第一部贯穿古今中外的苏轼研究大观。唐老师负责写美国的苏轼研究概况，我则担任台港的部分。

"你就是个小姑娘。"她指着照片里的我，笑着说。

她把珍贵的纪念照片留给了曾老师。这久别重逢，竟让我感到欢喜气氛里的告别意味。

她在2018眉山东坡文化国际学术高峰论坛主旨演讲里提到东坡诗里的"归"，用手画了一个圈，说30年从开始到结束，这个圆在三苏祠东坡像前面。

替她拍照前，她慢条斯理拿梳子整理了头发和领巾。我用英语对她说："这是回归。你回到东坡家了！"她眼中含着泪光，脸上满是笑容。

团体参观三苏祠的活动结束了，她仍舍不得离开，和老友们依依叙旧。直到巴士驶远了，担心耽误下午的行程，她才和老友们拥抱而别。我们俩乘坐汽车回酒店。她一再用英语跟我说："我很高兴你在这里！"握住我的右手，问："你知道为什么吗？"

我点点头。覆上了我的左手。

唐凯琳（Kathleen Tomlonovic，1939 年 1 月 23 日—2019 年 3 月 2 日），一位虔诚的修女和汉学家。她的博士论文 "*Poetry of Exile and Return：a Study of Su Shi*"（放逐与回归的诗歌：苏轼研究），University of Washington，1989。

**

唐凯琳教授在三苏祠东坡像前的讲话

2018 年 9 月 30 日，唐凯琳教授在三苏祠东坡塑像前，应我的请求，为我的学生录一段视频，鼓励青年们学习东坡。她先说中文，然后用英语，讲了两段话。

今天我们来到苏轼住的地方，我非常感动！有这么多人，看来有这么多人都喜欢研究苏东坡，他的作品，他诗词古文都是非常好的文学，我们都欣赏。衣若芬老师也就是那样，她专门研究苏东坡，贡献非常大，大家都喜欢她的图书，她的大作。看到苏东坡，我们都非常高兴！能回到他的像，有很美好的回忆。

她一边说，一边笑着转身朝向东坡塑像，望了望东坡，接着说：

This is a marvelous moment for us to come again to the place where Su Shi was born and was with his family. We have such wonderful literature and the culture of Su Shi that's set at this place where people can come and enjoy themselves and learn about the Song dynasty and the great literature of the Su family.

（这对我们是一个非凡的时刻，我们再度回到东坡出生和他的家人居住的地方。我们有如此了不起的苏轼文学与文化，使得人们来到此地，享受和学习宋代和伟大的三苏文学。）

* * *

（一）

苏轼《水调歌头·丙辰中秋，欢饮达旦，大醉。作此篇，兼怀子由》[1]（1076）

明月几时有，把酒问青天，不知天上宫阙，今夕是何年。我欲乘风归去，唯恐琼楼玉宇，高处不胜寒。起舞弄清影，何似在人间。

1.《苏轼全集校注》词集，卷1，页161。

转朱阁，低绮户，照无眠。不应有恨，何事长向别时圆。人有悲欢离合，月有阴晴圆缺，此事古难全。但愿人长久，千里共婵娟。

（二）

苏轼《江城子·密州出猎》[1] （1075）

老夫聊发少年狂，左牵黄，右擎苍，锦帽貂裘，千骑卷平冈。为报倾城随太守，亲射虎，看孙郎。

酒酣胸胆尚开张，鬓微霜，又何妨？持节云中，何日遣冯唐？会挽雕弓如满月，西北望，射天狼。

1.《苏轼全集校注》词集，卷1，页136—137。

　　苏轼和杭州有两段缘。第一段是在 1071 年到 1074 年担任通判。第二段是 1089 年 7 月到 1091 年担任知州（俗称"太守"）。初到杭州时，他惊艳于西湖之美，称赞"故乡无此好湖山"。18 年后，为避开朝廷政治斗争，他主动请求外任，再到杭州。他疏浚被淤泥和葑草堆积的西湖，筑成长堤，人称"苏公堤"。堤上种植花木，景色宜人。他建六座桥将苏堤相连，便于沟通南北西湖和里外西湖。

　　南宋时形成的"西湖十景"，包括：苏堤春晓、曲院风荷、平湖秋月、断桥残雪、花港观鱼、柳浪闻莺、三潭印月、双峰插云、雷峰夕照，以及南屏晚钟。其中"苏堤春晓"和"三潭印月"是苏轼的功绩。为防止西湖再度淤塞，苏轼于湖中竖立三座石塔为标记，规定三塔范围内不准种植菱藕。我们在南宋画家叶肖岩的《西湖十景图册》里的《三潭印月》(台北故宫博物院藏)，可以看到三座镂空圆孔的石塔和天上明月辉映的景象。苏轼所立的三塔如今不存，现在的西湖三塔位置是晚明重新选定的。

苏堤横亘白堤纵：

横一长虹，

纵一长虹。

跨虹桥畔月朦胧：

桥样如弓，

月样如弓。

青山双影落桥东：

南有高峰，

北有高峰。

……

厚敦敦的软玻璃里，

倒映着碧澄澄的一片晴空：

一叠叠的浮云，

一只只的飞鸟，

一弯弯的远山，

都在晴空倒映中。

……

对中国千里江山的"最初印象"，许多是来自文学作品中的风景光华。幼年的我，在还不清楚"西湖"的地理位置以及历史文化之前，奉老师之命，背诵了刘大白的这两首诗。

然后是东坡的"欲把西湖比西子，淡妆浓抹总相宜"；林升的"山外青山楼外楼，西湖歌舞几时休"；白娘子游湖借伞；袁宏道寒食雨后于六桥作别桃花；张岱在湖心亭清雅赏雪——被"苏堤横亘白堤纵"环绕的那一片"厚敦敦的软玻璃"，怎么容纳得了这么多的风流情韵！

1990年，第一次到了神游已久的"故乡"。

眼前是被台风吹倒得横七竖八的梧桐树，什么一株桃树一株柳，巨大的梧桐树阻拦了我们的去路。被困在工艺品商店进退两难的旅客，听说我们是台北来的旅行团，都笑说：这台风是跟着你们来的！

可不是吗？从台北出发，经香港到广州，一路北上到杭州，风雨没有停歇过，没想到在西湖上还威力不减。

雷峰塔倒了，白娘子转世散布人间，你看你们这些台湾来的白娘子。

就像是和梦寐以求的心仪对象在茫茫人海中擦肩而过，我来不及驻足品赏，来不及倾诉衷肠，狂风骤雨中波浪翻滚的西湖，以意想不到的面目与我狰狞相见。我怎么也说不出：游过西湖，她的温柔婉约，她的娇美动人……

12年后，再访西湖，湿寒的冬雨飘进小舟，摇桨的中年男子来自绍兴，在博物馆工作的同行友人顾不得和他聊天，只是惊叹连连："你看！那是马远的《山径春行图》啊！"

偏安一隅的南宋，傍着这旖旎西湖，依样歌舞升平。从"主山堂堂"的华北风光，看到"小桥流水"的烟雨江南，霸气的阳刚文化，逐渐软化了、小巧了、精丽了。本来是描绘湖南风光的"潇湘八景"图画，覆盖上西湖的轻纱，落实了"西湖十景"。地景结合诗意，作为临时安居之处的杭州城，这个媲美天堂的"销金窟"，在重重叠叠的文化意象之上，堆筑出了真实人生的虚构性。

以杭州或是西湖为背景的书写，仿佛被施了魔咒似的，无论怎样的文体，总带着回忆录的缅怀况味。宋元时代吴自牧的《梦粱录》、周密的《武林旧事》，晚明张岱的《陶庵梦忆》《西湖梦寻》，一座城、一片湖，千丝万缕葛藤纠缠的过往前尘。即使是明代周汝成的地理书《西湖游览志余》，在谈到风俗掌故时，也不免"白头宫女说天宝遗事"的"想当年"，更别提清代周清源的小说集《西湖二集》、杭州才女陈端生的弹词小说《再生缘》了。

这是一个充满"过去式"的写作场域，我们在学习来的文化经验里反刍品味，印证对照自己的行迹，用前人看过西湖的眼睛审视赏玩水光山色——有什么地方比西湖更令人流连入梦，周旋于古今，寻寻觅觅？

然后又是多年之后，和友人骑自行车环游，嗅着秋桂郁香，踏访"西湖十景"，我突然发现：童年以来"苏堤横亘白堤纵"造成的地理概念竟是错的！

1090 年苏轼完成主持疏浚西湖的工程，将湖里淤泥和葑草修筑成长堤，时人称为"苏公堤"，堤上桃红柳绿的春景，使得"苏堤春晓"为"西湖十景"之冠。"苏堤横亘"的意思，是指那是东西向的长堤吧？可是，手机上的卫星地图却显示，苏堤是南北方向的……为什么我从来没有认清过？

我脑海里最早的苏堤位置，是南宋《咸淳临安志》的《西湖图》，上面的苏堤就是横向的，宫廷大内在地图的下方，呈现"上西下东，左南右北"的格局。怎么到了1922年刘大白写《西湖秋泛》诗的时候，他还维持着这同样的表述方式？或许，他是从西湖的东岸上了船，横在眼前的，正是苏堤？

再想，纵和横的方位随人的视角转变，我的错认，岂不就如梦中痴人，说东道西？

* * *

（一）

苏轼《六月二十七日望湖楼醉书》五绝[1]（1072）

其一

黑云翻墨未遮山，白雨跳珠乱入船。

卷地风来忽吹散，望湖楼下水如天。

其二

放生鱼鳖逐人来，无主荷花到处开。

1.《苏轼全集校注》诗集2，卷7，页683—687。

水枕能令山俯仰，风船解与月徘徊。

其三

乌菱白芡不论钱，乱系青菇裹绿盘。

忽忆尝新会灵观，滞留江海得加餐。

其四

献花游女木兰桡，细雨斜风湿翠翘。

无限芳洲生杜若，吴儿不识楚辞招。

其五

未成小隐聊中隐，可得长闲胜暂闲。

我本无家更安往，故乡无此好湖山。

（二）

苏轼《饮湖上初晴后雨》二首[1]（1073）

其一

朝曦迎客艳重冈，晚雨留人入醉乡。

此意自佳君不会，一杯当属水仙王。（湖上有水仙王庙）

1.《苏轼全集校注》诗集2，卷9，页848—849。

其二

水光潋滟晴方好，山色空蒙雨亦奇。

欲把西湖比西子，淡妆浓抹总相宜。

（三）

苏轼《怀西湖寄晁美叔同年》[1]（1075）

西湖天下景，游者无愚贤。浅深随所得，谁能识其全。嗟我本狂直，早为世所捐。独专山水乐，付与宁非天。三百六十寺，幽寻遂穷年。所至得其妙，心知口难传。至今清夜梦，耳目余芳鲜。君持使者节，风采烁云烟。清流与碧巘，安肯为君妍。胡不屏骑从，暂借僧榻眠。读我壁间诗，清凉洗烦煎。策杖无道路，直造意所便。应逢古渔父，苇间自延缘。问道若有得，买鱼勿论钱。

（四）

刘大白《西湖秋泛》[2]（1922）

其一

苏堤横亘白堤纵：

横一长虹，

纵一长虹。

1.《苏轼全集校注》诗集2，卷13，页1301。
2. 刘大白：《刘大白诗集之三：邮吻》(启明书局1957年版)，页27—28。

跨虹桥畔月朦胧:

桥样如弓,

月样如弓。

青山双影落桥东:

南有高峰,

北有高峰。

双峰秋色去来中:

去也西风,

来也西风。

　　　　其二

厚敦敦的软玻璃里,

倒映着碧澄澄的一片晴空:

一叠叠的浮云,

一只只的飞鸟,

一弯弯的远山,

都在晴空倒映中。

湖岸上,

叶叶垂杨叶叶枫:

湖面上,

叶叶扁舟叶叶篷:

掩映着一叶叶的斜阳,

摇曳着一叶叶的西风。

欧阳修没有去过杭州西湖，他写的词《采桑子》中"画船载酒西湖好"，指的是颍州（安徽省阜阳市）西湖。而在杭州西湖的孤山南侧，却有一处纪念欧阳修的"六一泉"。欧阳修晚年自号"六一居士"，"六一"是指"家藏书一万卷，集录三代以来金石遗文一千卷，有琴一张，有棋一局，而常置酒一壶"，加上自己这一老翁，就是六个"一"。

问在草坪边运动的长者"六一泉"的方向，他朝身后指了指，继续甩手。

我往他指的方向探头望，山壁下好像有一座凉亭，可是没看见泉水啊。

他朝着正往里边走的我说："外国来的吧？你？"

我回头，他又说："知道六一泉的六一是什么意思吗？和六一儿童节没关系哟！"

"知道。"我点点头。

昨天傍晚来过这附近，没找到六一泉。清早办了退房，临去机场前赶紧再来一趟。

"看不到泉水啊。"我停下脚步。他笑了，走过来，到我前头引路，自顾自地说："埋在草里呐！"

四根灰色水泥柱支撑住被倾颓的竹枝和蔓草干叶覆盖的黑色瓦片屋顶，凉亭前一方小水塘，浮着睡莲落叶和枯干。这，就是苏轼纪念欧阳修的六一泉？

我走进亭子里，山壁面可能有的刻字已经被凿空，剩下长方形的凹槽。走出亭子，亭檐没有匾额。

"真的是这里吗？"我问他。他用脚踢了踢地上的碎石块："这些解说都破了！"

我蹲下身，石块有字，我想拨正字的方向，上面湿漉漉又有青苔，只好歪着头东瞧西瞅。依稀看得出最大的那块上面刻了"坡""惠勤""有泉出讲台下""欧阳修的号"……

是了。我挪移了方向，伸手进水塘。

"哎呀！"他大喊，"脏得很！脏得很啊！"

水清凉而滑腻。我拍去粘在手背上的残叶，站起来，朝他欠身一弯："谢谢你！"便朝旅店跑回去。

1071年苏轼第一次到杭州任职之前，特地去颍州拜望欧阳修。这位误将他的试卷文章以为是曾巩写的，向梅尧臣说要避苏轼"出一头地"的长辈，介绍西湖的诗僧惠勤给他。苏轼到杭州不久，便往孤山见惠勤和他的师弟惠思，相谈十分投契，作了《腊日游孤山，访惠勤、惠思二僧》诗。诗里提到："腊日不归对妻孥，名寻道人实自娱。"1065年苏轼的第一任妻子王弗病逝，1068年娶王弗堂妹王闰之为继室，家有王弗生的长子苏迈，时年 13 岁；还有王闰之刚生的次子苏迨，苏轼在家里忙着过腊八节的日子"抛妻弃子"，迫不及待去访僧人，既表示自己对同好的殷切，也透露了对妻子包容的谢意。

18 年后，苏轼再任职杭州，欧阳修早已谢世，惠勤也已圆寂，苏轼见到惠勤的弟子二仲在惠勤的旧居张挂了老师和欧阳修的画像。二仲告诉他，惠勤说法的讲堂之后，竟然冒出了白而甘的泉水，请苏轼为泉水命名，于是苏轼作了《六一泉铭》。六一泉上有石屋，上刻《六一泉铭》。

杭州是南宋的都城，《咸淳临安志》的《西湖图》上，我们找不到"六一泉"的名字，而是被南宋高宗改为崇祀护驾有功的四位神人：天蓬、天猷、翊圣、真武，取名"延祥观"，又叫"四圣观"。宋亡入元，元世祖废观，改为"帝师祠"。六一泉隐没两百多年后，直到明朝初期，才有僧人行升力图恢复，此后时有修葺。明代冯梦龙的拟话本小说《白娘子永镇雷峰塔》里，许宣"过四圣观，来看林和靖坟，到六一泉闲走"，就是结合了明代"六一泉"和南宋"四圣观"的地名。

英国诗人济慈（John Keats，1795—1821）的墓碑上刻着"Here lies one whose name was writ（written）in water"（名字写在水上，随流而逝，却铭刻于后人的心板）。以诗人的自号命名的六一泉，即使再无旧观，也延续了苏轼对师长的感念，让生前与杭州无缘的欧阳修，有了超越时空的情谊。

* * *

（一）

欧阳修《采桑子十三首》之三[1]

画船载酒西湖好，急管繁弦，玉盏催传，稳泛平波任醉眠。

行云却在行舟下，空水澄鲜，俯仰留连，疑是湖中别有天。

（二）

欧阳修：《山中之乐并序》[2]（1043）

佛者慧勤，余杭人也。少去父母，长无妻子。以衣食于佛之徒，往来京师二十年。其人聪明才智，亦尝学问于贤士大夫。今其南归，遂将穷极吴、越、瓯、闽江湖海上之诸山，以肆其所适。予嘉其尝有闻于吾人也，于其行也，为作《山中之乐》三章，极道山林间事，以动荡其心意，而卒反之于正。其辞曰：

江上山兮海上峰，蔼青苍兮杳巑丛。霞飞雾散兮邈乎青空，天镜鬼削兮壁立于鸿蒙。崖悬磴绝兮险且穷，穿云渡水兮忽得路，而不知其深之几重。中有平田广谷兮与世隔绝，犹有太古之遗风。泉甘土肥兮鸟兽雍雍，其人麋鹿兮既寿而丰。不知人间之几时兮，但见草木华落为春冬。

1.《欧阳修全集》（中华书局 2001 年版），诗余卷 1，页 1992。
2.《欧阳修全集》，卷 15，页 261—262。《欧阳修诗文集校笺》（上海古籍出版社 2009 年版），卷 15，页 488—489。

嗟世之人兮，曷不归来乎山中？山中之乐不可见，今子其往兮谁逢？

丹茎翠蔓兮岩壑玲珑，水声聒聒兮花气蒙蒙。石巉巉兮横路，风飒飒兮吹松。云冥冥兮雨霏霏，白猿夜啸兮青枫。朝日出兮林间，涧谷纷兮青红。千林静兮秋月，百草香兮春风。嗟世之人兮，曷不归来乎山中？山中之乐不可得，今子其往兮谁从？

梯崖构险兮，佛庙仙宫。耀空山兮，郁穹隆。彼之人兮，固亦目明而耳聪。宠辱不干其虑兮，仁义不被其躬。荫长松之蓊蔚兮，藉纤草之丰茸。苟其中以自足兮，忘其服胡而颠童。自古智能魁杰之士兮，固亦绝世而逃踪。惜天材之甚良兮，而自弃于无庸。嗟彼之人兮，胡为老乎山中？山中之乐不可久，迟子之返兮谁同？

（三）
欧阳修《六一居士传》[1]（1070）

六一居士初谪滁山，自号醉翁。既老而衰且病，将退休于颍水之上，则又更号六一居士。

客有问曰："六一，何谓也？"居士曰："吾家藏书一万卷，集录三代以来金石遗文一千卷，有琴一张，有棋一局，而常置酒一壶。"客曰："是为五一尔，奈何？"居士曰："以吾一翁，老于此五物之间，是岂不为六一乎？"

客笑曰："子欲逃名者乎？而屡易其号。此庄生所诮畏影而走乎日中者也。余将见子疾走大喘渴死，而名不得逃也。"居士曰："吾固

1.《欧阳修全集》，卷44，页634—635。《欧阳修诗文集校笺》，卷44，页1130—1132。

知名之不可逃，然亦知夫不必逃也。吾为此名，聊以志吾之乐尔。"客曰："其乐如何？"居士曰："吾之乐可胜道哉！方其得意于五物也，太山在前而不见，疾雷破柱而不惊；虽响九奏于洞庭之野，阅大战于涿鹿之原，未足喻其乐且适也。然常患不得极吾乐于其间者，世事之为吾累者众也。其大者有二焉，轩裳珪组劳吾形于外，忧患思虑劳吾心于内，使吾形不病而已悴，心未老而先衰，尚何暇于五物哉？虽然，吾自乞其身于朝者三年矣，一日天子恻然哀之，赐其骸骨，使得与此五物皆返于田庐，庶几偿其夙愿焉。此吾之所以志也。"

客复笑曰："子知轩裳珪组之累其形，而不知五物之累其心乎？"居士曰："不然。累于彼者已劳矣，又多忧；累于此者既佚矣，幸无患。吾其何择哉？"于是与客俱起，握手大笑曰："置之，区区不足较也。"

已而叹曰："夫士少而仕，老而休，盖有不待七十者矣。吾素慕之，宜去一也。吾尝用于时矣，而讫无称焉，宜去二也。壮犹如此，今既老且病矣，乃以难强之筋骸，贪过分之荣禄，是将违其素志而自食其言，宜去三也。吾负三宜去，虽无五物，其去宜矣，复何道哉！"

熙宁三年九月七日，六一居士自传。

（四）

苏轼《腊日游孤山，访惠勤、惠思二僧》[1] (1071)

天欲雪，云满湖，楼台明灭山有无。水清石出鱼可数，林深无人

1.《苏轼全集校注》诗集2，卷7，页627—628。

鸟相呼。腊日不归对妻孥，名寻道人实自娱。道人之居在何许？宝云山前路盘纡。孤山孤绝谁肯庐？道人有道山不孤。纸窗竹屋深自暖，拥褐坐睡依团蒲。天寒路远愁仆夫，整驾催归及未晡。出山回望云木合，但见野鹘盘浮图。兹游淡薄欢有余，到家恍如梦蘧蘧。作诗火急追亡逋，清景一失后难摹。

（五）

苏轼《六一泉铭并叙》[1]（1090）

欧阳文忠公将老，自谓六一居士。予昔通守钱塘，见公于汝阴而南。公曰："西湖僧惠勤甚文，而长于诗。吾昔为《山中乐》三章以赠之。子间于民事，求人于湖山间而不可得，则盍往从勤乎？"予到官三日，访勤于孤山之下，抵掌而论人物。曰："公，天人也。人见其暂寓人间，而不知其乘云驭风历五岳而跨沧海也。此邦之人，以公不一来为恨。公麾斥八极，何所不至？虽江山之胜，莫适为主，而奇丽秀绝之气，常为能文者用，故吾以谓西湖盖公几案间一物耳。"勤语虽幻怪，而理有实然者。明年，公薨，予哭于勤舍。又十八年，予为钱塘守，则勤亦化去久矣。访其旧居，则弟子二仲在焉，画公与勤之像，事之如生。舍下旧无泉，予未至数月，泉出讲堂之后，孤山之趾，汪然溢流，甚白而甘。即其地，凿岩架石为室。二仲谓余："师闻公来，出泉以相劳苦，公可无言乎？"乃取勤旧语，推本其意，名之曰六一

1.《苏轼全集校注》文集3，卷19，页2142—2143。

泉，且铭之曰：

泉之出也，去公数千里。后公之没，十有八年，而名曰六一，不几于诞乎？曰：君子之泽，岂独五世而已？盖得其人，则可至于百传。尝试与子登孤山而望吴越，歌《山中》之乐而饮此水，则公之遗风余烈，抑或见于斯泉也。

（六）
苏轼《书六一居士传后》[1]（约1070）

苏子曰：居士可谓有道者也。或曰：居士非有道者也。有道者，无所挟而安，居士之于五物，捐世俗之所争，而拾其所弃者也。乌得为有道乎？苏子曰：不然。挟五物而后安者，惑也。释五物而后安者，又惑也。且物未始能累人也，轩裳圭组，且不能为累，而况此五物乎？物之所以能累人者，以吾有之也。吾与物俱不得已而受形于天地之间，其孰能有之？而或者以为己有，得之则喜，丧之则悲。今居士自谓六一，是其身均与五物为一也。不知其有物耶，物有之也？居士与物均为不能有，其孰能置得丧于其间？故曰：居士可谓有道者也。虽然，自一观五，居士犹可见也。与五为六，居士不可见也。居士殆将隐矣。

1.《苏轼全集校注》文集10，卷66，页7349。

张岱《西湖梦寻》《六一泉》[1]

六一泉在孤山之南，一名竹阁，一名勤公讲堂。宋元祐六年，东坡先生与惠勤上人同哭欧阳公处也。勤上人讲堂初构，掘地得泉，东坡为作泉铭。以两人皆列欧公门下，此泉方出，适哭公讣，名以六一，犹见公也。其徒作石屋覆泉，且刻铭其上。南渡高宗为康王时，常使金，夜行，见四巨人执殳前驱。登位后，问方士，乃言紫薇垣有四大将，曰：天蓬、天猷、翊圣、真武。帝思报之，遂废竹阁，改延祥观，以祀四巨人。至元初，世祖又废观为帝师祠。泉没于二氏之居二百余年。元季兵火，泉眼复见，但石屋已圮，而泉铭亦为邻僧舁去。洪武初，有僧名行升者，锄荒涤垢，图复旧观。仍树石屋，且求泉铭，复于故处。乃欲建祠堂，以奉祀东坡、勤上人，以参寥故事，力有未逮。教授徐一夔为作疏曰："眷兹胜地，实在名邦。勤上人于此幽栖，苏长公因之数至。迹分缁素，同登欧子之门；谊重死生，会哭孤山之下。惟精诚有感通之理，故山岳出迎劳之泉。名聿表于怀贤，忱式昭于荐菊。虽存古迹，必肇新祠。此举非为福田，实欲共成胜事。儒冠僧衲，请恢雅量以相成；山色湖光，行与高峰而共远。愿言乐助，毋诮滥竽。"

---

1. 张岱：《西湖梦寻》(中华书局 2007 年版)，卷 3，页 174。

1922 年 10 月，徐志摩留学归国。来年 9 月，他写了《雷峰塔》和《月下雷峰影片》两首诗，深情咏叹杭州西湖南边雷峰上，建于北宋太宗太平兴国二年（977）的这座佛塔。《月下雷峰影片》第二段写道：

> 深深的黑夜，依依的塔影，
> 　团团的月彩，纤纤的波鄰——
> 假如你我荡一支无遮的小艇，
> 　假如你我创一个完全的梦境！

徐志摩的浪漫梦境，在 1924 年 9 月 25 日雷峰塔倒塌之后破碎，他在《再不见雷峰》里哀感：

再没有雷峰；雷峰从此掩埋在人的记忆中：

像曾经的幻梦，曾经的爱宠。

比起海宁人徐志摩，同样出生于浙江省的绍兴人鲁迅，丝毫没有惋惜之情，他在 1924 年 11 月 17 日发表了《论雷峰塔的倒掉》，说：

听说，杭州西湖上的雷峰塔倒掉了，听说而已，我没有亲见。但我却见过未倒的雷峰塔，破破烂烂的映掩于湖光山色之间，落山的太阳照着这些四近的地方，就"雷峰夕照"，西湖十景之一。"雷峰夕照"的真景我也见过，并不见佳，我以为。

当时身在北京，鲁迅对雷峰塔倒掉的总结是两个字："活该"。

鲁迅怎么那样讨厌雷峰塔呢？他后来又写了《再论雷峰塔的倒掉》，指出雷峰塔坍塌的原因，是老百姓迷信塔砖能逢凶化吉，挖了回家保平安，久而久之，塔基便颓毁了。一位杭州友人告诉我，传说雷峰塔的砖块是"金砖"，人们以为内藏黄金，所以纷纷挖取。其实，那是"经砖"：有的砖块内有孔洞，塞了佛经。鲁迅还批评觉得"雷峰塔倒塌，西湖十景缺憾"的想法，是世俗的"十景病"——凡事求十样十全就是一种迷信。

在写《云影天光：潇湘山水之画意与诗情》一书的过程中，从孕育"潇湘八景"的文化抒情底蕴脉络，顺着历史发展写到清代，赵吉士对动辄捏造的各种地方"八景"和"十景"极为憎恶，引发我的好奇心，怎么优雅的文人山水游赏，逐渐扩散传播，结果却变得粗鄙不堪了呢？

当时的我，读着徐志摩耽溺的废墟美学，却倾向于鲁迅的反思。正如鲁迅预言的："倘在民康物阜时候，因为十景病的发作，新的雷峰塔也会再造的罢。"果然，2002年，金碧辉煌的崭新雷峰塔雄立于原址。我经过雷峰塔下，想到新闻报道叙述可搭乘电梯直达塔顶，又一个伟大地标工程，新古迹呀！

我从来不想踏进雷峰塔一步，有时远观，或者根本不去那一带。

直到2019年，我受邀参加一个研究西湖景观文化的计划。和德国学者乘舟游湖，听到他们说："西湖的风景，不过如此！"

不过如此？这是"淡妆浓抹总相宜""山外青山楼外楼"，是白娘子借伞勾情、是袁宏道躺在苏堤桥上让桃花落瓣拂面、是张岱冬夜湖心亭赏雪的西湖呀！

"你听了太多的故事。"她平静地说。

我不但听了太多故事，还看了太多图像。和专攻艺术史的友人寻觅马远《山径春行图》的花草枝桠、李嵩《西湖图》的俯瞰视角……"West Lake"，怎么用英语说起来，就是普普通通的呢？

带着陪同参观新建设的心态，我初次进入雷峰塔。

倒掉的废墟被保留在新塔里。出土的文物和经卷，补充和丰富了佛教历史。我甚至遐想，有一点"集石癖"的我，在苏东坡被贬谪的湖北黄州、海南儋州捡拾小石块，如果刚好——我是说刚好，被我看见这个被苏东坡望过的雷峰塔裸露脱离的经砖，我会不会，也捡个回家？

在雷峰塔上，四野辽阔，眼下是青绿一线的苏堤，秋风习习。太多故事，太多图像，原来，我一直陷在徐志摩说的幻梦和爱宠，是我的西湖文化记忆。

* * *

（一）

苏轼《杭州乞度牒开西湖状》[1]（1090）

元祐五年四月二十九日，龙图阁学士左朝奉郎知杭州苏轼状奏。右臣闻天下所在陂湖河渠之利，废兴成毁，皆若有数。惟圣人在上，则兴利除害，易成而难废。昔西汉之末，翟方进为丞相，始决坏汝南鸿陈陂，父老怨之，歌曰："坏陂谁？翟子威。饭我豆食羹芋魁。反乎覆，陂当复。谁言者？两黄鹄。"盖民心之所欲，而托之天，以为有神下告我也。孙皓时，吴郡上言，临平湖自汉末草秽壅塞，今忽开通，长老相传，此湖开，天下平，皓以为己瑞，已而晋武帝平吴。由此观之，陂湖河渠之类，久废复开，事关兴运。虽天道难知，而民心所欲，天必从之。

杭州之有西湖，如人之有眉目，盖不可废也。唐长庆中，白居易为刺史。方是时，湖溉田千余顷。及钱氏有国，置撩湖兵士千人，日

1.《苏轼全集校注》文集5，卷30，页3287—3291。

夜开浚。自国初以来，稍废不治，水涸草生，渐成葑田。熙宁中，臣通判本州，则湖之葑合，盖十二三耳。至今才十六七年之间，遂埋塞其半。父老皆言："十年以来，水浅葑横，如云翳空，倏忽便满，更二十年，无西湖矣。"使杭州而无西湖，如人去其眉目，岂复为人乎？

臣愚无知，窃谓西湖有不可废者五。天禧中，故相王钦若始奏以西湖为放生池，禁捕鱼鸟，为人主祈福。自是以来，每岁四月八日，郡人数万会于湖上，所活放羽毛鳞介，以百万数，皆西北向稽首，仰祝千万岁寿。若一旦埋塞，使蛟龙鱼鳖同为涸辙之鲋，臣子坐观，亦何心哉！此西湖之不可废者，一也。杭之为州，本江海故地，水泉咸苦，居民零落，自唐李泌始引湖水作六井，然后民足于水，井邑日富，百万生聚，待此而后食。今湖狭水浅，六井渐坏，若二十年之后，尽为葑田，则举城之人，复饮咸苦，其势必自耗散。此西湖之不可废者，二也。白居易作《西湖石函记》云："放水溉田，每减一寸，可溉十五顷；每一伏时，可溉五十顷。若蓄泄及时，则濒河千顷，可无凶岁。"今虽不及千顷，而下湖数十里间，茭菱谷米，所获不赀。此西湖之不可废者，三也。西湖深阔，则运河可以取足于湖水。若湖水不足，则必取足于江潮。潮之所过，泥沙浑浊，一石五斗。不出三岁，辄调兵夫十余万功开浚，而河行市井中盖十余里，吏卒骚扰，泥水狼藉，为居民莫大之患。此西湖之不可废者，四也。天下酒税之盛，未有如杭者也，岁课二十余万缗。而水泉之用，仰给于湖，若湖渐浅狭，水不应沟，则当劳人远取山泉，岁不下二十万功。此西湖之不可废者，五也。

臣以侍从，出膺宠寄，目睹西湖有必废之渐，有五不可废之忧，岂得苟安岁月，不任其责。辄已差官打量湖上葑田，计二十五万余丈，度用夫二十余万功。近者伏蒙皇帝陛下、太皇太后陛下以本路饥馑，特宽转运司上供额斛五十余万石，出粜常平米亦数十万石，约救诸路，不取五谷力胜税钱，东南之民，所活不可胜计。今又特赐本路度牒三百，而杭独得百道。臣谨以圣意增价召人入中，米减价出粜，以济饥民，而增减耗折之余，尚得钱米约共一万余贯石。臣辄以此钱米募民开湖，度可得十万功。自今月二十八日兴功，农民父老，纵观太息，以谓二圣既捐利与民，活此一方，而又以其余弃，兴久废无穷之利，使数千人得食其力以度此凶岁，盖有泣下者。臣伏见民情如此，而钱米有限，所募未广，葑合之地，尚存大半，若来者不嗣，则前功复弃，深可痛惜。若更得度牒百道，则一举募民除去净尽，不复遗患矣。

伏望皇帝陛下、太皇太后陛下少赐详览，察臣所论西湖五不可废之状，利害卓然，特出圣断，别赐臣度牒五十道，仍敕转运、提刑司，于前来所赐诸州度牒二百道内，契勘赈济支用不尽者，更拨五十道价钱与臣，通成一百道。使臣得尽力毕志，半年之间，目见西湖复唐之旧，环三十里，际山为岸，则农民父老，与羽毛鳞介，同泳圣泽，无有穷已。臣不胜大愿，谨录奏闻，伏候敕旨。

·贴黄。目下浙中梅雨，葑根浮动，易为除去。及六七月，大雨时行，利以杀草，芟夷蕴崇，使不复滋蔓。又浙中农民皆言八月断葑根，则死不复生。伏乞圣慈早赐开允，及此良时兴工，不胜幸甚。

·又贴黄。本州岛自去年至今开浚运河，引西湖水灌注其中，今来开除葑田逐一利害，臣不敢一一烦渎天听，别具状申三省去讫。

（二）

苏轼《轼在颍州，与赵德麟同治西湖，未成，改扬州。三月十六日，湖成，德麟有诗见怀，次其韵》[1]（1092）

（节选）

我在钱塘拓湖渌，大堤士女争昌丰。

六桥横绝天汉上，北山始与南屏通。

1.《苏轼全集校注》诗集，卷35，页3956。

金
山
寺
雨
中
闻
铃

镇江古称润州、丹徒、京口等，位于长江南岸，是南下常州、北上扬州、西接南京、东往泰州的必经之路。据统计，苏轼因公务或私事到过镇江至少11次。镇江著名的古刹金山寺，位于江中岛屿，始建于东晋，至清代才与陆地相连。苏轼到镇江，经常参访金山寺。

谈到金山寺，我们的印象便是白蛇传故事的"水漫金山"，以及苏轼和云门宗僧人佛印了元（1032—1098）的交往。佛印于1082—1088年间住持金山寺，苏轼大约在1080年于黄州时和佛印书信往来，当时佛印在庐山。后来苏轼往庐山和佛印见面，两人谈话十分投机。

南宋托名苏轼撰写的《东坡问答录》（又名《东坡居士佛印禅师语录问答》），内容多为虚设附会苏轼和佛印的故事，为明清的小说戏曲增添了趣味的素材。

＊＊

一直想去镇江，想去金山寺。

去看传说中的"东坡玉带"，去看米芾、米友仁父子笔下"米氏云山"的实景。

研究潇湘八景诗画时，仔细考查了米氏父子的生平游历，知道米友仁成人后并没有去"潇湘"的所在地湖南的经验。那么，米友仁的《潇湘奇观图》《潇湘白云图》，这些以"潇湘"为题目的作品，画的是哪里的风景呢？

我反复观看，想到米友仁曾修葺父亲在润州（镇江）的海岳庵居所，于是找到了古代的地理书方志，对照镇江的图片，突然发现画的正是金山寺附近的风光！

我兴奋地跑出研究室，对着第一位见到的同事大叫："我要去镇江！"

对方莫名其妙，我说："镇江就是潇湘！"

对方更觉得莫名其妙了。

这一说就过了十多年。每次应邀去南京开会或讲学，就想把镇江纳入行程里。2017年，完成了一场学术研讨会和两场演讲的工作，终于从南京搭乘高铁，花20分钟就来到了镇江。

远远地，看到米友仁画里的寺塔，即使后代重修，塔的位置也基本变化不大。进入寺内，便请教僧人"东坡玉带"的藏所。僧人说在观音阁，是复制的。

复制的？

我心心念念了十多年，远渡重洋来看一个假货？

不免失望。

拾级而上，飘飞的雨丝逐渐粗密，哗哗打落。

那玉带，曾经系在东坡腰上。

一日东坡去找佛印禅师，佛印正与众徒在内室，见东坡来，问道："这里没有坐榻，居士来这里做什么？"

东坡说："暂借佛印的'四大'为坐榻。"

佛印说："山僧有一问，居士如果答得出，便请您坐；如果答不出，就将您的玉带子输给我。"东坡欣然同意，让佛印出题。

佛印问："您刚才说要以我的'四大'为坐榻，然而山僧四大（地、水、火、风）本空，五阴（色、受、想、行、识）非有。居士要坐哪里？"东坡一时语塞，于是解下腰间玉带，送给了佛印。

这个故事记载在《五灯会元》中，我初读时，虽知重点在斗智与禅机，却禁不住要往实里想：那玉腰带是东坡身上之物，留有他的手泽指纹。

复制件当然不会有原件的灵气。站在慈寿塔前廊下避雨，觉得"东坡玉带复制品"真是比今天的大雨还煞风景，不值一观。

我绕向清代重修的慈寿塔后方，堆积杂物的角落墙面嵌了几块字迹漫漶的石碑。左右张望，抬头怎么也看不到塔顶，毫无远眺时的气象，更别提米友仁画里的山烟水雾、秀致高雅。

雨势稍歇，我转回正殿上的平台，极目向长江，长舒了一口气。

东坡一生多次来到金山寺，他的家乡四川是长江流经之地，金山寺在长江下游，所以在1071年作的《游金山寺》诗开篇就说：

"我家江水初发源，宦游直送江入海。"他想在山顶回望家乡，无奈山峦阻隔——"试登绝顶望乡国，江南江北青山多。"那晚他受寺僧邀请留宿，看到了至今仍令人不解的奇景："江心似有炬火明，飞焰照山栖鸟惊。"江山胜美，而终究他牵挂的还是早日由仕途返还，他暗自向江神起誓："我谢江神岂得已，有田不归如江水。"

后来他还和柳子玉在金山寺狂饮大醉到睡在宝觉禅师的榻上，半夜醒来，率性写诗题壁。

从海南北归，再访金山寺，见到自己的画像，题了意味深长的诗：

心似已灰之木，身如不系之舟。问汝平生功业，黄州、惠州、儋州。

两个月后，东坡病逝于常州。

东坡的题壁诗和画像，现在都看不到了，怎么我还执着要看玉腰带呢？

阵阵风摇撼檐角铜铃，那声响清脆悠然。

好像可以就这样一直一直听着铃铛琅琅，哪儿也不去。"四大""五阴"都是空有，不是实体的"坐榻"，人们评论东坡不能理事圆融，信口说出以"四大"为坐榻的狂语；我倒以为，假使连坐榻也是空性，"四大""五阴"，哪里不能"坐"呢？

就算是假货，我也瞧一瞧吧。我循着指示而去。

谁知，连复制品也没有了。问不出去向。

佛印取了东坡的玉带，换给他一件僧衣，东坡作偈赠之，其中提到："此带阅人如传舍，流传到我亦悠哉。"世间万物于我，不过暂时的拥有、随缘的流传。

雨停了。铃声依然回荡。

* * *

（一）

苏轼《游金山寺》（1071）[1]

我家江水初发源，宦游直送江入海。

闻道潮头一丈高，天寒尚有沙痕在。

中泠南畔石盘陀，古来出没随涛波。

试登绝顶望乡国，江南江北青山多。

羁愁畏晚寻归楫，山僧苦留看落日。

微风万顷靴文细，断霞半空鱼尾赤。

是时江月初生魄，二更月落天深黑。

江心似有炬火明，飞焰照山栖鸟惊。

怅然归卧心莫识，非鬼非人竟何物。

江山如此不归山，江神见怪惊我顽。

我谢江神岂得已，有田不归如江水。

1.《苏轼全集校注》诗集 2，卷 7，页 607。

（二）

苏轼《金山寺与柳子玉饮，大醉，卧宝觉禅榻，夜分方醒，书其壁》[1]（1074）

恶酒如恶人，相攻剧刀箭。

颓然一榻上，胜之以不战。

诗翁气雄拔，禅老语清软。

我醉都不知，但觉红绿眩。

醒时江月堕，撼撼风响变。

惟有一龛灯，二豪俱不见。

（三）

苏轼《大风留金山两日》[2]（1079）

塔上一铃独自语，明日颠风当断渡。

朝来白浪打苍崖，倒射轩窗作飞雨。

龙骧万斛不敢过，渔舟一叶从掀舞。

细思城市有底忙，却笑蛟龙为谁怒。

无事久留童仆怪，此风聊得妻孥许。

㶚山道人独何事，半夜不眠听粥鼓。

1.《苏轼全集校注》诗集 2，卷 11，页 1092。
2.《苏轼全集校注》诗集 3，卷 18，页 1972。

陪你去看苏东坡（全新增订版）

（四）

苏轼《以玉带施元长老，元以衲裙相报，次韵二首》[1]（1089）

其一

病骨难堪玉带围，钝根仍落箭锋机。

欲教乞食歌姬院，故与云山旧衲衣。

其二

此带阅人如传舍，流传到我亦悠哉。

锦袍错落差相称，乞与佯狂老万回。

（五）

苏轼《自题金山画像》[2]（1101）

心似已灰之木，身如不系之舟。

问汝平生功业，黄州、惠州、儋州。

1.《苏轼全集校注》诗集4，卷24，页2654—2656。
2.《苏轼全集校注》诗集8，卷48，页5573。

徐

州

快哉亭上草萋萋

徐州古称彭城，苏轼于 1077 年 4 月到 1079 年 2 月担任徐州知州。在徐州，苏轼主要的政绩包括抗洪救灾、祈雨治旱、勘探石炭（煤）、精冶铁矿等。

1077 年，苏轼为李邦直修建的亭子命名为"快哉亭"。我们从苏辙的作品中得知，苏轼在密州（今山东诸城）时就修建一座"快哉亭"。后来在黄州（今湖北黄冈），苏轼又为张梦得修建的亭子命名为"快哉亭"。密州、徐州和黄州的三个"快哉亭"，目前只有徐州一处，为 20 世纪 80 年代重建。

* *

推开虚掩的双扇大门，轻微的咿呀响声。探头左右张望，约莫100 米之外，一幢重檐攒尖式的仿古建筑，两侧延伸敞廊。

正想踩着裂砖往前瞧一瞧柱子上的楹联文字，被身后传来的唤声制止。

我转头看见一位老者向我招手，要我返回。

"危险！房上的屋瓦会掉下来砸伤人。"他说。

老者问我怎么进来这个小院的。

"快哉亭公园"，我就是冲着这"快哉亭"来的啊。

燥热的徐州，清晨落了清新的阵雨。雨停了，我收起伞，任风摇树梢滴滴答答的水珠点在衣上。

凉亭里聊天唱歌赏荷花的爷爷奶奶自得其乐。我从网络上查到"快哉亭"的位置，顺着指示走，和遇到的路人确定方向。

"请问快哉亭是从这条路去吗？"我在路岔口问。

大婶一边摇着蒲扇说："快哉亭？这里就是快哉亭啊！"

我说："是在这公园里，有个像亭子的……"

她歪着头想，手指往反方向："亭子在那边——"

旁边的大叔说："不是那个亭子。"他朝我说："你说的'快哉亭'不能进了！在前面小坡上。"

果然，走到水泥阶梯下，吃了闭门羹。

在底下拍了几张照片，意犹未尽。拾级登临，来到门外，发现门没锁。

站在"快哉亭"的院子里，我和守院的老者闲聊，他说姓丁，来这里几年了。

1077年苏轼任徐州知州，驻节徐州的京东提刑使李邦直在城东南高地建亭，苏轼作《快哉此风赋》，亭子便命名为"快哉亭"。

现在的"快哉亭"是20世纪80年代所建，丁伯伯说原来的亭子年久失修，游客不能进来了。原来是大门没锁好，我刚巧"趁虚而入"呀！

我们望着长了草和小树的亭台屋顶，这里废弃多久了呢？敞廊里有碑刻，我想过去看一下，刚要往前，再度被制止。

苏轼很喜欢"快哉"这个词，"快哉"源自战国时代宋玉的《风赋》。《风赋》里写道：某天，宋玉和景差陪同楚襄王游览兰台宫，一阵凉爽的风飒飒吹来，楚襄王忍不住敞开衣襟，迎着风说："快哉此风！"

"快哉"的"快"，既传达风的速度，也显示风使人通体舒畅。人们在高台或四面无墙的亭子，往往能感受风的吹拂，为亭子命名"快哉亭"，恰如其分。在密州、徐州、黄州，都有苏轼命名的"快哉亭"，如今只剩徐州保留遗址。

宋玉写《风赋》，苏轼写《快哉此风赋》，表面上只是沿用了宋玉"快哉此风"的语句，可是两文一加比较，就能发现苏轼超越甚至推翻了宋玉的观点。在《风赋》里，楚襄王在"快哉此风"之后说："寡人所与庶人共者邪？"意思是：这么舒服的风，平民百姓也能享受吗？宋玉趁机从身份、阶级、环境的差异，区别高下贵贱，说大王吹的是"大王雄风"；平民百姓吹的是"庶人雌风"。"大王雄风"使人开朗，"庶人雌风"让人生病。

宋玉想劝说大王体恤百姓生活，但是很难肯定，如果楚襄王智商和情商不高，会不会反而助长了他的优越感呢？

苏轼虽然担任一州的行政长官，并不因此认为大自然对于每个

人有个别条件待遇,《快哉此风赋》说:

> 贤者之乐,快哉此风。虽庶民之不共,眷佳客以攸同。穆如其来,既偃小人之德;飒然而至,岂独大王之雄。

贤者和小人、大王和庶人,接受的是同样的风。如果有什么差别,不是基于天生的社会层级,而是道德修养。即使是小人,也有机会被温和的风感化,这就是《论语》里说的:"君子之德风,小人之德草。草上之风,必偃。"施行仁政的官员,是能让百姓畅快的啊!

后来到了黄州,苏轼有职衔而无职权,他替和他同样被贬谪的张梦得(字怀民,又字偓佺)筑的亭子还是命名"快哉亭"。苏轼的弟弟苏辙写了《黄州快哉亭记》,更是直接否定了宋玉的"雄风""雌风"说法:"夫风无雄雌之异,而人有遇不遇之变。楚王之所以为乐,与庶人之所以为忧,此则人之变也,而风何与焉?"他认为"快哉"的关键是人的内心价值判断。苏轼则写了《水调歌头》词给张偓佺,尾句为:

> 堪笑兰台公子,未解庄生天籁,刚道有雌雄。一点浩然气,千里快哉风。

他把宋玉和庄子相比,高下立现。风不因人的贵贱有别,而是取决于人是否能培养孟子所说,至大至刚的浩然之气。人行得正,风吹不倒，快哉！

小院里的风，刮不起巴掌大的梧桐落叶。丁伯伯示意我该离开了。

向眼前这颓坏的"快哉亭"投以最后一瞥，双扇朽门咿呀关上。

* * *

（一）

苏辙《寄题密州新作快哉亭》二首[1]（1076）

其一

车骑崩腾送客来，奔河断岸首频回。凿成户牖功无几，放出江湖眼一开。景物为公争自致，登临约我共追陪。自矜新作超然赋，更拟兰台诵快哉。

其二

槛前潍水去沄沄，洲渚苍茫烟柳匀。万里忽惊非故国，一樽聊复对行人。谢安未厌频携妓，汲黯犹须卧理民。试问沙囊无处所，于今信怯定非真。

1.《栾城集》（上海古籍出版社 1987 年版），卷 6，页 137。

（二）

苏轼《快哉此风赋》（1077）[1]

时与吴彦律、舒尧文、郑彦能各赋两韵，子瞻作第一第五。

贤者之乐，快哉此风。虽庶民之不共，眷佳客以攸同。穆如其来，既偃小人之德；飒然而至，岂独大王之雄。若夫鹢退宋都之上，云飞泗水之湄。寥寥南郭，怒号于万窍；飒飒东海，鼓舞于四维。固以陋晋人一哂之小，笑玉川两腋之卑。野马相吹，抟羽毛于汗漫，应龙作处，作鳞甲以参差。

（三）

苏轼《水调歌头黄州快哉亭赠张偓佺》[2]（1083）

落日绣帘卷，亭下水连空。知君为我新作，窗户湿青红。长记平山堂上，欹枕江南烟雨，渺渺没孤鸿。认得醉翁语，山色有无中。

一千顷，都镜净，倒碧峰。忽然浪起，掀舞一叶白头翁。堪笑兰台公子，未解庄生天籁，刚道有雌雄。一点浩然气，千里快哉风。

（四）

苏辙《黄州快哉亭记》[3]（1083）

江出西陵，始得平地，其流奔放肆大；南合湘、沅，北合汉、沔，

1.《苏轼全集校注》文集册1，卷1，页146—147。
2.《苏轼全集校注》词集，卷2，页431。
3.《栾城集》，卷24，页512—513。

其势益张；至于赤壁之下，波流浸灌，与海相若。

清河张君梦得，谪居齐安，即其庐之西南为亭，以览观江流之胜；而余兄子瞻，名之曰快哉。盖亭之所见，南北百里，东西一舍。涛澜汹涌，风云开阖。昼则舟楫出没于其前，夜则鱼龙悲啸于其下。变化倏忽，动心骇目，不可久视。今乃得玩之几席之上，举目而足。西望武昌诸山，冈陵起伏，草木行列，烟消日出，渔夫樵父之舍，皆可指数，此其所以为快哉者也。

至于长洲之滨，故城之墟，曹孟德、孙仲谋之所睥睨，周瑜、陆逊之所骋骛，其流风遗迹，亦足以称快世俗。昔楚襄王从宋玉、景差于兰台之宫，有风飒然至者，王披襟当之，曰："快哉此风！寡人所与庶人共者耶？"宋玉曰："此独大王之雄风耳，庶人安得共之？"玉之言，盖有讽焉。夫风无雌雄之异，而人有遇不遇之变；楚王之所以为乐，与庶人之所以为忧，此则人之变也，而风何与焉？

士生于世，使其中不自得，将何往而非病？使其中坦然，不以物伤性，将何适而非快？今张君不以谪为患，窃会稽之余功，而自放山水之闲，此其中宜有以过人者。将蓬户瓮牖，无所不快；而况乎濯长江之清流，揖西山之白云，穷耳目之胜，以自适也哉！不然，连山绝壑，长林古木，振之以清风，照之以明月，此皆骚人思士之所以悲伤憔悴而不能胜者。乌睹其为快也哉？

黄

州

何
处
是
东
坡

苏轼因乌台诗案被贬黄州，责授检校尚书水部员外郎充黄州团练副使，本州安置，不得签书公事。1080 年 2 月 1 日抵达黄州，作《到黄州谢表》云："仁圣矜怜，特从轻典。赦其必死，许以自新。只服训辞，惟知感涕"，仿佛仍心有余悸。

黄州期间是苏轼文学和思想重要的转化阶段。他躬耕城东坡地，自号东坡居士，创作了著名的前后《赤壁赋》《念奴娇·赤壁怀古》；体悟佛道，关注养生。苏轼在黄州待到 1084 年 4 月移汝州团练副使。

* *

到杂货铺买瓶水，顺便问路。（或是为了问路去买水）

不意外，对方不晓得。

写在纸上，"定惠院"（也作定慧院），他说没听过这个地方。

2010年，智能手机还不普遍，更别说卫星导航地图。当地人都说没有，你还想怎样？

我打开水瓶，仰头灌下一口，被店员叫回去。

"会不会是定花园？"他指着外边。

什么花园？我要找的是庙不是花园。

他说这附近没有庙。你要拜菩萨得去……

我没听懂他说的地方，我不是要去拜菩萨。嗯，可以跟他说，我是要去看庙旁的海棠花吗？他会不会再说："看花就去花园看"？

他看起来约莫二三十岁，说话有很浓的家乡音。"定花园"，我听了几遍才明白，像是说"定惠院"。

依他所指，我拐进一条小路，住宅区的门牌写的是"定花院"。啊？不是"花园"那？

一些住户家有两个门牌："定花院"和"青砖湖"。还有的路标写的是"定花苑""淀花园"。想来，这附近或许就是苏轼在黄州寓居的"定惠院"，文字遗落，剩余谐音。

路势逐渐高隆，我正在走着的，会不会就是定惠院南的柯山？苏轼之后，苏门四学士之一的张耒也在1097年和1102年两度被贬谪到这里，而且六年内三度往返黄州，就住在柯山。苏轼特别欣赏柯山上的一株西蜀海棠，作诗《寓居定惠院之东，杂花满山，有海棠一株，土人不知贵也》，还有诗说："柯丘海棠吾有诗，独笑深林谁敢侮。"

不见海棠，倒是路旁有一墩看似庙的遗迹的石莲花基座。苏轼为什么要住在庙里呢？

　　他的职位"检校尚书水部员外郎充黄州团练副使"，这是朝廷安置贬谪官员的虚职，位从八品，低于苏轼原任知州的六品官，甚且低于苏轼的第一份职务"大理评事，签书凤翔府节度判官"的正八品位阶。不但位阶低，且只能领些许津贴，不能住官家宿舍。苏轼的长子苏迈（1059—1119）陪父亲刚到黄州时，幸而得到定惠院的僧颙收留，让他们住了三个多月。

　　后来苏辙陪同苏轼的其他家人到黄州团聚。苏迈已经于1077年和吕陶的女儿结婚，并于第二年生下一子苏箪，加上苏轼的乳母任采莲，这四代同堂的家庭包括继室王闰之、王闰之生的次子苏迨（1070—1126）、三子苏过（1072—1123），侍妾朝云，加上仆役，至少十余口人，不合适再住寺庙。1080年5月29日，苏轼迁居临皋亭。

　　临皋亭是一处临长江的废弃驿站，苏轼有诗："幸兹废弃余，疲马解鞍驮。全家占江驿，绝境天为破。"因江水经流变迁，学者研究临皋亭的位置有两种说法，一说是青砖湖社区路附近，在黄州大道黄冈市党校那里出土有明代隆庆年间处士方公暨妻严氏墓志铭（现藏黄冈博物馆），铭文云："呜呼临皋东弦青山。"另一说是位于黄冈中学（现启黄中学）内。从网上资料看到校园里建了一座凉亭，我在学校门口张望——近千年前，这里是通往东坡雪堂的黄泥坂吧？

　　1081年2月，苏轼的友人马正卿为他求情，请求太守把城东边一片大约50亩的旧营地让苏轼耕种。这片土地荒废许久，长满荆棘，散落瓦砾。苏轼为了养活全家人，挽起袖子当农夫。他的辛勤劳动不仅收获了粮食，更造就了如今驰名中外的"东坡居士"。

"东坡居士"的"东坡"指的就是城东边的坡地。后人认为应该有典故，比如洪迈（1123—1202）和周必大（1126—1204）指出是受到白居易在忠州（四川忠县）作《东坡种花》《步东坡》的影响。

苏轼写给友人王巩（定国）的信里，说想自号"廲糟陂里陶靖节"，问王巩觉得怎么样？可能没有得到正面的支持吧。"廲糟陂"是京师开封城外的一处沼泽地，苏轼后来戏谑程颐，说他是"廲糟陂里叔孙通"，意思是从脏乱坡地里冒出来，不知变通的腐儒，不像正牌的西汉儒者叔孙通。他说自己是个空壳的陶渊明，黄州多湖，他给王元直的信里说："黄州真在井底。"既表示这里潮湿郁闷，也感慨消息闭塞。陶渊明久出尘世樊篱，回返田园自然，多么潇洒！自己却是为了糊口，不得不应付贫瘠的土地和恶劣的气候，可不是个"山寨"的隐士吗？

苏轼在东坡耕地旁边，建了房屋，屋成时正逢大雪，所以在屋壁画满雪，称为"雪堂"。从居处临皋亭到雪堂的黄泥巴坡路，因为苏轼的《黄泥坂词》而留下历史的记忆，被标注在明代弘治年间刊印的《黄州府志》地图上。

有了"黄泥坂"当坐标，似乎很容易确定"东坡"和"雪堂"的位置。其实不然，明清时期的黄州城和宋代的黄州城并非同一区域，二者是重叠，还是宋城在明清城的南方呢？台湾的李常生，大陆的饶学刚、何学善、王琳祥、周刚、张龙飞、梁敢雄，还有日本的内山精也诸位先生都在寻找，提出各自的看法。他们使用的材料，除了古代的诗文和方志记载，还包括 20 世纪初以来日本军方测绘，标有等高线的地图。

沧海桑田，不变的唯有东坡游历的赤壁和洗浴坐禅的安国寺，分别位于城西／西北和城南。

我走在黄冈市的八一路，注意到地势往上倾斜，溜达进黄冈日报社，里面地势更高。东坡，就在这里吗？

往西走，这里有胜利街、考棚街、贾家街、青云街，称为十三坡和十八坡，这里也是坡地。

再往北走，有体育路，进入七一路的三博中学，操场附近也是坡地。坐在篮球场旁的水泥阶梯，凉风徐徐，我望着三三两两的学生，想到苏轼谪居黄州，正是和我同样的年龄……

东坡，安在哉？

【后记】

2010 年我应邀参加湖北黄冈的"东坡文化国际论坛"，对苏轼在黄州的几处居所和活动区域做了初步的踏查。我以安国寺和黄州赤壁为坐标，走访了定惠院、临皋亭和东坡的大致范围。后来黄冈人民政府组织专家进行调查研究，并提出了定案。比如，把"定花苑"等不一致的地名改为"定惠院"，设"定惠院路"，在青砖湖西北的青砖湖路立"定惠院遗址"石碑。把临皋亭遗址定位在青砖湖西侧，设"临皋亭路"，立石碑于西湖一路 22 号"文峰宝邸"住宅区外。

* * *

（一）

苏轼《卜算子·黄州定慧院寓居作》[1]（1080）

缺月挂疏桐，漏断人初静。谁见幽人独往来，缥缈孤鸿影。
惊起却回头，有恨无人省。拣尽寒枝不肯栖，寂寞沙洲冷。

（二）

苏轼《寓居定惠院之东，杂花满山，有海棠一株，土人不知贵也》[2]（1080）

江城地瘴蕃草木，只有名花苦幽独。嫣然一笑竹篱间，桃李漫山
总粗俗。也知造物有深意，故遣佳人在空谷。自然富贵出天姿，不待
金盘荐华屋。朱唇得酒晕生脸，翠袖卷纱红映肉。林深雾暗晓光迟，
日暖风轻春睡足。雨中有泪亦凄怆，月下无人更清淑。先生食饱无一
事，散步逍遥自扪腹。不问人家与僧舍，拄杖敲门看修竹。忽逢绝艳
照衰朽，叹息无言揩病目。陋邦何处得此花，无乃好事移西蜀。寸根
千里不易致，衔子飞来定鸿鹄。天涯流落俱可念，为饮一樽歌此曲。
明朝酒醒还独来，雪落纷纷哪忍触。

1.《苏轼全集校注》词集，卷1，页249。
2.《苏轼全集校注》诗集4，卷20，页2162—2163。

（三）

苏轼《迁居临皋亭》[1]（1080）

我生天地间，一蚁寄大磨。区区欲右行，不救风轮左。虽云走仁义，未免违寒饿。剑米有危炊，针毡无稳坐。岂无佳山水，借眼风雨过。归田不待老，勇决凡几个。幸兹废弃余，疲马解鞍驮。全家占江驿，绝境天为破。饥贫相乘除，未见可吊贺。澹然无忧乐，苦语不成些。

（四）

苏轼《东坡八首并叙》[2]（1081）

余至黄州二年，日以困匮，故人马正卿哀余之食，为于郡中请故营地数十亩，使得躬耕其中。地既久荒为茨棘瓦砾之场，而岁又大旱，垦辟之劳，筋力殆尽。释耒而叹，乃作是诗，自愍其勤，庶几来岁之入以忘其劳焉。

其一

废垒无人顾，颓垣满蓬蒿。谁能捐筋力，岁晚不偿劳。

独有孤旅人，天穷无所逃。端来拾瓦砾，岁旱土不膏。

崎岖草棘中，欲刮一寸毛，喟然释耒叹，我廪何时高。

1.《苏轼全集校注》诗集 4，卷 20，页 2205。
2.《苏轼全集校注》诗集 4，卷 21，页 2242—2256。

其二

荒田虽浪莽，高庳各有适。下隰种秔稌，东原莳枣栗。
江南有蜀士，桑果已许乞。好竹不难栽，但恐鞭横逸。
仍须卜佳处，规以安我室。家童烧枯草，走报暗井出。
一饱未敢期，瓢饮已可必。

其三

自昔有微泉，来从远岭背。穿城过聚落，流恶壮蓬艾。
去为柯氏陂，十亩鱼虾会。岁旱泉亦竭，枯萍粘破块。
昨夜南山云，雨到一犁外。泫然寻故渎，知我理荒荟。
泥芹有宿根，一寸嗟独在。雪芽何时动，春鸠行可脍。
（蜀人贵芹芽脍，杂鸠肉作之。）

其四

种稻清明前，乐事我能数。毛空暗春泽，针水闻好语。
（蜀人以细雨为雨毛。稻初生时，农夫相语稻针出矣。）
分秧及初夏，渐喜风叶举。月明看露上，一一珠垂缕。
秋来霜穗重，颠倒相撑拄。但闻畦陇间，蚱蜢如风雨。
（蜀中稻熟时，蚱蜢群飞田间，如小蝗状，而不害稻。）
新春便入甑，玉粒照筐筥。我久食官仓，红腐等泥土。
行当知此味，口腹吾已许。

陪你去看苏东坡（全新增订版）

其五

良农惜地力，幸此十年荒。桑柘未及成，一麦庶可望。

投种未逾月，覆块已苍苍。农夫告我言，勿使苗叶昌。

君欲富饼饵，要须纵牛羊。再拜谢苦言，得饱不敢忘。

其六

种枣期可剥，种松期可斫。事在十年外，吾计亦已悫。

十年何足道，千载如风霍。旧闻李衡奴，此策疑可学。

我有同舍郎，官居在瀫岳。（李公择也。）遗我三寸甘，照座光卓荦。

百栽傥可致，当及春冰渥。想见竹篱间，青黄垂屋角。

其七

潘子久不调，沽酒江南村。郭生本将种，卖药西市垣。

古生亦好事，恐是押牙孙。家有一亩竹，无时容叩门。

我穷交旧绝，三子独见存。从我于东坡，劳饷同一飧。

可怜杜拾遗，事与朱阮论。吾师卜子夏，四海皆弟昆。

其八

马生本穷士，从我二十年。日夜望我贵，求分买山钱。

我今反累君，借耕辍兹田。刮毛龟背上，何时得成毡。

可怜马生痴，至今夸我贤。众笑终不悔，施一当获千。

（五）

苏轼《与王定国》（十三）[1]（1081）

（……）自到此（黄州），惟以书史为乐，比从仕废学，少免荒唐也。近于侧左得荒地数十亩，买牛一具，躬耕其中。今岁旱，米贵甚。近日方得雨，日夜垦辟，欲种麦，虽劳苦却亦有味。邻曲相逢欣欣，欲自号鏖糟陂里陶靖节，如何？（……）

（六）

洪迈《容斋随笔·三笔》《东坡慕乐天》[2]

苏公责居黄州，始自称东坡居士。详考其意，盖专慕白乐天而然。白公有《东坡种花》二诗云："持钱买花树，城东坡上栽。"又云："东坡春向暮，树木今何如？"又有《步东坡》诗云："朝上东坡步，夕上东坡步。东坡何所爱？爱此新成树。"又有《别东坡花树》诗云："何处殷勤重回首？东坡桃李种新成。"皆为忠州刺史时所作也。苏公在黄，正与白公忠州相似，因忆苏诗，如《赠写真李道士》云："他时要指集贤人，知是香山老居士。"《赠善相程杰》云："我似乐天君记取，华颠赏遍洛阳春。"《送程懿叔》云："我甚似乐天，但无素与蛮。"《入侍迩英》云："定似香山老居士，世缘终浅道根深。"而跋曰："乐

---

1. 《苏轼全集校注》文集 8，卷 52，页 5696。
2. 《容斋随笔·三笔》，收入《全宋笔记》第五编第六册（大象出版社 2012 年版），页 63—64。

　　　　　　　　　　　陪你去看苏东坡（全新增订版）

天自江州司马除忠州刺史，旋以主客郎中知制诰，遂拜中书舍人。某虽不敢自比，然谪居黄州，起知文登，召为仪曹，遂忝侍从。出处老少，大略相似，庶几复享晚节闲适之乐。"《去杭州》云："出处依稀似乐天，敢将衰朽较前贤。"序曰："平生自觉出处老少粗似乐天。"则公之所以景仰者，不止一再言之，非东坡之名偶尔暗合也。

（七）

周必大《二老堂诗话》《东坡立名》[1]

白乐天为忠州刺史，有《东坡种花》二诗。又有《步东坡》诗云："朝上东坡步，夕上东坡步。东坡何所爱，爱此新成树。"本朝苏文忠公不轻许可，独敬爱乐天，屡形诗篇。盖其文章皆主辞达，而忠厚好施，刚直尽言，与人有情，于物无着，大略相似。谪居黄州，始号东坡，其原必起于乐天忠州之作也。

---

1. 周必大：《二老堂诗话》(中华书局，1985 年《丛书集成初编》本据津逮秘书本影印)，
   页 2—3。

赤
壁

　怎么说好呢？也许这样的形容不大好明白，却真真切切从内心的深井里，听见一颗坠下石子激起的水声。"咚——"久久回荡。

　以为那是口早已干涸的枯井。

　一颗赤壁矶剥落的石子本就是有去无回，是我随手拾起扔进，还是无由滚入？

　我想不起来。

　意识到那深井竟有回返的水声，我已经离赤壁好远好远。

　水声在上海 26 楼的酒店玻璃窗外无预警地划破沉寂。眼前灯火辉煌，世博会接近尾声，来自各省的游客抢购 10 元一套的海宝娃娃。我从人潮拥挤的外滩散步回酒店，沿途此起彼伏是相机的闪光灯。绕行支线道，锅镬的油烟、水沟的腥臭、咖啡的焦香、车辆的废气，我大口吞吸进红尘滚滚，你说过的，这是上海的味道。

　太平盛世。我来到的太平盛世像电梯迅速把我送上湛蓝夜空，我看着那些霓虹彩影在云层下，热闹鼎沸至夜半。躺在沙发上看桐野夏生的小说，合上最后一页。没关紧的水龙头似的，一滴深井弹跳的水声。

我坐直了，这一声水响，是逗号？句号？还是……

我本来只想说，什么与你前生宿缘的想象，我很抱歉想说我不记得认识你。而你马上把我变成了中学生，志得意满地自愿在全班同学面前背诵："壬戌之秋，七月既望，苏子与客泛舟游于赤壁之下……"从来抗拒背书，在瞠目结舌的掌声里坐回冰冷的木椅，脸蛋发着自己仿佛能见到的热光。

"带你去看一块东坡看过的大石头。"你说。

故垒西边，人道是，三国周郎赤壁。

"很普通嘛，这种水边的大石头中国到处都有。"我驻足岸边，这不是长江水吧？

"你不知道吗？"你的讶异有些夸张。

凭什么我该知道呢？而且，这山壁土石，也不够赤红呐。

"不像。"我端详。山壁上硬生生黑底反白"赤壁"二字。

"怎么不像？不像什么？"你睁大单眼皮的双眼。

乱石崩云，惊涛裂岸，卷起千堆雪。

这"赤壁"不过二三十多米高，哪来的"江流有声，断岸千尺"？

我耸耸肩："和电影里的不一样。"

你猛然弓起中指敲了一下我的头："电影里的是假的，你是相信吴宇森，还是相信我？"

呀咻，这可是个难题，吴宇森也够帅够酷。

前方还有一角突出的赭色石岩，凿出阶梯般的层级。那就是当年东坡"摄衣而上，履巉岩，披蒙茸，踞虎豹，登虬龙。攀栖鹘之危巢，俯冯夷之幽宫"的台地吗？

"不不，"你阻断我的猜想，说："那很明显的啊，那边是新修建的。"我继续抬杠："赤壁矶根本没处下脚，你说东坡会从哪里舍舟登岸？"

你左顾右盼，我不等你回答，便抢先说："那时的长江水位也许比现在低吗？"

从赤壁矶上的栖霞楼遥望，长江在数公里外。

西望夏口，东望武昌，山川相缪，郁乎苍苍。

你指着前方的山岗："喏，那里就是武昌西山，有黄庭坚写过的'松风阁'。"我极目远眺，说："武昌？不就是武汉三镇那里？武汉、汉口、武昌——远得很，怎会在对面？"

你循循善诱："宋代武昌是现在的鄂州，现在的武昌就是……"

我的头脑一下子装不进那么多复杂的资讯，只一厢情愿地想，1082 年的阴历十月十五日，东坡"悄然而悲，肃然而恐，凛乎其不可留"之地，便在脚下。你不置可否，"曾日月之几何，而江山不可复识矣"。

故国神游，江上清风吹拂你早生的华发，多情应笑我。

茫茫然在波光粼粼中看见一艘沉没的小舟。"东坡随此舟永眠于斯矣。"我说。

你笑着摇摇头："想当然尔，一派胡言！"

还有，为什么要写："遥想公瑾当年，小乔初嫁了，雄姿英发"？赤壁之战时，周瑜已经娶小乔十年，他的婚姻也和赤壁无关啊！

见你一时语塞，我眨眨眼："那小乔，就是朝云那！"

1080 年，东坡纳朝云为妾，七夕同登黄州朝天门，东坡填了两首《菩萨蛮》词，其中一首写道："佳人言语好。不愿求新巧。此恨固应知，愿人无别离。"不像普通女子七夕祝祷有一双巧手，朝云期望的是两人长相厮守。也正是在这一年，苏辙写了《赤壁怀古》诗，东坡以《念奴娇》词呼应弟弟。朝云原为杭州歌妓，和唐代"念奴"的身份一致，可不就恰好吗？

"赤壁之游乐乎？"城市的千千万万睡梦，今夜属于我的，是谁的声音？

* * *

（一）

苏轼《念奴娇·赤壁怀古》（1082）[1]

大江东去，浪淘尽，千古风流人物。

故垒西边，人道是，三国周郎赤壁。

乱石崩云，惊涛裂岸，卷起千堆雪。

江山如画，一时多少豪杰。

遥想公瑾当年，小乔初嫁了，雄姿英发。

1.《苏轼全集校注》词集，卷 1，页 391。

羽扇纶巾，谈笑间，樯橹灰飞烟灭。（樯橹，一作"强虏"）

故国神游，多情应笑我，早生华发。

人间如梦，一樽还酹江月。（人间，一作"人生"）

（二）

苏辙《赤壁怀古》（1080）[1]

新破荆州得水军，鼓行夏口气如云。千艘已共长江险，百胜安知赤壁焚。觜距方强要一斗，君臣已定势三分。古来伐国须观衅，意突成功所未闻。

（三）

苏轼《菩萨蛮七夕黄州朝天门上》二首[2]（1080）

其一

画檐初挂弯弯月。孤光未满先忧缺。遥认玉帘钩。天孙梳洗楼。　　佳人言语好。不愿求新巧。此恨固应知。愿人无别离。

其二

风回仙驭云开扇。更阑月堕星河转。枕上梦魂惊。晓来疏雨零。　　相逢虽草草。长共天难老。终不羡人间。人间日似年。

1.《栾城集》，卷10，页226—227。

2.《苏轼全集校注》词集，卷1，页260。

出城五里，至安国寺，亦苏公所尝寓。兵火之余，无复遗迹，惟绕寺茂林啼鸟，似犹有当时气象也。[1]

——陆游《入蜀记》

在前往四川夔州的途中，陆游特地前往黄州（今湖北黄冈），那里是苏轼曾经谪居的地方。黄州的唐代古刹安国寺是苏轼静坐习禅，寻春赏花，沐浴清心之处，在苏轼离开后的 80 多年，这里已经因为战乱而毁坏，只有从自然景观遥想当时。

900 多年后，我环顾清代重修的安国寺，听崇谛法师讲古，茂林啼鸟杳然。金碧辉煌的新殿堂和正在扩增的巍峨楼宇，显示了重振寺院的雄心。9 年前初次诣访安国寺，只见工地围篱，不知老庙

1.《入蜀记校注》，钱仲联、马亚中主编：《陆游全集校注》(浙江古籍出版社 2015 年版)，册 17，卷 4，页 114。

仍在。2019 年承蒙武汉大学吴光正教授邀请，前往讲学，又特意安排黄冈、黄梅之行，终于得以入寺参拜。

位于新建安国寺北隅的清代安国禅林是三进式格局，分别是天王殿、大雄宝殿（扶风堂）和观音殿（择木堂）。没有苏轼形容的"茂林修竹，陂池亭榭"，三进之间的庭坪植栽花木盆景，清秀雅致，宛如家居民宅。

我注意到天王殿弥勒菩萨佛龛背后的韦驮（又作"陀"）菩萨像，和一般立姿的韦驮菩萨像不同，是坐相！韦驮菩萨是佛的护法，面朝主殿，照看道场，通常是头戴凤翅兜鍪盔，身着黄金铠甲，足穿乌云皂履，手执金刚降魔杵。听说从韦驮菩萨金刚降魔杵的位置，可以判断寺庙是否接受云游僧人挂单或者信众借宿。我为此请教崇谛法师，他表示这是民间讲法。

这种民间讲法从哪里来的呢？我查了清代姚福均辑的《铸鼎余闻》卷四，他根据的是梁章巨（1775—1849）的《浪迹续谈》卷七：

> 按今大小丛林头门内，皆立执杵韦驮，有以手按杵据地者，有双手合掌捧杵者，询之老僧，始知合掌捧杵为接待寺，凡游方释子到寺，皆蒙供养，其按杵据地者则否，可以一望而知也。

原来是一位老僧告诉梁章巨的呀！老僧说，如果韦驮菩萨的金刚杵安置在合掌的双肘，就表示这间寺庙可以接待外宾住宿；金刚杵直立触地，就不行。无论哪一种，韦驮菩萨都是站姿，安国禅林的韦驮菩萨为什么坐着，把金刚杵放在合掌的两臂呢？

明末清初临济宗高僧晦山戒显禅师（1610—1672）所著《现果随录》卷三，记录了镇守黄州的张大治梦见一坐相韦驮，持金刚杵对他说："汝住华房，我反住茅屋，速盖殿与我。"张大治问韦驮菩萨处所，得知在安国寺。于是请人造访，果然在颓塌已极的安国寺厨房茅屋中寻得倾侧欲倒的坐相韦驮，立发五十金盖殿。张大治请晦山戒显禅师协助，在顺治十五年（1658）创建殿堂。

晦山戒显禅师说：

考之古志：南唐时，舍宅建寺者，名张大用；今来复兴者，名张大治。知必前身、后身也。[1]

这里混用了安国寺创立的两种记载，一是唐高宗显庆三年（658）黄州人张大用捐献家宅为寺，僧惠立创建。另一是苏轼在《黄州安国寺记》里说的，创立于南唐元宗保大二年（944），原名护国寺；北宋仁宗嘉祐八年（1064）赐名"安国"。"张大治"和"张大用"毕竟是有佛缘啊。

中国其他寺庙里的坐相韦驮菩萨大多和显灵托梦的神迹有关，苏轼有没有梦见过韦驮菩萨呢？从《应梦罗汉记》我们知道，他梦见的是化身僧人的罗汉：

元丰四年（1081）正月二十一日，予将往岐亭。宿于团封，梦一

---

1. 晦山：《现果随录》收入藏经书院编：《新编续藏经》（新文丰出版社 1994 年版）卷 3，页 258。

僧破面流血，若有所诉。明日至岐亭，过一庙，中有阿罗汉像，左龙右虎，仪制甚古，而面为人所坏，顾之恻然，庶几畴昔所见乎！遂载以归，完新而龛之，设于安国寺。四月八日，先妣武阳君忌日，饭僧于寺，乃记之。

梦中面破血流的僧人给苏轼留下了深刻的印象，仿佛感应，第二天在庙里就见到了一尊颜面受损的罗汉像，于是请回罗汉像，修整好放进神龛，在母亲程夫人的忌日供奉于安国寺。

苏轼在黄州寓居过的定惠院、闭关修炼 49 日的天庆观、和张怀民夜游的承天寺都已不存，唯有安国寺几度兴废，仍然香烟袅袅。

投宿安国寺，听过晚课，我也像苏轼一样，舒舒服服洗了个热水澡，消尽尘劳。今晚，我会梦见什么呢？

直到清晨钟声响起，一宿安眠。

* * *

（一）

苏轼《黄州安国寺记》[1]（1084）

元丰二年十二月，余自吴兴守得罪，上不忍诛，以为黄州团练副使，使思过而自新焉。其明年二月，至黄。舍馆粗定，衣食稍给，闭门却扫，收召魂魄，退伏思念，求所以自新之方，反观从来举意动作，

1.《苏轼全集校注》文集 2，卷 12，页 1237—1238。

皆不中道，非独今之所以得罪者也。欲新其一，恐失其二。触类而求之，有不可胜悔者。于是，喟然叹曰："道不足以御气，性不足以胜习。不锄其本，而耘其末，今虽改之，后必复作。盍归诚佛僧，求一洗之？"得城南精舍曰安国寺，有茂林修竹，陂池亭榭。间一二日辄往，焚香默坐，深自省察，则物我相忘，身心皆空，求罪垢所从生而不可得。一念清净，染污自落，表里翛然，无所附丽。私窃乐之。旦往而暮还者，五年于此矣。寺僧曰继连，为僧首七年，得赐衣。又七年，当赐号，欲谢去，其徒与父老相率留之。连笑曰："知足不辱，知止不殆。"卒谢去。余是以愧其人。七年，余将有临汝之行。连曰："寺未有记。"具石请记之。余不得辞。寺立于伪唐保大二年，始名护国，嘉祐八年，赐今名。堂宇斋合，连皆易新之，严丽深稳，悦可人意，至者忘归。岁正月，男女万人会庭中，饮食作乐，且祠瘟神，江淮旧俗也。四月六日，汝州团练副使眉山苏轼记。

（二）

苏轼《记承天寺夜游》(1083)[1]

元丰六年十月十二日夜，解衣欲睡，月色入户，欣然起行。念无与乐者，遂至承天寺，寻张怀民。怀民亦未寝，相与步于中庭。

庭下如积水空明，水中藻荇交横，盖竹柏影也。何夜无月？何处无竹柏？但少闲人如吾两人耳。黄州团练副使苏某书。

1.《苏轼全集校注》文集10，卷71，页8082。

水
疗

　　苏轼之于黄州安国寺，用一个字概括，就是"洗"——洗身、洗心。洗身愉悦，洗心净空。

　　1080 年刚到黄州的时候，苏轼没有居所，家人也还在前往黄州的路上，他借住在城东南的定惠院，随僧蔬食。他告诉友人王定国，自己在贬所的生活情形："所云出入，盖往村寺沐浴，及寻溪傍谷钓鱼采药，聊以自娱耳。"苏轼每隔一两天就去城南的安国寺"水疗"。抽象的，以及实质的，借着清洗，疗愈因乌台诗案大难不死，惊魂甫定的身心。

　　将近五年的"水疗"，苏轼临行赴汝州之际，安国寺的继连禅师请求苏轼为寺作记。在《黄州安国寺记》里，我们看到苏轼力求深刻反省过去的所作所为，寻找改过自新的方法。他认为自己得罪朝廷是因为举止"不中道"，这并非偶然事件，而是长期积累的后果，必须从基本解决，他说：

　　　　道不足以御气，性不足以胜习。不锄其本，而耘其末，今虽改之，后必复作。盍归诚佛僧，求一洗之？[1]

　　知"道"、明"性"，都不敌个人的习气，习气是根源，无论怎样痛自悔改，假使习气仍在，以后还是不免犯错。有了这样的想法，苏轼决定求助于佛僧，经由"清洗"来重新做人。他"焚香默坐，深自省察，则物我相忘，身心皆空，求罪垢所从生而不可得。一念清净，染污自落，表里翛然，无所附丽"，显然达到祛除内外污垢的效果。

　　同时，他也在安国寺浴室洁净身体，作《安国寺浴》诗。诗里提到每个月用热水洗一次头发，休憩小阁，清清爽爽地欣赏寺院的竹林，身心舒畅，忘却俗世的荣辱，然后安安静静回到住所。

　　苏轼在安国寺的清洗观念，使我想到《楞严经》里跋陀婆罗因水悟道的故事。"跋陀婆罗"汉文译名为贤护菩萨，他有一天依常例进入浴室，"忽悟水因，既不洗尘，亦不洗体，中间安然，得无所有"。洗澡水清洁的是身体？还是身体上的尘垢？洗澡水本来是干净的，洗了身体/尘垢就脏污了，脏污的水性质仍是水，流归大地，再被汲取回来洗澡，又成了干净的洗澡水。如同《心经》里的"不垢不净"，故而安处于"中间"，"中间"就是"空有"。他领悟的"得无所有"，和六祖慧能诗偈的"本来无一物，何处惹尘埃"相通，都是不执着于分别色相。

　　跋陀婆罗在浴室"妙触宣明，成佛子住"，由水触身而了然佛性，臻于圆通，佛寺的浴室因此称为"宣明"。我好奇安国寺的浴

1.《苏轼全集校注》文集2，卷12，页1237。

室是什么样子？苏轼又是怎么沐浴的呢？

日本僧人摹写的中国五山十刹图样，例如无着道忠（1653—1744）的《大宋名蓝图》（又名《大宋五山图说》），让我们得知南宋著名寺庙的建筑布局和内在结构，臆想安国寺可能的设置。浴室在哪里？杭州灵隐寺全境中轴线的最东侧有"宣明"，宁波天童寺的"宣明"在山门西侧，可见浴室的位置没有定制。浴室里面的格局如何？天童寺的浴室匾额题"香水海"，入门右边有"焙脚布炉"（"脚布"类似浴巾，用来围身），面宽7间，内深4间，中央是两个大浴池，浴池周边有座位（也可能是水桶），最里面是烧热水的镬。

僧人沐浴有一套礼仪规矩，南宋释惟勉编辑的《丛林校定清规总要》（成书于1274年）卷二记载了详细的程序，这些规矩可能在北宋或更早便形成。苏轼在安国寺沐浴，如果遵循僧人的形式，那么他应该系浴裙（不能全裸），坐着把浴池的水舀浇身上（不能浸泡）。又如果他是继连禅师接待的唯一在家人，即使"衰发不到耳"，洗完澡或许还顺手清理脱落的头发哩！

* * *

（一）

苏轼《安国寺浴》[1]（1080）

老来百事懒，身垢犹念浴。衰发不到耳，尚烦月一沐。山城足薪

1.《苏轼全集校注》诗集4，卷20，页2158。

炭，烟雾蒙汤谷。尘垢能几何，翛然脱羁梏。披衣坐小阁，散发临修竹。心困万缘空，身安一床足。岂惟忘净秽，兼以洗荣辱。默归毋多谈，此理观要熟。

（二）

《大佛顶首楞严经》卷五[1]

跋陀婆罗，并其同伴十六开士，即从座起，顶礼佛足，而白佛言："我等先于威音王佛，闻法出家。于浴僧时，随例入室。忽悟水因，既不洗尘，亦不洗体，中间安然，得无所有。宿习无忘。乃至今时从佛出家，令得无学。彼佛名我跋陀婆罗。妙触宣明，成佛子住。佛问圆通如我所证，触因为上。"

（三）

苏辙《浴罢》[2]（1098）

逐客例幽忧，多年不洗沐。予发栉无垢，身垢要须浴。颠隮本天运，愤恨当谁复。茅檐容病躯，稻饭饱枵腹。形骸但癯瘁，气血尚丰足。微阳阅九地，浮彩见双目。枯槁如束薪，坚致比温玉。长斋虽云净，阅月聊一沃。石泉浣巾帨，土釜煮桃竹。南窗日未移，困卧久弥熟。华严有余秩，默坐心自读。诸尘勿消尽，法界了无瞩。恍如仰山

1.《大佛顶首楞严经》(龙冈数位文化 2016 年版)，卷 5，页 32—34。
2.《栾城后集》，卷 2，页 1132。

翁，欲就汋叟卜。犹恐堕声闻，大愿勤自督。

（四）

苏轼《次韵子由浴罢》[1]（1098）

　　理发千梳净，风晞胜汤沐。闭息万窍通，雾散名干浴。颓然语默丧，静见天地复。时令具薪水，漫欲濯腰腹。陶匠不可求，盆斛何由足。（海南无浴器，故常干浴而已。）老鸡卧粪土，振羽双瞑目。倦马骧风沙，奋鬣一喷玉。垢净各殊性，快惬聊自沃。云母透蜀纱，琉璃莹蕲竹。稍能梦中觉，渐使生处熟。《楞严》在床头，妙偈时仰读。返流归照性，独立遗所瞩。未知仰山禅，已就季主卜。安心会自得，助长毋相督。

1.《苏轼全集校注》诗集 7，卷 42，页 4959—4960。

东坡没吃过东坡肉

净洗锅，少着水，柴头罨烟焰不起。待他自熟莫催他，火候足时他自美。黄州好猪肉，价贱如泥土。贵者不肯吃，贫者不解煮。早晨起来打两碗，饱得自家君莫管。

只要谈到"东坡肉"，上网一搜，就会出现这篇叫做《猪肉颂》（又名《煮猪肉羹颂》）的文字，说是"东坡肉"的由来。根据"黄州好猪肉"这句，人们推断"东坡肉"始创于黄州。巫仁恕教授的《东坡肉的形成与流衍初探》一文指出：杭州餐馆在对外推广的商业竞争下，标榜东坡肉为自家风味，加上东坡任杭州知州期间疏浚西湖，百姓送猪肉感恩的故事，强化了东坡肉在杭州菜的地位。

《猪肉颂》里重视的是火候，没有讲具体的调料，怎么认定这就是我们今天吃的东坡肉最初做法呢？早在南宋陈鹄的《西塘集耆旧续闻》就怀疑这不是东坡作品：

伪作《东坡注》不知此何传记邪？世俗浅识辈，又引其注为故事用，岂不误后学哉？……余后观周少隐《竹溪录》云：东坡《煮猪肉诗》有"火候足"之句，乃引《云仙录》"火候足"之语以为证。然此亦常语，何必用事？乃知少隐亦误以此书为真，后来引用者，亦不足怪。[1]

周少隐就是周紫芝（1082—1155），他在《竹坡诗话》里记了"东坡喜食烧猪，佛印住金山时，每烧猪以待其来"的故事，令我十分怀疑。他又记说：

东坡性喜嗜猪，在黄冈时，尝戏作《食猪肉诗》云："黄州好猪肉，价贱如粪土。富者不肯吃，贫者不解煮。慢着火，少着水，火候足时他自美。每日起来打一碗，饱得自家君莫管。"此是东坡以文滑稽耳。后读《云仙散录》，载黄升日食鹿肉二斤，自晨煮至日影下西门，则曰"火候足"矣。乃知此老虽煮肉亦有故事，他可知矣。[2]

周紫芝说东坡的《食猪肉诗》用了《云仙散录》里谈煮鹿肉靠火候的典故。陈鹄说"火候"是很平常的用语，哪里需要什么典故啊！你周紫芝用的是伪作《东坡注》，意思是《食猪肉诗》也是假托的。

陆游在《对酒》诗里自己注解，说："东坡煮猪肉诀云：'净

1. 陈鹄：《西塘集耆旧续闻》(北京出版社 2011 年版，《四库提要著录丛书》《知不足斋丛书》本)，卷 9，页 6。
2. 周紫芝：《竹坡诗话》(中华书局 1985 年版，《丛书集成初编》本，据百川宋本影印)，卷 2，页 28。

洗锅，少着水，柴头罨烟焰不起。'"[1]看出来了吗?《猪肉颂》就是《煮猪肉诀》加上《食猪肉诗》嘛! 是不是都是来自一本叫《东坡注》的书呢?

爱吃东坡肉的读者先别失望，虽然我煞风景地拆穿了《猪肉颂》，我们还是可以再想想为什么这篇文字和黄州有关? 东坡在黄州给秦观写信，说那里"羊肉如北方，猪牛獐鹿如土，鱼蟹不论钱"，意思是: 羊肉的价钱和北方一样; 猪、牛、獐、鹿的肉类很便宜; 鱼蟹更是不必议价。这就是《猪肉颂》里的"黄州好猪肉，价贱如泥土"。可是东坡接着说: "黄州曹官数人，皆家善庖馔"，没有"贵者不肯吃，贫者不解煮"这回事。

还有学者研究指出: 北宋的肉类需求和价格以羊为最高，其次是猪。猪肉并非一般百姓都吃得起，所以我想黄州不会是特例。苏轼给秦观的信里稍微夸大了黄州的丰饶，让对方放心自己的生活。东坡给秦观的另一封信说: "初到黄，廪人既绝，人口不少，私甚忧之，但痛自节俭。"这才是真实的情况。

说了半天，我不是要否定"东坡肉"，而是认为《猪肉颂》不能完全代表东坡烹调猪肉的主张。东坡《于潜僧绿筠轩》诗: "可使食无肉，不可居无竹。无肉令人瘦，无竹令人俗。人瘦尚可肥，俗士不可医……"怎么欣赏僧人种的竹子会先从吃肉讲起? 这"肉"，就是猪肉，和竹笋是绝配呀! 东坡送竹笋给黄庭坚的舅舅李公择（1027—1090），作诗道: "我家拙厨膳，䞿肉芼芜菁。送与江

1.《剑南诗稿校注》，《陆游全集校注》卷63，页75。

南客，烧煮配香粳。"猪肉煮大头菜，不搭，真是笨厨子！还是竹笋烧猪肉下饭。我想，这才是地道实在的东坡猪肉食谱。

东坡没吃过我们说的"东坡肉"，元代倪瓒（1301—1374）《云林堂饮食制度集》里的"烧猪肉"近似现在的做法[1]。"东坡肉"的名称要到明代浮白斋主人、冯梦龙（1574—1646）和沈德符（1578—1642）的书里才出现。

＊＊＊

（一）

苏轼《于潜僧绿筠轩》[2]（1073）

可使食无肉，不可居无竹。无肉令人瘦，无竹令人俗。人瘦尚可肥，俗士不可医。旁人笑此言，似高还似痴。若对此君仍大嚼，世间哪有扬州鹤。

（二）

苏轼《送笋芍药与公择》二首[3]（1078）

久客厌虏馔，（蜀人谓东北人虏子）枵然思南烹。故人知我意，千

1.《云林堂饮食制度集》，上海古籍出版社，《续修四库全书》本据北京图书馆藏清初毛氏汲古阁抄本影印，页615。
2.《苏轼全集校注》诗集册3，卷9，页893。
3.《苏轼全集校注》诗集册4，卷16，页1699—1701。

里寄竹萌。骈头玉婴儿，一一脱锦绷。庖人应未识，旅人眼先明。我家拙厨膳，炰肉芼芜菁。送与江南客，烧煮配香粳。

今日忽不乐，折尽园中花。园中亦何有，芍药衰残葩。久旱复遭雨，纷披乱泥沙。不折亦安用，折去还可嗟。弃掷亮未能，送与谪仙家。还将一枝春，插向两髻丫。

（三）

冯梦龙《古今谭概·儇弄部》（又见于明代浮白斋主人《雅谑》）[1]

陆宅之善谐谑，每语人曰："吾甚爱东坡。"时有问之者曰："东坡有文，有赋，有诗，有字，有东坡巾，君所爱何居？"陆曰："吾甚爱一味东坡肉。"闻者大笑。

（四）

《万历野获编》卷26《物带人号》[2]

古来用物，至今犹系其人者，如韩熙载作轻纱帽，号韩君轻格，罗隐减样方平帽，今皆不传，其流传后世者，无如苏子瞻、秦会之二人为着，如胡床之有靠背者，名东坡椅；肉之大胾不割者，名东坡肉；帻之四面垫角者，名东坡巾。

---

1. 冯梦龙：《古今谭概·儇弄部》（新文丰股份有限公司1979年版），页881。
2. 沈德符：《万历野获编》，（《笔记小说大观》本），十五编，卷26，页663。

2023 年我和台湾中兴大学特别有缘，3 月和 10 月担任了两次大会主题演讲，分别谈装置艺术和展示文图学。

每年 10 月，台北故宫博物院都有年度特展。2023 年的亮点文物之一是苏东坡的《赤壁赋》书迹。临上飞机返回新加坡之前，赶去和东坡先生相会。上午 9 点，故宫博物院的游客还不多。我登上二楼，径直走到《赤壁赋》的展柜前，仿佛一人独览欣赏。顺便简单口述录影，上传我的 YouTube 频道，与更多朋友们分享。

中学时读《赤壁赋》朗朗上口，乃至于全篇背诵。已经忘了上次观看《赤壁赋》书迹是什么时候？去年于台北市立大学谈苏东坡的赤壁书写，提到我们从教科书里学的《赤壁赋》和苏东坡的书迹有几个字不一样。我让同学们比对，大家兴致高昂，找出了一些出入的地方。

是苏东坡写错字了吗？

我解释说：这些字，有的是通假，也就是可以通用。比如苏东坡写"裴回"，现在通行本作"徘徊"。苏东坡写"陵万顷之茫然"，现在通行本作"凌万顷之茫然"。苏东坡写"赢虚"现在通行本作"盈虚"。

比较特别的，是两个读音和意思不同的字。苏东坡写"渺浮海之一粟"，现在通行本作"渺沧海之一粟"。苏东坡写"吾与子之所共食"，现在通行本作"吾与子之所共适"。"浮"和"沧"都是水部，会不会传抄有误？"食"和"适"字音接近，也可能记错？而且，是从什么时候开始有异文的呢？

台北故宫博物院还有不少件《赤壁赋》的书法作品，元代赵孟頫和明代文徵明都写成"渺沧海之一粟"和"吾与子之所共食"。日本国立公文书馆藏南宋的《东坡集》里，《赤壁赋》的文字和苏东坡书迹一致。南宋光宗绍熙二年（1191）郎晔编选的《经进东坡文集事略》，则是现在通行本的始祖。

尊重苏东坡的创作，应该还原原文，稍稍麻烦的是，怎样解读呢？

"沧海"就是大海，李白《行路难》："长风破浪会有时，直挂云帆济沧海。"和大海相比，一粒粟米微不足道；一粒粟米投入大海，渺小轻微。《论语·公冶长》有："子曰：道不行，乘桴浮于海。"苏东坡的《送顿起》诗："回头望彭城，大海浮一粟"，"浮海"比"沧海"多了动态的意涵，更显得漂泊无依，不由自主，正是苏东坡的心情写照。

至于"共食"，就比"共适"大有学问。

《赤壁赋》说："惟江上之清风，与山间之明月，耳得之而为声，目遇之而成色。取之无禁，用之不竭。是造物者之无尽藏也，而吾与子之所共食／适。"一般解释，"共适"就是共享，清风明月是造物者给世间的无尽宝藏，人人都可以享有。

王智忠教授研究指出苏东坡写"共食"的佛教典故，我结合他的观点，补充阐述苏东坡的思想深度。苏东坡博览群书，对佛经也知之颇详，"无尽藏"不只是"无穷的宝藏"，《华严经》有《十无尽藏品》，《十无尽藏品》的《施藏》说道："此菩萨禀性仁慈，好行惠施。若得美味，不专自受。要与众生，然后方食。凡所受物，悉亦如是。"这就是强调布施"共食"比独自享用还有福报。

清风明月，声音色相，怎么"食"呢？《阿含经》对于"食"有深入细致的分析，例如《增壹阿含经》："一切诸法由食而存，非食不存，眼者以眠为食，耳者以声为食，鼻者以香为食，舌者以味为食，身者以细滑为食，意者以法为食，我今亦说涅盘有食。"意思是：所有的现象都依靠"食"而存在。"食"可以说是一种因缘、途径、方法、关联、感知。闭上眼睛，能感受眼睛的存在。耳朵为了听到声音而存在。鼻子为了闻到香气而存在。舌头为了尝到味道而存在。细滑的皮肤靠触觉得知。思想意识有原理和规律。涅槃解脱也有方法，就是不懈地修道精进。

所以，通透"变"与"不变"的常理，"共食"是在大自然中共同修为。

所以，不是苏东坡《赤壁赋》写错字，是我们看轻了它的力道和重量。

* * *

苏轼《(前)赤壁赋》[1]（1082）

壬戌之秋，七月既望，苏子与客泛舟游于赤壁之下。清风徐来，水波不兴，举酒属客，诵明月之诗，歌窈窕之章。少焉，月出于东山之上，徘徊于斗牛之间，白露横江，水光接天；纵一苇之所如，凌万顷之茫然。浩浩乎如凭虚御风，而不知其所止；飘飘乎如遗世独立，羽化而登仙。

于是饮酒乐甚，扣舷而歌之。歌曰："桂棹兮兰桨，击空明兮溯流光。渺渺兮予怀，望美人兮天一方。"客有吹洞箫者，倚歌而和之，其声呜呜然，如怨如慕，如泣如诉，余音袅袅，不绝如缕。舞幽壑之潜蛟，泣孤舟之嫠妇。

苏子愀然，正襟危坐，而问客曰："何为其然也？"

客曰："'月明星稀，乌鹊南飞'此非曹孟德之诗乎？西望夏口，东望武昌，山川相缪，郁乎苍苍，此非孟德之困于周郎者乎？方其破荆州，下江陵，顺流而东也，舳舻千里，旌旗蔽空，酾酒临江，横槊赋诗，固一世之雄也，而今安在哉？况吾与子，渔樵于江渚之上，侣鱼虾而友麋鹿；驾一叶之扁舟，举匏樽以相属。寄蜉蝣于天地，渺沧（浮）海之一粟。哀吾生之须臾，羡长江之无穷。挟飞仙以遨游，抱明月而长终。知不可乎骤得，托遗响于悲风。"

1.《苏轼全集校注》文集1，卷1，页27—29。

苏子曰："客亦知夫水与月乎？逝者如斯，而未尝往也；盈虚者如彼，而卒莫消长也，盖将自其变者而观之，则天地曾不能以一瞬；自其不变者而观之，则物与我皆无尽也，而又何羡乎？且夫天地之间，物各有主，苟非吾之所有，虽一毫而莫取。惟江上之清风，与山间之明月，耳得之而为声，目遇之而成色，取之无禁，用之不竭，是造物者之无尽藏也，而吾与子之所共适（食）。"

客喜而笑，洗盏更酌。肴核既尽，杯盘狼藉，相与枕藉乎舟中，不知东方之既白。

斗牛之间

苏轼《赤壁赋》开篇说道：

> 壬戌之秋，七月既望，苏子与客泛舟游于赤壁之下。清风徐来，
> 水波不兴，举酒属客，诵明月之诗，歌窈窕之章。少焉，月出于东山
> 之上，徘徊于斗牛之间。

文中详细记录了那天的日期，壬戌年，也就是北宋神宗元丰五年（1082），"七月既望"是农历的七月十六日，换算成阳历是 8 月12 日。黄州（今湖北黄冈）赤壁下临长江，那晚江面风平浪静，正是乘船漫游，诗酒流连的好时光。苏轼拿起酒杯向友人致意，他们唱着《诗经》的《陈风·月出》："月出皎兮，佼人僚兮，舒窈纠兮，劳心悄兮"，快意逍遥。

不久，月亮果然从东边的山上升起，移动在斗宿与牛宿之间。

你的语文老师大概都是这么解释《赤壁赋》的吧?

详细一点的话,会说"斗宿"指的是"南斗六星"(不是"北斗七星"哦),"牛宿"指的是"牵牛六星",这段文字就算说明了苏轼夜游赤壁的时空背景。

然而,非常认真解读《赤壁赋》的古代读者,发现了"月出于东山之上,徘徊于斗牛之间"有问题!

有什么问题呢?

李如箎在《东园丛说》卷下提到:

东坡先生《赤壁赋》曰:"七月既望,月出东山之上,徘徊斗牛之间"。按《月令》:"孟秋之月,日在翼,昏,建星中。"建星盖在斗、牛间,中星在斗、牛,则月当在室、壁间,去斗、牛甚远。

李如箎生活于北宋末年南宋初期,生平不详,《东园丛说》被怀疑是伪书。我想,即使《东园丛说》是后人假托,至少可以说有人认为《赤壁赋》里讲的月亮在斗宿和牛宿之间是错的。那晚的月亮应该在室宿(飞马座,Pegasus)和壁宿(仙女座,Andromeda)之间。

明末清初的张尔岐(1612—1678)也批评《赤壁赋》的描写有误,苏轼对天文学的理解不深。到了清代的凌廷堪(1757—1809),他继承李如箎的看法,认为:"既望之月,当在室、壁之间,不当云徘徊于斗牛之间也。壁在斗东,已一象限,初昏时斗、牛正中,月方东,安得徘徊于其间?盖东坡未必真有是游,特想象而赋之。"

意思是：苏轼可能根本没有夜游赤壁，《赤壁赋》只是想象而已。

这么一来，事情似乎变得严重了，只凭一句"与天象不合"的叙述，就全盘推翻《赤壁赋》的真实性吗？直到现在，还有一些学者讨论"斗牛之间"的是非——有的钻研考证，说苏轼随意挥笔；有的旁征博引，说苏轼其实懂天文学，"斗牛之间"是文学修辞，不必较真。

好奇的我，很早便搜集查资料想一探究竟。《赤壁赋》如果是想象之作，那么又该如何看待三个月之后的《后赤壁赋》？

2022 年是《赤壁赋》写成的 940 年，我重新思索"斗牛之间"的悬案。运用卫星定位和天文学软件，将时光倒转到 1082 年 8 月 12 日晚上 8 点，查到斗宿就是人马座（Sagittarius），牛宿是摩羯座（Capricornus），月亮的位置，正好就在斗牛之间！东坡先生没有瞎掰啊！

不止如此，苏轼对斗宿、牛宿特别关心，因为牛宿是摩羯座，苏轼说自己和韩愈一样是摩羯座，韩愈的诗《三星行》讲了他出生时对应的是斗、牛、箕三星："我生之辰，月宿南斗。牛奋其角，箕张其口。牛不见服箱，斗不挹酒浆。箕独有神灵，无时停簸扬。"说看不到牵牛（星）拉车，南斗（星）也不能用来舀取酒浆，倒是簸箕（星）能干，不停筛动。《诗经》《小雅·大东》有"维南有箕，载翕其舌"，形容箕星形状像舌头，比喻人间的言语毁谤。

遭受乌台诗案贬谪到黄州，苏轼看到月亮在斗牛之间，即使没有箕星（射手座，Sagittarius），不必等友人吹洞箫，心底或许会泛起一丝念想，托遗响于悲风吧。

* * *

苏轼《临江仙》[1]（1082）

　　夜饮东坡醒复醉，归来仿佛三更。家童鼻息已雷鸣，敲门都不应，倚杖听江声。　　长恨此身非我有，何时忘却营营。夜阑风静縠纹平，小舟从此逝，江海寄余生。

苏轼《后赤壁赋》[2]（1082）

　　是岁十月之望，步自雪堂，将归于临皋。二客从予，过黄泥之坂。霜露既降，木叶尽脱，人影在地，仰见明月，顾而乐之，行歌相答。已而叹曰："有客无酒，有酒无肴，月白风清，如此良夜何！"客曰："今者薄暮，举网得鱼，巨口细鳞，状如松江之鲈。顾安所得酒乎？"归而谋诸妇。妇曰："我有斗酒，藏之久矣，以待子不时之须。"于是携酒与鱼，复游于赤壁之下。

　　江流有声，断岸千尺；山高月小，水落石出。曾日月之几何，而江山不可复识矣。予乃摄衣而上，履巉岩，披蒙茸，踞虎豹，登虬龙，攀栖鹘之危巢，俯冯夷之幽宫。盖二客不能从焉。划然长啸，草木震

1.《苏轼全集校注》词集，卷1，页409。
2.《苏轼全集校注》文集1，卷1，页39—40。

动，山鸣谷应，风起水涌。予亦悄然而悲，肃然而恐，凛乎其不可留也。反而登舟，放乎中流，听其所止而休焉。

时夜将半，四顾寂寥。适有孤鹤，横江东来。翅如车轮，玄裳缟衣，戛然长鸣，掠予舟而西也。须臾客去，予亦就睡。梦二道士，羽衣翩跹，过临皋之下，揖予而言曰："赤壁之游乐乎？"问其姓名，俯而不答。"呜呼！噫嘻！我知之矣。畴昔之夜，飞鸣而过我者，非子也耶？"道士顾笑，予亦惊寤。开户视之，不见其处。

中山松醪之味

北宋哲宗元祐八年（1093）九月，苏轼以端明殿学士兼翰林侍读学士、礼部尚书出知定州。定州位于河北，是苏轼一生行迹所至最北之处。隔年四月，苏轼以"讥讪先帝"的罪名被罢定州任，远谪岭南。

* *

为了一尝这中山松醪（音同"牢"，láo）酒，去了一趟河北定州。

先父晚餐时常爱小酌一杯，斟满以后先倒一点在地上，然后啜饮。以前不明白，觉得父亲真不会倒酒，干嘛倒那么满，然后洒地上呢？读了东坡词"一樽还酹江月"，才恍然大悟，原来那样的动作就是"酹"啊！

弟弟好奇父亲的酒杯，父亲用筷子蘸酒滴在弟弟的舌尖，弟弟先是呛到似的脸蛋一挤，满面通红，逗得大人哈哈笑，没想到弟弟咽了咽口水，又张开嘴——"你小子以后要当酒鬼啊！"父亲笑着说。

童年印象里，喝酒是挺开心的事。我直到上大学，还是不能理解"举杯浇愁愁更愁"的滋味；也不懂得女生在酒杯前应该保持矜持，虽然其实喝酒的机会不多。

妈妈会酿酒，葡萄酒、梅子酒、桂圆酒、黑豆酒，还有不晓得什么成分的补身药酒。也有酿失败，酒变成醋的时候，不过总归是生活里的余兴。厨房里一坛坛不明内容的酒，像一个个等待揭开的惊喜。

酒的味道令我好奇，尤其是名称特异的酒，带着奇幻的想象。日本酒的名字就常引人遐思，什么"上善如水""春莺啭"，连"李白""百年的孤独"都有。读黄启方教授《东坡酒量》一文，知道苏轼爱饮酒，能酿酒，但酒量不佳，品会的是酒中之趣。

现下卖"东坡"名号的酒类不少，"东坡酒""三苏酒""柑橘酒""蜜酒"之类，都不如这"中山松醪"特殊。

"东坡酒""三苏酒"是后人创制，属大曲白酒，饮过口喉留有余香。1082 年苏轼在黄州，得道士杨世昌以糯米和蜂蜜酿酒的方子，作《蜜酒歌》赞美："三日开瓮香满城，快泻银瓶不须拨。百钱一斗浓无声，甘露微浊醍醐清。"

柑橘酒见于苏轼的《洞庭春色赋》（1092）和《洞庭春色》诗（1091）。他说喝酒："应呼钓诗钩，亦号扫愁帚"，意思是既能激发诗情创意，还可解忧消愁——这大概是诗人最理直气壮喝酒的原因吧！"情动于中而形于言"，发动"情"的热源，就是酒啊！

在网络上查到有卖"中山松醪"酒。河北定州位于古代"中山国"，"醪"是醇酒的意思，广告说"该酒以黍米、松子为主料，外加三七、党参、杏仁等名贵中药，享有'一口品三酒（黄酒、药酒、白酒），五味（醇味、松香味、蜜味、酸味、苦味）归一盅'，达到养生保健功效。"不是说什么都能淘到吗？那个网站却仅有画面，让人怀疑真假。

那么，趁着在北京开会之后，搭高铁去定州瞧瞧吧！

通衢大道一望无尽头，这是东坡足迹最北之地。1093 年，苏轼请求从朝廷外任，以避免政争恶斗。他属意的是南方的越州（今浙江绍兴），却被派到了北方边境，防御辽国的军事重镇。

东坡知定州期间，日日与府衙相对的开元寺塔现今仍昂然矗立在雾霾中，如一幅褪色的古画。

穿行在超市的货架间，这里中外名酒都有，就是没有"中山松醪"。询问店员："中山松醪"是外语吗？怎么个个摇头听不懂？终于问到一位大婶，原来"中山松醪"是在专卖店里出售，而且就在附近。

专卖店外有四口大缸，个别用红漆刷书，合成"中山松醪"四字。青年店员倒了一点中山松醪让我们品尝，琥珀色的酒液散发着甜气，温顺入喉，有松子和红枣的香涩甘酸，酒精浓度 28，令人身暖体畅，和我幻想的馥郁药材味截然不同。

东坡在《中山松醪赋》里，强调松树本为栋梁之材，却被人用来燃烧照明，他不忍松木化为灰烬，于是拿松节和松膏（松脂）来做酒。喝了松醪，好像可以遨游飞升，化为神仙。

北宋王怀隐、陈昭遇等奉敕编撰的《太平圣惠方》卷95，就有"松脂松节酒方"。松节是松树枝干间的结节，可晒干切片使用；松膏就是松树的油树脂。松脂松节酒能祛风湿，通络止痛。苏轼酿制的"中山松醪"可能参考了先前的《太平圣惠方》。

比东坡形容"味甘余之小苦"还甜美的现代中山松醪，我想带回家给妈妈品尝。女儿酒量不必多强，倒是酒趣，可向东坡借点儿乐呵。

* * *

（一）

苏轼《中山松醪赋》[1]（1093）

始予宵济于衡漳，军涉而夜号。

燧松明而识浅，散星宿于亭皋。

郁风中之香雾，若诉予以不遭。

岂千岁之妙质，而死斤斧于鸿毛。

效区区之寸明，曾何异于束蒿。

烂文章之纠缠，惊节解而流膏。

嗟构厦其已远，尚药石之可曹。

收薄用于桑榆，制中山之松醪。

救尔灰烬之中，免尔萤爝之劳。

1.《苏轼全集校注》文集1，卷1，页57—58。

取通明于盘错，出肪泽于烹熬。

与黍麦而皆熟，沸春声之嘈嘈。

味甘余之小苦，叹幽姿之独高。

知甘酸之易坏，笑凉州之蒲萄。

似玉池之生肥，非内府之烝羔。

酌以瘿藤之纹樽，荐以石蟹之霜螯。

曾日饮之几何，觉天刑之可逃。

投拄杖而起行，罢儿童之抑搔。

望西山之咫尺，欲褰裳以游遨。

跨超峰之奔鹿，接挂壁之飞猱。

遂从此而入海，渺翻天之云涛。

使夫嵇阮之伦，与八仙之群豪。

或骑麟而翳凤，争榰挈而瓢操。

颠倒白纶巾，淋漓宫锦袍。

追东坡而不可及，归铺歠其醨糟。

漱松风于齿牙，犹足以赋《远游》而续《离骚》也。

（二）

苏轼《蜜酒歌并叙》[1]（1082）

西蜀道士杨世昌，善作蜜酒，绝醇酽。余既得其方，作此歌遗之。

1.《苏轼全集校注》诗集4，卷21，页2350。

真珠为浆玉为醴，六月田夫汗流沘。

不如春瓮自生香，蜂为耕耘花作米。

一日小沸鱼吐沫，二日眩转清光活。

三日开瓮香满城，快泻银瓶不须拨。

百钱一斗浓无声，甘露微浊醍醐清。

君不见南园采花蜂似雨，天教酿酒醉先生。

先生年来穷到骨，问人乞米何曾得。

世间万事真悠悠，蜜蜂大胜监河侯。

虔
州

　　苏轼因被贬岭南和海南，七年间两度往返途经虔州（治在今江西赣州）。一在哲宗绍圣元年（1094）；一在徽宗建中靖国元年（1101），因赣江水量不足，在虔州停留一个多月才继续北上。他登郁孤台，游廉泉，与当地文人雅士多有交谊。

＊ ＊

　　研究宋代文学，江西是令人向往的地方。宋代江西人文荟萃，欧阳修、晏殊、王安石、黄庭坚、姜夔、文天祥……都是江西人，就连理学家朱熹，祖籍徽州婺源，今也属江西。南宋文学史上颇具影响力的"江西诗派"诗人，虽然未必皆为江西籍，但是诗派的盛名已经远播韩国，形成"海东江西诗派"。

　　今日的江西和中国其他省份一样富庶繁荣。在赣州开宋代文学会议，我得偿造访江西的夙愿。从赣州黄金机场乘车前往会场，沿江的高楼大厦装饰了华丽的彩灯，点缀得夜景璀璨。才参拜过长崎兴福寺，观览过寺内的"三江会所"，知道那是旅日的江西华侨——自称欧阳修后裔的欧阳云台在17世纪捐地建寺，过不了几天，我就来到章、贡二江汇注入赣江的三江城市，感受了三江之美。

参加宋代文学研讨会十多年后，2013年我被邀请坐上主席台，在开幕仪式之后的大会发言发表论文，以电脑简报向全场两百多位学者专家介绍我的研究成果，觉得十分荣幸。

会议结束后，主办单位赣南师范学院带领与会学者们考察赣州文化，登上据说是中国现今唯一还在发挥实际功能的古城墙，游览八境台和郁孤台等名胜。八境台下的城墙角落，一方"熙宁二年"阳印铭文的城砖深深吸引了我，使我不忍离开。

北宋神宗熙宁二年，公元1069年，王安石担任参知政事，开始施行变法改革。熙宁新政改变了许多人的命运，远离京师，当时称为"虔州"的南方一隅，发生了什么事呢？

宋砖旁边有"乾隆伍拾壹年城砖"阴刻铭文的砖块，还有人找到明代嘉靖十三年和民国四年重修等铭文的城砖，夹杂错落于无文字的城砖之间，彼此堆砌相连，共同构组现在的城墙。熙宁宋砖的四个大字饱满丰厚，和乾隆清砖的刚健劲挺大异其趣。

有游客怀疑这宋砖是假的，说："几百千年了，怎么还这么完整？"

旁边的人说："假造一块宋朝城砖干啥咧？"

怀疑的人接着说："哪可能宋朝的砖还留到现在？"

又有人说："哪朝的砖不都一样？卡在那里搬不走的。"

七嘴八舌，议论纷纷。

参观的队伍已经走进阶梯上的八境台，我带着疑惑，赶紧跟上。

赣州之行结束，远赴加拿大开会，那一方宋砖好像始终在我心头放不下。即使没有秘密，我想，至少它是有故事的。

连一块砖头也想追根究底，这是我的"职业病"了。

我的博士学位论文是《苏轼题画文学研究》，我晓得"八境台"就是苏轼为孔宗翰（？—1088）题写《虔州八境图》里的第一景——"石楼"。《虔州八境图》是孔宗翰治理虔州的绘画纪录。他任虔州知州，眼见城北章江和贡江合流之处水势汹涌，经常成患，便"伐石为址，冶铁锢之"，将不堪一击的土城墙改建为稳固的石城墙，并加入熔化的铁水强铸，缔造了今日赣州城墙的基本规模。

近年网络和媒体讨论城市水患问题，赣州至今仍在使用的宋代下水道——"福寿沟"，900 多年来还在发挥有效的排水功能，这都要归功于善于治水的知州刘彝。介绍刘彝与"福寿沟"，自然提及前任知州孔宗翰，没有孔宗翰先建筑巩固的砖石城墙阻挡江洪，城里的地下水便无法顺利从水道排放。

史籍记载刘彝在"熙宁年间"（1068—1077）治理虔州，1074年刘彝改知桂州，依宋代地方官三年一任的制度，熙宁二年（1069）时的虔州知州应该就是孔宗翰。有些材料说孔宗翰在嘉祐年间（1056—1063）任知州，这是不正确的，1062 年孔宗翰任太常博士。嘉祐末年的虔州知州是赵抃（1061—1062年知虔州），赵抃与通判周敦颐振兴学风，周敦颐著名的《爱莲说》便是写于虔州。

跻身于3000多米长的赣州城墙里，这块"熙宁二年"的宋砖，可能就是孔宗翰筑的城墙，或是"八境台"前身"石楼"的一分子。城墙与八境台历经多次重修，这块宋砖纵使表面纹裂，青苔覆体，依然在八境台边，与孔宗翰的塑像遥遥相望。

* * *

（一）

苏轼《石苍舒醉墨堂》[1]（1069）

人生识字忧患始，姓名粗记可以休。

何用草书夸神速，开卷惝恍令人愁。

我尝好之每自笑，君有此病何能瘳。

自言其中有至乐，适意无异逍遥游。

近者作堂名醉墨，如饮美酒消百忧。

乃知柳子语不妄，病嗜土炭如珍馐。

君于此艺亦云至，堆墙败笔如山丘。

兴来一挥百纸尽，骏马倏忽踏九州。

我书意造本无法，点画信手烦推求。

1.《苏轼全集校注》诗集1，卷6，页481—482。

胡为议论独见假，只字片纸皆藏收。

不减钟张君自足，下方罗赵我亦优。

不须临池更苦学，完取绢素充衾裯。

（二）

周敦颐《爱莲说》[1]（1063）

水陆草木之花，可爱者甚蕃。晋陶渊明独爱菊。自李唐来，世人盛爱牡丹。予独爱莲之出淤泥而不染，濯清涟而不妖，中通外直，不蔓不枝，香远益清，亭亭净植，可远观而不可亵玩焉。

予谓菊，花之隐逸者也；牡丹，花之富贵者也；莲，花之君子者也。噫！菊之爱，陶后鲜有闻。莲之爱，同予者何人？牡丹之爱，宜乎众矣。

---

1. 周敦颐：《元公周先生濂溪集》（线装书局 2004 年版，《宋集珍本丛刊》本），卷 6，页 1。

我们中国的许多人，——我在此特别郑重声明：并不包括四万万同胞全部！——大抵患有一种"十景病"，至少是"八景病"，沉重起来的时候大概在清朝。凡看一部县志，这一县往往有十景或八景，如"远村明月""萧寺清钟""古池好水"之类。

——鲁迅

1925年2月2日，《京报副刊》第49号上刊登了胡也频写给编者孙伏园的信——《雷峰塔倒掉的原因》，提及他在轮船上听到两个旅客谈话，"说是杭州雷峰塔之所以倒掉，是因为乡下人迷信那塔砖放在自己的家中，凡事都必平安，如意，逢凶化吉，于是这个也挖，那个也挖，挖之久久，便倒了。一个旅客并且再三叹息道：'西湖十景这可缺了啊！'"鲁迅颇不以为然，写了《再论雷峰塔的倒掉》回应，文中痛陈中国人一味求全的"十景（八景）病"，即使雷峰塔倒掉了，"倘在民康物阜时候，因为十景病的发作，新的雷峰塔也会再造的罢"。

如今，西湖旁边矗立的金碧辉煌的新雷峰塔，印证了鲁迅的远见。新雷峰塔的美感如何，且不去说它，就说鲁迅嫌恶的"十景病"，不但咱们中国屡屡"发作"，邻近的日本和韩国也不能"幸免"。

仔细读鲁迅的文章，可以明白鲁迅并非反对各种地方景观建设，而是批评没有创意的"互相模造"，以及盲目迷信，对雷峰塔"奴才式的破坏"。雷峰塔是"西湖十景"之一"雷峰夕照"的标志。南宋时代形成的"西湖十景"则是受到北宋"潇湘八景"的影响；再往前推，苏轼写的《凤翔八观》，以及为曾任虔州（今江西赣州）知州的孔宗翰题写的"虔州八境图"，都是渊源。

孔宗翰（？—1088）为孔子第46代孙，他主持了虔州城墙的翻新工程，将原来的土城墙修筑为石砖城墙，加强了水利和军事功能，并在章江及贡江合流附近的城上建造石楼。石楼既可以加强巩固城墙，抵御江洪，还可以登高眺望，远观两江汇聚的美景。

"虔州八境图"画的就是在石楼上欣赏到的风景，包括石楼本身、章贡台、白鹊楼、皂盖楼、郁孤台、马祖岩、尘外亭和空山（今称峰山）。孔宗翰于北宋神宗熙宁九年（1076）接替苏轼知密州（今山东诸城），并出示所绘的"南康八境图"请苏轼题咏。苏轼交接过任务，便带着"南康八境图"到了徐州。在徐州忙着应付水灾，苏轼与百姓共同修堤抗洪，过了两年（1078），才把旧名"南康"改成"虔州"，写了"虔州八境图"诗八首。

在诗前的引文里，苏轼自问自答，替孔宗翰解释为什么称"八境"。"虔州八境图"画的是石楼上看到的景致，环绕周围东西南北的楼台山岩,其实只有"一境"。然而,就像太阳一日三变,早晨、中午和傍晚相异,天上并没有三个太阳。我们在寒暑、朝暮、晴雨等不同的状况下,坐与立的视角不同,哀乐喜怒的心情产生变化,"境"就不只有"八",而是以"八"来概括了。

苏轼又补充说:"八"是出于"一",山川地理、阴阳五行、文学艺术都是从"一"衍生出来的。这让我想到伏羲氏的"一画开天",八卦取象,代表天地的八种现象,"八境""八景"的"八",有数理上的意义。

"八景"的"景",本来指日光,和苏轼举的太阳例子相通。"景"后来有"风景"的意思。"八景"的说法比"八境"广泛,发展出"十景""十二景"多种,像"雷峰夕照"一样,"地点"加上"景色",四个字一组的景观名称。

鲁迅不喜欢"八景"的因袭守旧,这是挑战文化传统的省思。站在八境台顶楼,举目畅游,气象开阔。拂着八境台的秋风,我想,即使"八景"是一种文化老成的"病",医治这"病"的,还是文化——新鲜的、自由的、活活泼泼的文化。

* * *

(一)

苏轼《虔州八境图》八首 [1] (1078)

《南康八境图》者,太守孔君之所作也,君既作石城,即其城上楼

1.《苏轼全集校注》诗集3,卷16,页1631—1643。

观台榭之所见而作是图也。东望七闽，南望五岭，览群山之参差，俯章贡之奔流，云烟出没，草木蕃丽，邑屋相望，鸡犬之声相闻。观此图也，可以茫然而思，粲然而笑，慨然而叹矣。苏子曰：此南康之一境也，何从而八乎？所自观之者异也。且子不见夫日乎，其旦如盘，其中如珠，其夕如破璧，此岂三日也哉？苟知夫境之为八也，则凡寒暑、朝夕、雨旸、晦明之异，坐作、行立、哀乐、喜怒之变，接于吾目而感于吾心者，有不可胜数者矣，岂特八乎？如知夫八之出乎一也，则夫四海之外，诙诡谲怪，《禹贡》之所书，邹衍之所谈，相如之所赋，虽至千万未有一者也。后之君子，必将有感于斯焉。乃作诗八章，题之图上。

其一

坐看奔湍绕石楼，使君高会百无忧。三犀窃鄙秦太守，八咏聊同沈隐侯。

其二

涛头寂寞打城还，章贡台前暮霭寒。倦客登临无限思，孤云落日是长安。

其三

白鹊楼前翠作堆，萦云岭路若为开。故人应在千山外，不寄梅花远信来。

其四

朱楼深处日微明，皂盖归时酒半醒。薄暮渔樵人去尽，碧溪青嶂绕螺亭。

其五

使君那暇日参禅，一望丛林一怅然。成佛莫教灵运后，着鞭从使祖生先。

其六

却从尘外望尘中，无限楼台烟雨蒙。山水照人迷向背，只寻孤塔认西东。

其七

烟云缥缈郁孤台，积翠浮空雨半开。想见之罘观海市，绛宫明灭是蓬莱。

其八

回峰乱嶂郁参差，云外高人世得知。谁向空山弄明月，山中木客解吟诗。

（二）

苏轼《虔州八境图后叙》[1]（1094）

南康江水，岁岁坏城。孔君宗翰为守，始作石城，至今赖之。轼

1.《苏轼全集校注》诗集3，卷16，页1641。

为胶西守，孔君实见代，临行出《八境图》求文与诗，以遗南康人，使刻诸石。其后十七年，轼南迁过郡，得遍览所谓八境者，则前诗未能道出其万一也。南康士大夫相与请于轼曰："诗文昔尝刻石，或持以去，今亡矣，愿复书而刻之。"时孔君既没，不忍违其请。绍圣元年八月十九日眉山苏轼书。

梅岭梅花还没开

我到梅岭的时候，暑热未消，和东坡一样，没见到梅花。

位于大庾岭的中段，江西省大余县以南，梅岭海拔最高 500 多米。秦末梅锅将军在此拓荒，因此将原名"台岭"改称"梅岭"。唐代张九龄开辟驿道，联系了江西、广东和湖南的往来交通。梅岭往东北可达江西赣州，往西北可达湖南郴州，往南是广东韶关。在高速公路和铁路开发之前，梅岭驿道是唯一最为直接沟通岭南的路径，从食盐、茶叶、丝绸、陶瓷器等生活必需品，到犀角、象牙、珠珍等稀世宝物，无不经梅岭北上京师、南臻海外。

北宋哲宗绍圣元年（1094），东坡被弹劾"诽谤先帝"，便是经梅岭前往贬谪地广东惠州。七年之后，东坡遇赦，从海南岛（儋州）返常州，也是经梅岭北归。

走在青石板和碎卵石铺设的坡道及阶梯，游人罕见，路旁的梅树绿叶盈盈。偶见一位挑着扁担的老妇，扁担上挂着数个红通通的

卷一 天涯   253

礼品纸袋。问她担着什么？要去哪里？我却听不懂她的回答。

失去商务和人员运输功能的 1300 年梅岭驿路，像一条清幽的山脉步道。将军祠、云封寺、六祖寺香客寥寥。

走到隘口，依山崖有座关楼，朝江西方向的楼北面，门额嵌书"南粤雄关"，旁边有阴刻"梅岭"石碑，红漆涂满，特别醒目。关楼石砖累累，青苔点点，杂草丛生，最早在北宋嘉祐八年（1063）修建。也就是说，东坡把长子苏迈和次子苏迨和他们的妻小两家安顿在宜兴后，由侍妾朝云、幼子苏过和两个老婢陪同赴岭南的时候，也穿过这关楼啊。

关楼的门券有两重，两重之间是露天的砖壁，爬满藤蔓。楼关的另一端是广东方向，门额嵌书"岭南第一关"，两侧是清朝光绪年间李化题的对联："梅止行人渴，关防暴客来。"虽然藏头了"梅"和"关"两个字，指出此地名，但是"暴客"的形容予人更多的臆想。也对，经济命脉同时也富含安全的隐患。

幸而东坡没有遇到暴客打劫。1101 年，65 岁的东坡再度梅岭，朝云已经殒殁于惠州。村店里一位老人得知来者的身份，趋前作揖道："我听说小人百般陷害您，您今日北归，是老天爷保佑善人啊！"

东坡于是写诗《赠岭上老人》："鹤骨霜髯心已灰，青松合抱手亲栽。问翁大庾岭头住，曾见南迁几个回？"[1] 现在梅岭道上有"东坡树"纪念东坡度岭的因缘。两度梅岭，都不是花季，东坡《赠岭上梅》（1101）诗，短短的二十八字七言绝句，蕴藏着值得细细琢

1.《苏轼全集校注》诗集 8，卷 45，页 5237。

　　　　　　　　　　　陪你去看苏东坡（全新增订版）

磨的人生况味：

　　梅花开尽百花开，过尽行人君不来。不趁青梅尝煮酒，要看细雨
熟黄梅。[1]

　　诗的题目是《赠岭上梅》，看似把梅作为赠诗的对象，内容却
是以梅的口吻对东坡言说：你错过梅花盛开的时节，梅花凋谢，其
他百花都绽放了。数不清的路人都观看了我的姿态，唯不见你到
来。花谢结果，我想你懂得不必急着把青梅佐食煮酒（宋代一种酒
的统称）一起品尝，而是守候看护着，让绵绵雨丝浸润成熟梅子。
你不一定要和众人一样争相欣赏花开、吃着青梅下酒，枝头的黄梅
别有美感，要的是沉得住气，熬得起时间。
　　梅岭梅花还没开，梅子也无影踪。我没有像东坡顺着古道走往广
东，而是折返。途中拾起一截梅枝——岭南何所有？梅骨聊记秋。

＊　＊　＊

（一）

苏轼《过大庾岭》[2]（1094）

　　一念失垢污，身心洞清净。

1.《苏轼全集校注》诗集 8，卷 45，页 5239。
2.《苏轼全集校注》诗集 7，卷 38，页 4391。

浩然天地间，惟我独也正。

今日岭上行，身世永相忘。

仙人拊我顶，结发授长生。

（二）

苏轼《余昔过岭而南，题诗龙泉钟上。

今复过而北，次前韵》[1]（1101）

春风卷黄落，朝雨洗绿净。

人贪归路好，节近中原正。

下岭独徐行，艰险未敢忘。

遥知叔孙子，已致鲁诸生。

（三）

苏轼《过岭二首》[2]（1101）

其一

暂着南冠不到头，却随北雁与归休。平生不作兔三窟，今古何殊貉一丘。当日无人送临贺，至今有庙祀潮州。剑关西望七千里，乘兴真为玉局游。

1.《苏轼全集校注》诗集8，卷45，页5239—5240。

2.《苏轼全集校注》诗集8，卷45，页5241—5243。

其二

七年来往我何堪，又试曹溪一勺甘。梦里似曾迁海外，醉中不觉到江南。

波生濯足鸣空涧，雾绕征衣滴翠岚。谁遣山鸡忽惊起，半岩花雨落毵毵。

惠

州

说萝莉控太过分

北宋哲宗绍圣元年（1094）六月，苏轼被贬，责授建昌军司马，惠州安置，不得签书公事。此时，苏轼的前后两任妻子王弗（1039—1065）和王闰之（1048—1093）已先后离世，陪伴身边的是侍妾朝云和幼子苏过。从河北定州南下，水陆兼程，翻越梅岭，于十月抵达广东惠州。苏轼在惠州直到绍圣四年（1097）四月被贬儋州（海南岛）。

* *

互联网创造了自由和平等的言说空间，人人都可以谈自己的见解、表达自己的立场和看法。被欣赏赞同的读者转发再转发，达到所谓"病毒式传播"的效果。

"病毒式传播"快速而深切地进入人们的视野和脑海，造成话题，影响思维。就像它的名称一样，有时传播的正是虚构甚至误导的信息，困扰我们的判断。为了博取读者的注意力，写作者有时会用时髦乃至夸张的词汇来叙述事物。只要不偏离真相，我往往乐意接纳一些创意的讲法，学习新鲜的观点和用语。不过，如果太拿现代人的眼光去指责古人，甚或歪曲史实，大量散布，就算是我的固执吧，我不能视而不见，让病毒恣肆污染，贻害众生。

比如说东坡和朝云的韵事。东坡于 1074 年在杭州纳 12 岁的朝云入苏家，他比朝云年长 27 岁，于是网络上就用带有"恋童癖"意味的字眼"萝莉控"（Lolita complex）来形容东坡；把朝云说成"雏伎"，再加上对于东坡词《皂罗特髻》的解读，连带涉及东坡回复友人朱寿昌的信，里面谈到纳妾的事情，竟然扯出离谱的推论，说东坡被贬谪黄州（今湖北黄冈），除了当时的继室夫人王闰之，还有包括朝云在内的三个小妾，四美伴夫，好不快活！

这一派胡言真是令我惊讶！东坡在世，恐怕也会啼笑皆非。

不是要掉书袋，也不是要责怪发谬论者的荒唐，让我们回到历史，回到语词的正确意涵，来给东坡一个公道吧。

12 岁的朝云是"雏伎"吗？宋代的娼伎有服务于宫廷的"宫伎"，为地方官员应酬助兴的"官伎"（又叫"营伎"），还有在私人茶酒场的"市伎"，她们主要表演歌舞，宫伎和官伎不卖身，随意糟蹋她们的话，要接受法律制裁。我们现在说的"雏妓"，是指未成年的性工作者。朝云入苏家，并非为了满足东坡的生理需求，而是作为王闰之的侍儿，协助家务。

那年，东坡和原配王弗生育的长子苏迈 16 岁，未婚。和王闰之生育的儿子苏迨5岁，幼子苏过3岁，从眉山老家一起随东坡生活的东坡乳母任采莲和弟弟苏辙的乳母杨金蝉都已经六十五六岁。东坡写的《朝云诗并引》提道："予家有数妾，四五年相继辞去，独朝云者，随予南迁。"我们从中可以知道东坡的妾不只朝云一位。"乌台诗案"以后，东坡的经济情况一落千丈，除了朝云，其他妾都陆续离开苏家，"四美伴夫"的误解，可能来自东坡1080年写给朱寿昌的信，其中说道："所问菱翠，至今虚位，云乃权发遣耳。何足挂齿牙，呵呵！"

"菱翠"被解释成"采菱"和"拾翠"，说是两小妾的名字。《皂罗特髻》词：

采菱拾翠，算似此佳名，阿谁消得。采菱拾翠，称使君知客。千金买、采菱拾翠，更罗袖、满把珍珠结。采菱拾翠，正髻鬟初合。

真个采菱拾翠，但深怜轻拍。一双手采菱拾翠，绣衾下抱着俱香滑。采菱拾翠，待到京寻觅。[1]

这阕绮靡香艳的词，有学者认为不是东坡的作品，虽然已经收录进最早的东坡词集，但是内容很轻浮放浪，讲的是想到京城买两个年轻貌美的小妾，云雨温存。

我想，东坡说的"所问菱翠，至今虚位"，意思是身边没有受宠的正式小妾。倒是朝云的地位特殊，用宋代的官吏职称来比

1.《苏轼全集校注》词集，卷3，页817—820。

喻，叫做"权发遣"，不拘于铨选规格，位不高但责任重。也有学者认为东坡说的"权发遣"，就是表示那年18岁的朝云成为东坡的妾了。

1083年，朝云生了儿子，47岁的东坡为儿子取名苏遁，满月时还创作了著名的《洗儿诗》："人皆养子望聪明，我被聪明误一生。唯愿孩儿愚且鲁，无灾无难到公卿。"可惜未满一岁，孩子就夭折了。丧子的打击，让朝云更接近佛教，她34年的人生，终结于广东惠州。

说朝云是"小三"，说东坡是"萝莉控"，这些都太过分了。

* * *

（一）

苏轼《去岁九月二十七日，在黄州，生子遁，小名干儿，颀然颖异。至今年七月二十八日，病亡于金陵，作二诗哭之》[1]（1084）

其一

吾年四十九，羁旅失幼子。幼子真吾儿，眉角生已似。

未期观所好，蹁跹逐书史。摇头却梨栗，似识非分耻。

吾老常鲜欢，赖此一笑喜。忽然遭夺去，恶业我累尔。

衣薪那免俗，变灭须臾耳。归来怀抱空，老泪如泻水。

1.《苏轼全集校注》诗集4，卷23，页2605—2606。

其二

我泪犹可拭，日远当日忘。母哭不可闻，欲与汝俱亡。

故衣尚悬架，涨乳已流床。感此欲忘生，一卧终日僵。

中年忝闻道，梦幻讲已详。储药如丘山，临病更求方。

仍将恩爱刃，割此衰老肠。知迷欲自反，一恸送余伤。

（二）

苏轼《朝云诗并引》[1]（1094）

世谓乐天有鬻骆马放杨柳枝词，嘉其主老病不忍去也。然梦得有诗云：春尽絮飞留不住，随风好去落谁家。乐天亦云：病与乐天相伴住，春随樊子一时归。则是樊素竟去也。

予家有数妾，四五年相继辞去，独朝云者随予南迁。因读乐天集，戏作此诗。

朝云姓王氏，钱唐人，尝有子曰干儿，未期而夭云。

不似杨枝别乐天，恰如通德伴伶玄。阿奴络秀不同老，天女维摩总解禅。经卷药炉新活计，舞衫歌扇旧因缘。丹成逐我三山去，不作巫阳云雨仙。

1.《苏轼全集校注》诗集7，卷38，页4449。

（三）

苏轼《悼朝云诗并引》[1]（1096）

绍圣元年十一月，戏作《朝云诗》。三年七月五日，朝云病亡于惠州，葬之栖禅寺松林中东南，直大圣塔。予既铭其墓，且和前诗以自解。朝云始不识字，晚忽学书，粗有楷法。盖尝从泗上比丘尼义冲学佛，亦略闻大义，且死，诵《金刚经》四句偈而绝。

苗而不秀岂其天，不使童乌与我玄。驻景恨无千岁药，赠行惟有小乘禅。

伤心一念偿前债，弹指三生断后缘。归卧竹根无远近，夜灯勤礼塔中仙。

1.《苏轼全集校注》诗集 7，卷 40，页 4767—4768。

试想，你在旅途中点的餐食超级难吃，你，如何反应？

1. 要求店家重新烹调另一餐食。

2. 拒不埋单，或要求店家退款。

3. 默不作声，囫囵吞下，付费而去。

被推崇为老饕"吃货"的苏东坡会怎么做呢？

南宋陆游《老学庵笔记》记载了一个吕周辅告诉他的"东坡食汤饼"故事：

吕周辅言：东坡先生与黄门公南迁，相遇于梧、藤间。道旁有鬻汤饼者，共买食之。恶不可食。黄门置箸而叹，东坡已尽之矣。徐谓黄门曰："九三郎，尔尚欲咀嚼耶？"大笑而起。秦少游闻之，曰："此先生'饮酒但饮湿'而已。"

吕周辅名商隐，成都人，是南宋孝宗干道二年进士，历任国子博士兼国史院编修、宗正丞等职。他曾经编辑《三苏遗文》，陆游为《三苏遗文》作跋。

　　这则故事发生在北宋哲宗绍圣四年（1097），61岁的苏东坡以莫须有的罪名被贬谪昌化军（今海南岛儋州），弟弟苏辙也被贬谪雷州（今属广东省湛江市）。东坡在广州和前来送行的亲友作别，知道海南生活环境困难，自己年岁已高，健康情况不佳，有了终亡于海外的心理准备。他在给友人王古（敏仲）的信里说道：

　　　　某垂老投荒，无复生还之望，殆与长子迈决，已处置后事矣。今到海南，首当作棺，次当作墓。乃留手疏与诸子，死则葬海外，生不契棺，死不扶枢，此亦乃东坡之家风也。

　　东坡把后事交代给长子苏迈，只带了幼子苏过同行。他溯江西行而上，到了梧州（今广西壮族自治区梧州市），听说弟弟子由还在藤州（今广西壮族自治区藤县东北），急忙赶去相会，有诗：《吾谪海南，子由雷州，被命即行，了不相知，至梧，乃闻其尚在藤也。旦夕当追及，作此诗视之》记之。

　　诗里说到自己在梧州，联想不远处的九嶷山就是传说中舜南巡去世的地方，夜不能寐，独坐叹息。东坡思念弟弟，提振精神，两人虽被贬谪，但一在海南，一在雷州，还遥遥隔海相望。东坡自比商朝的箕子，到朝鲜半岛传播教化，他也愿居留在远陬海南，开荒传道。

5月间，兄弟俩在梧州和藤州之间终于见面了。苏辙曾经担任门下侍郎，旧称黄门侍郎，世人因此称他为"苏黄门""黄门公"。两人相聚话旧，在路边一起吃了一碗面。《老学庵笔记》说的"汤饼"就是面片汤、刀削面之类的面食。"共买食之"四个字，道尽了他们经济的拮据。这碗面实在难以下咽，加上心情低落，弟弟子由扔下筷子唏嘘感慨；东坡倒稀里呼噜把面吃光了。东坡慢慢地叫着子由的小名"九三郎"，问他："你还想要细细咀嚼品尝吗？"

故事传到了东坡的门人秦观（少游）那里，他想起了东坡在黄州写的诗《岐亭五首》第四首：

酸酒如齑汤，甜酒如蜜汁。三年黄州城，饮酒但饮湿。我如更拣择，一醉岂易得？

没有好酒能够一醉尽兴，喝酒不过是湿润嘴唇罢了。汤饼只为了果腹而已，再怎么难吃也无所谓。

再往"汤饼"的文化语汇里深索，唐代就有生日吃汤饼的习俗，长长的面条，象征着长寿的好兆头。汤饼意喻着"生"，不怕老死离岛的东坡，置于死地而后生的决心，通透明晰。他不被美恶左右，"大笑而起"——何必和店家、和劣食计较呢？老天如果给你的是一碗难吃的汤饼，在人生的旅途中，满足最基本的生存需求，先吞下，滋味如何且不管了。

东坡和子由相伴往贬所，同行一个月。6月11日，两人在徐闻海岸告别，子由目送兄长的船扬帆南去，那是他最后见到的东坡形影。

＊＊＊

（一）

苏轼《吾谪海南，子由雷州，被命即行，了不相知，至梧，乃闻其尚在藤也。旦夕当追及，作此诗示之》[1]（1097）

九疑联绵属衡湘，苍梧独在天一方。孤城吹角烟树里，落月未落江苍茫。

幽人抚枕坐叹息，我行忽至舜所藏。江边父老能说子，白须红颊如君长。

莫嫌琼雷隔云海，圣恩尚许遥相望。平生学道真实意，岂与穷达俱存亡。

天其以我为箕子，要使此意留要荒。他年谁作舆地志，海南万里真吾乡。

（二）

苏辙《次韵子瞻过海》[2]（1097）

我迁海康郡，犹在寰海中。送君渡海南，风帆若张弓。笑揖彼岸人，回首平生空。平生定何有，此去未可穷。惜无好勇夫，从此乘桴翁。幽子疑龙虾，牙须竟谁雄。闭门亦勿见，一嗅同香风。晨朝饱粥

1.《苏轼全集校注》诗集 7，卷 41，页 4835。

2.《栾城后集》，卷 2，页 1130。

饭，洗钵随僧钟。借问何时归，兹焉若将终。居家出家人，岂复怀儿童。老聃真吾师，出入初犹龙。笼樊顾甚密，俯首姑尔容。众人指我笑，缰锁无此工。一瞬千佛土，相期兜率宫。

（三）

苏轼《岐亭五首并叙》[1]（1080）

　　元丰三年正月，余始谪黄州。至岐亭北二十五里山上，有白马青盖来迎者，则余故人陈慥季常也，为留五日，赋诗一篇而去。明年正月，复往见之，季常使人劳余于中途。余久不杀，恐季常之为余杀也，则以前韵作诗，为杀戒以遗季常。季常自尔不复杀，而岐亭之人多化之，有不食肉者。其后数往见之，往必作诗，诗必以前韵。凡余在黄四年，三往见季常，而季常七来见余，盖相从百余日也。七年四月，余量移汝州，自江淮徂洛，送者皆止慈湖，而季常独至九江。乃复用前韵，通为五首以赠之。

其一

　　昨日云阴重，东风融雪汁。远林草木暗，近舍烟火湿。
　　下有隐君子，啸歌方自得。知我犯寒来，呼酒意颇急。
　　抚掌动邻里，绕村捉鹅鸭。房栊锵器声，蔬果照巾幂。
　　久闻蒌蒿美，初见新芽赤。洗盏酌鹅黄，磨刀削熊白。

1.《苏轼全集校注》诗集 4，卷 23，页 2521—2536。

须臾我径醉，坐睡落巾帻。醒时夜向阑，唧唧铜瓶泣。
黄州岂云远，但恐朋友缺。我当安所主，君亦无此客。
朝来静庵中，惟见峰峦集。

其二

我哀篮中蛤，闭口护残汁。又哀网中鱼，开口吐微湿。
刳肠彼交病，过分我何得。相逢未寒温，相劝此最急。
不见卢怀慎，蒸壶似蒸鸭。坐客皆忍笑，髡然发其幂。
不见王武子，每食刀几赤。琉璃载蒸豚，中有人乳白。
卢公信寒陋，衰发得满帻。武子虽豪华，未死神已泣。
先生万金璧，护此一蚁缺。一年如一梦，百岁真过客。
君无废此篇，严诗编杜集。

其三

君家蜂作窠，岁岁添漆汁。我身牛穿鼻，卷舌聊自湿。
二年三过君，此行真得得。爱君似剧孟，扣门知缓急。
家有红颊儿，能唱绿头鸭。行当隔帘见，花雾轻幂幂。
为我取黄封，亲拆官泥赤。仍须烦素手，自点叶家白。
乐哉无一事，十年不蓄帻。闭门弄添丁，哇笑杂呱泣。
西方正苦战，谁补将帅缺。披图见八阵，合散更主客。
不须亲戎行，坐论教君集。

其四

酸酒如齑汤，甜酒如蜜汁。三年黄州城，饮酒但饮湿。

我如更拣择，一醉岂易得。几思压茅柴，禁网日夜急。

西邻推瓮盎，醉倒猪与鸭。君家大如掌，破屋无遮幂。

何从得此酒，冷面妒君赤。定应好事人，千石供李白。

为君三日醉，蓬发不暇帻。夜深欲逾垣，卧想春瓮泣。

君奴亦笑我，冀齿行秃缺。三年已四至，岁岁遭恶客。

人生几两屐，莫厌频来集。

其五

枯松强钻膏，槁竹欲沥汁。两穷相值遇，相哀莫相湿。

不知我与君，交游竟何得。心法幸相语，头然未为急。

愿为穿云鹘，莫作将雏鸭。我行及初夏，煮酒映疏幂。

故乡在何许，西望千山赤。兹游定安归，东泛万顷白。

一欢宁复再，起舞花堕帻。将行出苦语，不用儿女泣。

吾非固多矣，君岂无一缺。各念别时言，闭户谢众客。

空堂净扫地，虚白道所集。

儋

州

我家住在桄榔庵

北宋哲宗绍圣四年（1097）闰二月，苏轼在广东惠州的白鹤峰新居建成，长子苏迈授韶州仁化县令，携家来惠州与苏轼团聚。已经适应惠州生活的苏轼又受到政坛排挤，责授琼州别驾，移送昌化军安置。苏轼把家人安顿在惠州，与幼子苏过负担而行，此去一别，生死未卜，子孙痛哭。6月11日苏轼父子渡海，7月2日抵达谪所儋州，直到1100年6月20日渡海北归。

* *

"姐姐，你拍这菊花，这菊花很美。"

我回头看见她，大约10岁的小女孩，头发扎起马尾，皮肤黑亮，一双炯炯有神的大眼更显清澈。

我朝她点头，微笑一下，继续拍着竖立在菜园烂泥里的这座残碑。碑身有四分之一陷入杂草土块，有明显龟裂后修补的痕迹。除了碑头"重修桃榔庵记"几个篆字还依稀可见，碑文漫漶不清。碑阴有"中正"两大字，不晓得是当时立碑时已有，还是后来刻上的。

"姐姐，你踩到她家的葱了。"身后多了两个年龄相仿的小女孩，马尾女孩提醒我，这里可是私人菜园子。

我收起相机，问她："你家在哪里？"

四下有农舍和猪圈，刚才走进这不及两米宽的桃榔路，除了"但寻牛矢（屎）觅归路"，还和大腹便便的老母猪、活蹦乱跳的花公鸡、小母鸡"擦身而过"。

"我家住在桃榔庵。"她说。

我闻声一震，"桃榔庵"的主人，可是900多年前的东坡先生啊！

"你知道这是什么吗？"我指指"重修桃榔庵记"的残碑。

"苏东坡。"她和她的朋友异口同声回答。

"那边还有东坡井。"她伸长手臂往右前方比画。又说："那边叫坡井村。"

"东坡居士谪于儋耳，无地可居，偃息于桃榔林中，摘叶书铭，以记其处。"东坡的《桃榔庵铭》记叙了他卜居海南儋州的情形："海氛瘴雾，吞吐吸呼。蝮蛇魑魅，出怒入娱。"东坡本来借住于官舍，后被逐出，只好在城南买地筑屋，屋附近是桃榔树林，所以取名"桃榔庵"。

"桃榔树呢？"我问她："就是那三棵吗？"

三个女孩大笑："那是椰子树啦！"

果然是都市来的无知姐姐啊！（虽然被叫姐姐有点不好意思）

"桄榔树长得怎样？"我环顾周围。

"没那椰子树高……""叶子大大……""本来有的，全部死光砍掉了……"她们争先恐后地说。

没有桄榔树的"桄榔庵"。东坡说此地"生谓之宅，死谓之墟"，有老死南荒的决心。两年多后，他获赦北归，终焉常州。"桄榔庵"毕竟是东坡一生少有的"不动产"，历代前往儋州的文人和官僚，不免到此缅怀凭吊，或是在原址修建苏公祠，纪念一代文豪。

从元朝到清朝，以桄榔庵为基地的苏公祠范围逐渐扩大，曾经有正殿五间、讲堂五间之规模。现存"重修桄榔庵记"的残碑，就是康熙四十五年（1706）所立。可能碑文字迹太过模糊，有说此碑立于明末；有说重立于清朝道光年间，碑文详细内容也不清楚。到了民国初年，昔日屋宇被夷为平地。

现在游客到儋州，大多会参观以东坡海南友人黎子云的"载酒堂"为基地，修建得诗意古雅的"东坡书院"。原兴建于北宋的儋州孔庙在"文革"中被焚毁，东坡书院于是取代孔庙，成为百姓祈求考试金榜题名的圣殿。

走在儋州中和镇，被家家户户门口红通通的楹联吸引。左右长幅对仗工整，门楣横披齐全。沿着门框上端，浮贴五张红纸，象征五福临门。

无论是新颖楼房，还是陈旧宅厝，那样诚心一笔一画的书法，不是工厂大量印刷的产品。使人好奇：这个街上赶着牛车、屋后劈柴烧火、墙角排列腌菜瓮缸的古镇，怎么把《赤壁赋》化为窗户上方的一道红光——"清风明月"——"清风明月"是春联？不求财富？不必权贵？

"结茅得兹地，翳翳村巷永。"东坡在迁居桄榔庵之夕，听见邻居小儿诵读，欣然作诗，说"儿声自圆美"。即使如今只剩一方残碑，来自海角天涯的访客，仍然能在此地感受到千古风流的文化底蕴。

"苏东坡的家没有了，姐姐，要不要去看东坡井？还有水呢！"马尾女孩还没等我答应，就呼朋引伴跨过桄榔庵菜园子口的垃圾，往前领路去了。

＊　＊　＊

（一）

苏轼《桄榔庵铭》[1]（1097）

东坡居士谪于儋耳，无地可居，偃息于桄榔林中，摘叶书铭，以记其处。

九山一区，帝为方舆。神尻以游，孰非吾居。百柱赑屃，万瓦披敷。上栋下宇，不烦斤斧。日月旋绕，风雨扫除。海氛瘴雾。吞吐吸

1.《苏轼全集校注》文集 3，卷 19，页 2163。

呼。蝮蛇魑魅，出怒入娱。习若堂奥，杂处童奴。东坡居士，强安四隅。以动寓止，以实托虚。放此四大，还于一如。东坡非名，岷峨非庐。须发不改，示现毗卢。无作无止，无欠无余。生谓之宅，死谓之墟。三十六年，吾其舍此，跨汗漫而游鸿蒙之都乎？

（二）

苏轼《被酒独行，遍至子云、威、徽、先觉四黎之舍三首》[1]（1099）

其一

半醒半醉问诸黎，竹刺藤梢步步迷。

但寻牛矢觅归路，家在牛栏西复西。

其二

总角黎家三四童，口吹葱叶送迎翁。

莫作天涯万里意，溪边自有舞雩风。

其三

符老风情奈老何，朱颜减尽鬓丝多。

投梭每因东邻女，换扇惟逢春梦婆。

1.《苏轼全集校注》诗集7，卷42，页5021—5024。

（三）

苏轼《澄迈驿通潮阁》二首 [1]（1100）

其一

倦客愁闻归路遥，眼明飞阁俯长桥。

贪看白鹭横秋浦，不觉青林没晚潮。

其二

余生欲老海南村，帝遣巫阳招我魂。

杳杳天低鹘没处，青山一发是中原。

（四）

苏轼《六月二十日夜渡海》 [2]（1100）

参横斗转欲三更，苦雨终风也解晴。

云散月明谁点缀？天容海色本澄清。

空余鲁叟乘桴意，粗识轩辕奏乐声。

九死南荒吾不恨，兹游奇绝冠平生。

1.《苏轼全集校注》诗集 7，卷 43，页 5125—5126。
2.《苏轼全集校注》诗集 7，卷 43，页 5130。

清风明月

斑驳的木窗棂，褪脱的蓝漆被尘土覆盖成灰色。窗上的白瓷砖墙面，贴了一张红纸——"清风明月"。红纸底是被撕去的旧红纸残迹，之前，这块地方写的是什么呢？

"清风明月"。四个娟秀又遒健的书法，带着宋徽宗瘦金体的意味，"风"字的外框第二笔潇洒飞舞，率性的线条连动到框内的"虫"字。"清""明""月"三个字的"月"字右上折角各有特色，末笔的钩起或含蓄、或张扬，和"风"字的外框弧度呼应反衬。

我昂首翘望了一会儿，12月的海南儋州冬阳和暖。我去寻访苏东坡的故居桄榔庵，青绿菜园里唯有一方清朝的碑石，纪念这里曾经安顿那位被流放外岛、被逐出官家宿舍的老人身心。

儋州中和镇，宋代昌化军所在地。午后街上偶见行人，除了砖瓦和水泥的赭褐灰白，几乎家家户户门面都有红通通的颜色。

出入的门顶贴了象征"五福临门"的五张红纸，有的红纸上印了
"福"字和花的图案。大部分出自手写书法的对联，显示了屋主的
心愿：

入宅喜逢黄道日，安居欣遇紫微星。

醉舞醉歌欢乐节，如诗如画吉祥年。

勤奋春来早，和谐福自多。

即使厨房后门，门外野草地猪只鸡群随意散步，这家仍贴着
对联：

厨里菜肴真可口，房中食品实称心。

横批："万味清香"。

然后，我看到"清风明月"贴在窗上端。然后，我看到好几张
笔迹不同的"清风明月"。

可以明白对联的趋吉避凶民俗，但是，"清风明月"是祝福
什么呢？不像"风调雨顺"，对应着"国泰民安"，单单一张"清
风明月"，没有"下联"，横贴着，高高地，迎着人们瞻仰的
目光。

李白说："清风明月不用一钱买。"苏东坡的《赤壁赋》讲得
更透彻："惟江上之清风，与山间之明月，耳得之而为声；目遇之
而成色，取之无禁；用之不竭，是造物者之无尽藏也。"比起祈求

"家财万贯""日进斗金"，儋州百姓享受的是无价无穷之宝，是大自然给予的无禁声色。

距离海口130公里，时见土路牛屎，摩托车和牛车在老城门洞里狭道相逢。2010年的儋州，我仿佛回到了苏东坡的诗句——"半醒半醉问诸黎，竹刺藤梢步步迷。但寻牛矢觅归路，家在牛栏西复西"的现场。我没有料到的是，什么样的心理素质或文化底蕴，让"清风明月"如此理所当然？如此光大磊落？

"江山风月，本无常主，闲者便是主人。""长恨此身非我有，何时忘却营营？"苏东坡了悟唯有放弃追求名利，才能突破身不由己的窘境，做自己的主人、做江山风月的主人，细细品味悠闲。他的词里常见好闲的心态，例如《南歌子》：

日出西山雨，无晴又有晴。乱山深处过清明。不见彩绳花板、细腰轻。

尽日行桑野，无人与目成。且将新句琢琼英。我是世间闲客、此闲行。

也许，我们过不上闲云野鹤的生活，至少，我想象儋州人，把"清风明月"常挂心窗。忙碌时，喘口气；疲累时，打开《赤壁赋》，看看苏东坡的笔迹，再喝一口清茶，暂且放空。

* * *

苏轼《行香子》（1091）¹

　　清夜无尘，月色如银，酒斟时须满十分。浮名浮利，虚苦劳神。叹隙中驹，石中火，梦中身。

　　虽抱文章，开口谁亲。且陶陶乐尽天真。几时归去，作个闲人。对一张琴，一壶酒，一溪云。

1.《苏轼全集校注》词集，卷2，页642—646。

　　　　　　　　　　　　　　　　陪你去看苏东坡（全新增订版）

常

州

北宋哲宗元符三年（1100）六月，苏轼被赦，离开儋州北返。苏轼渡海至广东，奉敕复朝奉郎提举成都府玉局观，在外州军任便居住（即可以选择定居之地）。隔年正月度梅岭往江西。苏轼考虑定居之处，包括和苏辙同在颍昌（河南许昌），希望在阳羡（江苏宜兴）买田，最后决定住在毗陵（江苏常州）。

岭南和海南的七年劳顿生活摧残了苏轼的健康，在常州，他寓居于孙氏馆，上表请老，以本官致仕。7月中旬，苏轼的热毒病症加剧，28日去世，享年65岁。

* *

在常州大酒店前下了出租车。司机说对面有一批老房子，你们要找的地方应该就在那里。

穿越人行地下通道过马路，看来像是新开发的商区，叫"迎春步行街"。街上大多是服饰店和美发造型店，有的商店门口摆了贩售旧书和古玩的地摊，C说大概就在附近。看这些小摊子卖的东西，是附近有文物保护建筑的关系吧，我这么想。

向老婆婆问了路，路名是"前北岸"，老婆婆指示了方向，我们走到较为低矮陈旧的瓦房前，这附近就是"前北岸"。"前后北岸"原本是两条河流所夹的土地，南边的河流是顾塘溪，北边是白云溪，20世纪50年代和70年代先后被填平，成为今日的常州市延陵西路和迎春步行街。

C用家乡话向卖烧饼的男子打听，以前苏东坡住过的，叫"藤花旧馆"的地方，在这一带……

吴侬软语，不能完全听懂，意思大致如此。

男子和正在烤烧饼的妇人都摇头，顺手往前指，到那边看看。

常州人C也没去过"藤花旧馆"，说怎么东坡那么有名，他住过的地方就在邻旁还不知道？

我安慰她，这是常有的事，景点是给外地人来观光的。

新修建的仿古民居群，白壁乌瓦，高耸的防火墙起伏如波浪。有的大门深锁；有的玻璃门上贴了招商告示。走到通衢大路，一座写着"前后北岸"的石牌坊崭新矗立，又一个文化商业街要在此地诞生。

金饰店的店员说，前面门口停了车那里就是。

其实那里是居委会。居委会的田先生听我们说要找藤花旧馆，带我们走到屋后。木门紧掩，石框上一方字迹模糊的石匾浅浮雕

"藤花旧馆"四个篆字。

研究东坡多年，曾经数度造访东坡故里四川眉山，对于东坡毕生最终的居所，我很想一窥究竟。

过去看了传媒报导过的藤花旧馆，是一处破旧凌乱的民宅。即使如此，我脑海中常州的存在，始终是和东坡生命的结束相联系。

"藤花旧馆"是明代的称呼，传说东坡曾经手植紫藤于此。东坡一生的最后一个多月寓居当地，那时叫"孙氏馆"。东坡早年即有买田阳羡，终老常州的打算，如今从海南回到江南，长途跋涉已经让东坡疲惫不堪，身陷沉疴。遭受东坡政治挫折池鱼之殃的钱世雄还经常助东坡一臂之力，"孙氏馆"就是钱世雄帮东坡找到的栖身之处。

宋代何薳的《春渚纪闻》记载，东坡向病榻前的钱世雄说："惟吾子由，自再贬及归，不复一见而决，此痛难堪。"东坡和弟弟手足情深，临终未能相见，甚为痛心。2017 年，北京清华附小2012 级 4 班的学生们统计了东坡作品中的高频词，最常出现的，就是"子由"，其次是"归来"。

另一位陪伴东坡左右的是维琳长老，他为东坡说偈："扁舟驾兰陵，自惬旧风日。君家有天人，雄雄维摩诘。我口吞文殊，千里来问疾。若以默相酬，露柱皆笑出。"维琳用了文殊菩萨问疾于维摩诘，维摩诘对畅谈不二法门的文殊菩萨沉默以对的故事。

东坡有《答径山琳长老》诗回应："与君皆丙子，各已三万日。一日一千偈，电往那容诘。大患缘有身，无身则无疾。平生笑罗什，神咒真浪出。"[1] 维琳长老不熟悉鸠摩罗什"神咒"的典故，东坡手书告之：昔鸠摩罗什病危，令弟子持诵西域神咒三番，未竟即往生，可见寿命不会因神咒而延长。东坡和维琳长老同生于丙子年，如今已经年过六十余，该走到人生尽头之际，宁愿坦然面对。

南宋孝宗干道八年（1172），时任常州知州的晁子健，是"苏门四学士"之一的晁补之从弟晁说之的孙子，因着伯祖与东坡的关系，也由于敬仰及缅怀东坡，在孙氏馆遗址建东坡祠，塑东坡像，并且遍访士大夫家所藏画本，挑选了十幅东坡画像摹置壁间。东坡祠内罗列苏辙、黄庭坚、晁补之、秦观、陈师道、张耒等六人的画像设奠分祀，事见《咸淳毗陵志》卷十四。

元明时期东坡祠一度改为东坡书院，后又毁于兵火，原址后来成为民宅。前几年才因为市区改造，要求居民迁出。

不知道算是晚来一步，还是早来了。翻修中的"藤花旧馆"不见以前照片中的楠木大厅，门板被拆除一空。庭院里水泥搅拌机隆隆作响，新的屋瓦和木料堆叠。

我走进室内，仰头端详雕镂金钱如意纹样的横梁和斗拱。被电动刨钻器打磨飞坠的木屑让我几乎睁不开眼睛。担心吸入粉尘，我屏住呼吸。

早，或是晚，总归是在东坡停仃过的土地，时间未尝片刻稍息。

北宋徽宗建中靖国元年（1101）农历七月二十八日，东坡在这

1.《苏轼全集校注》诗集 8，卷 45，页 5333。

里闭上了眼睛。永远。

* * *

（一）
周辉《清波杂志》卷三《坡入荆溪》[1]

东坡初入荆溪，有"乐死"之语，盖喜其风土也。继抱疾稍革，径山老惟琳来问候，坡曰："万里岭海不死，而归宿田里，有不起之忧，非命也邪？然死生亦细故尔。"后二日，将属纩，闻根先离，琳叩耳大声曰："端明勿忘西方！"曰："西方不无，但个里着力不得。"语毕而终。

（二）
何薳《春渚纪闻》卷六《坡仙之终》[2]

冰华居士钱济明丈，尝跋施纯叟藏先生帖后云：建中靖国元年，先生以玉局还自岭海。四月自当涂寄十一诗。且约同程德孺至金山相候。既往迓之，遂决议为毗陵之居。六月，自仪真避疾渡江，再见于奔牛埭。先生独卧榻上，徐起谓某曰："万里生还，乃以后事相托也。惟吾子由，自再贬及归，不复一见而决，此痛难堪。"

1. 周辉：《清波杂志》(中华书局 1994 年版)，卷 3，页 123。
2. 何薳：《春渚记闻》(中华书局 1983 年版)，页 85。

苏辙《亡兄子瞻端明墓志铭》[1]（1102）

予兄子瞻谪居海南。四年春正月，今天子即位，推恩海内，泽及鸟兽。夏六月，公被命渡海北归。明年，舟至淮浙。秋七月，被病，卒于毗陵。吴越之民相与哭于市，其君子相吊于家，讣闻四方，无贤愚皆咨嗟出涕，太学之士数百人，相率饭僧慧林佛舍。呜呼！斯文坠矣，后生安所复仰！公始病，以书属辙曰："即死，葬我嵩山下，子为我铭。"辙执书哭曰："小子忍铭吾兄！"

公讳轼，姓苏，字子瞻，一字和仲，世家眉山。曾大父讳果，赠太子太保，妣宋氏，追封昌国太夫人。大父讳序，赠太子太傅，妣史氏，追封嘉国太夫人。考讳洵，赠太子太师，妣程氏，追封成国太夫人。公生十年，而先君宦学四方，太夫人亲授以书，闻古今成败，辄能语其要。太夫人尝读东汉史，至范滂传，慨然太息，公侍侧曰："轼若为滂，夫人亦许之否乎？"太夫人曰："汝能为滂，吾顾不能为滂母耶？"公亦奋厉有当世志。太夫人喜曰："吾有子矣！"比冠，学通经史，属文日数千言。

嘉祐二年，欧阳文忠公考试礼部进士，疾时文之诡异，思有以救之。梅圣俞时与其事，得公《论刑赏》以示文忠。文忠惊喜，以为异人，欲以冠多士。疑曾子固所为。子固，文忠门下士也，乃寘公第二。复以《春秋》对义居第一，殿试中乙科。以书谢诸公，文忠见之，以

---

1. 苏辙：《栾城后集》，卷22，页1410—1423。

书语圣俞曰："老夫当避此人，放出一头地。"士闻者始哗不厌，久乃信服。

丁太夫人忧。终丧。五年，授河南福昌主簿，文忠以直言荐之秘阁。试六论，旧不起草，以故文多不工。公始具草，文义粲然，时以为难。比答制策，复入三等，除大理评事，签书凤翔府判官。长吏意公文人，不以吏事责之，公尽心其职，老吏畏伏。

关中自元昊叛命，人贫役重，岐下岁以南山木栰，自渭入河，经底柱之险，衙前以破产者相继也。公遍问老校，曰："木栰之害，本不至此，若河、渭未涨，操栰者以时进止，可无重费也。患其乘河、渭之暴，多方害之耳。"公即修衙规，使衙前得自择水工，栰行无虞。乃言于府，使得系籍，自是衙前之害减半。

治平二年，罢还，判登闻鼓院。英宗在藩闻公名，欲以唐故事召入翰林；宰相限以近例，欲召试秘阁。上曰："未知其能否，故试；如苏轼，有不能耶！"宰相犹不可。及试二论，皆入三等，得直史馆。

丁先君忧。服除，时熙宁二年也。王介甫用事，多所建立，公与介甫议论素异，既还朝，置之官告院。四年，介甫欲变更科举，上疑焉，使两制三馆议之，公议上，上悟曰："吾固疑此，得苏轼议，意释然矣。"即日召见，问："何以助朕？"公辞避，久之乃曰："臣窃意陛下求治太急、听言太广、进人太锐，愿陛下安静以待物之来，然后应之。"上竦然听受，曰："卿三言，朕当详思之。"

介甫之党皆不悦，命摄开封推官，意以多事困之。公决断精敏，声闻益远。会上元，有旨市浙灯，公密疏，旧例无有，不宜以玩好示人，即有旨罢。殿前初策进士，举子希合，争言祖宗法制非是。公为考官，退拟答以进，深中其病。自是论事愈力，介甫愈恨。御史知杂事者为诬奏公过失，穷治无所得。公未尝以一言自辨，乞外任避之，通判杭州。

是时，四方行青苗、免役、市易，浙西兼行水利、盐法。公于其间，常因法以便民，民赖以少安。高丽入贡使者凌蔑州郡，押伴使臣皆本路管库，乘势骄横，至与钤辖亢礼。公使人谓之曰："远夷慕化而来，理必恭顺。今乃尔暴恣，非汝导之，不至是也！不悛，当奏之。"押伴者惧，为之小戢。使者发币于官吏，书称甲子。公却之曰："高丽于本朝称臣，而不禀正朔，吾安敢受？"使者亟易书称熙宁，然后受之，时以为得体。吏民畏爱，及罢去，犹谓之学士，而不言姓。

自杭徙知密州，时方行手实法，使民自疏财产以定户等，又使人得告其不实，司农寺又下诸路，不时施行者，以违制论。公谓提举常平官曰："违制之坐，若自朝廷，谁敢不从？今出于司农，是擅造律也，若何？"使者惊曰："公姑徐之。"未几，朝廷亦知手实之害，罢之。密人私以为幸。郡尝有盗窃发而未获，安抚转运司忧之，遣一三班使臣，领悍卒数十人，入境捕之。卒凶暴恣行，以禁物诬民，入其家争斗至杀人，畏罪惊散，欲为乱。民诉之，公投其书不视，曰："必不至此。"溃卒闻之少安。徐使人招出，戮之。

自密徙徐，是岁河决曹村，泛于梁山泊，溢于南清河，城南两山环绕，吕梁、百步扼之，汇于城下，涨不时泄，城将败，富民争出避水。公曰："富民若出，民心动摇，吾谁与守？吾在，是水决不能败城！"驱使复入。公履屦杖策，亲入武卫营，呼其卒长，谓之曰："河将害城，事急矣，虽禁军，宜为我尽力！"卒长呼曰："太守犹不避涂潦，吾侪小人效命之秋也！"执梃入火伍中，率其徒短衣徒跣，持畚锸以出，筑东南长堤，首起戏马台，尾属于城。堤成，水至堤下，害不及城，民心乃安。然雨日夜不止，河势益暴，城不沉者三板。公庐于城上，过家不入，使官吏分堵而守，卒完城以闻。复请调来岁夫，增筑故城，为木岸，以虞水之再至，朝廷从之。讫事，诏褒之，徐人至今思焉。

徙知湖州，以表谢上。言事者摘其语以为谤，遣官逮赴御史狱。初，公既补外，见事有不便于民者，不敢言、亦不敢默视也。缘诗人之义，托事以讽，庶几有补于国，言者从而媒蘗之。上初薄其过，而浸润不止，是不得已从其请。既付狱吏，必欲置之死，锻炼久之，不决，上终怜之，促具狱，以黄州团练副使安置。公幅巾芒屩，与田父野老相从溪谷之间，筑室于东坡，自号东坡居士。

五年，上有意复用，而言者沮之。上手札徙汝州，略曰："苏轼黜居思咎，阅岁滋深。人材实难，不忍终弃。"未至，上书自言有饥寒之忧，有田在常，愿得居之。书朝入，夕报可。士大夫知上之卒喜公也。会晏驾，不果复用。至常，以哲宗即位，复朝奉郎，知登州。至登，召为礼部郎中。

公旧善门下侍郎司马君实及知枢密院章子厚，二人冰炭不相入。子厚每以谑侮困君实，君实苦之，求助于公。公见子厚曰："司马君实时望甚重，昔许靖以虚名无实见鄙于蜀先主，法正曰：'靖之浮誉，播流四海，若不加礼，必以贱贤为累。'先主纳之，乃以靖为司徒。许靖且不可慢，况君实乎？"子厚以为然，君实赖以少安。既而朝廷缘先帝意欲用公，除起居舍人。公起于忧患，不欲骤履要地，力辞之，见宰相蔡持正自言，持正曰："公徊翔久矣，朝中无出公右者。"公固辞。持正曰："今日谁当在公前者？"公曰："昔林希同在馆中，年且长。"持正曰："希固当先公耶？"卒不许，然希亦由此继补记注。

元祐元年，公以七品服入侍延和，即改赐银绯。二年，迁中书舍人。时君实方议改免役为差役。差役行于祖宗之世，法久多弊，编户充役不习，官府吏虐使之，多以破产。而狭乡之民，或有不得休息者。先帝知其然，故为免役，使民以户高下出钱，而无执役之苦。行法者不循上意，于雇役实费之外，取钱过多，民遂以病。若量出为入，毋多取于民，则足矣。君实为人，忠信有余，而才智不足，知免役之害而不知其利，欲一切以差役代之。方差官置局，公亦与其选，独以实告，而君实始不悦矣。尝见之政事堂，条陈不可，君实忿然。公曰："昔韩魏公剌陕西义勇，公为谏官，争之甚力，魏公不乐，公亦不顾。轼昔闻公道其详，岂今日作相，不许轼尽言耶？"君实笑而止。公知言不用，乞补外，不许。君实始怒，有逐公意矣。会其病卒，乃已。时台谏官多君实之人，皆希合以求进，恶公以直形己，争求公瑕疵，既不可得，则因缘熙宁谤讪之说以病公，公自是不安于朝矣。

寻除翰林学士。二年，复除侍读。每进读，至治乱盛衰、邪正得失之际，未尝不反复开导，觊上有所觉悟。上虽恭默不言，闻公所论说，辄首肯喜之。三年，权知礼部贡举。会大雪苦寒，士坐庭中，嗫不能言。公宽其禁约，使得尽其技。而巡铺内臣伺其坐起，过为凌辱。公以其伤动士心，亏损国体，奏之。有旨送内侍省挞而逐之，士皆悦服。尝侍上读祖宗宝训，因及时事，公历言今赏罚不明，善恶无所劝沮，又黄河势方西流，而强之使东，夏人寇镇戎，杀掠几万人，帅臣掩蔽不以闻，朝廷亦不问，事每如此，恐寖成衰乱之渐。当轴者恨之，公知不见容，乞外任。

四年，以龙图阁学士知杭州。时谏官言前宰相蔡持正知安州，作诗借郝处俊事以讥刺时事，大臣议逐之岭南。公密疏言：朝廷若薄确之罪，则于皇帝孝治为不足；若深罪确，则于太皇太后仁政为小累。谓宜皇帝降敕置狱逮治，而太皇太后内出手诏赦之，则仁孝两得矣。宣仁后心善公言而不能用。公出郊，未发，遣内侍赐龙茶、银合，用前执政恩例，所以慰劳甚厚。

及至杭，吏民习公旧政，不劳而治。岁适大旱，饥疫并作，公请于朝，免本路上供米三之一，故米不翔贵；复得赐度僧牒百，易米以救饥者。明年方春，即减价粜常平米，民遂免大旱之苦。公又多作饘粥、药剂，遣吏挟医，分坊治病，活者甚众。公曰："杭，水陆之会，因疫病死比他处常多。"乃裒羡缗，得二千，复发私橐，得黄金五十两，以作病坊，稍畜钱粮以待之，至于今不废。是秋复大雨，太湖泛溢害稼。公度来岁必饥，复请于朝，乞免上供米半，又多乞度牒，以籴常平米，并义仓所有，皆以备来岁出粜，朝廷多从之。由是吴、越之民复免流散。

杭本江海之地，水泉咸苦，居民稀少。唐刺史李泌始引西湖水作六井，民足于水，故井邑日富。及白居易复浚西湖，放水入运河，自河入田，所溉至千顷。然湖水多葑，自唐及钱氏，岁辄开治，故湖水足用。近岁废而不理，至是湖中葑田积二十五万余丈，而水无几矣。运河失湖水之利，则取给于江潮，潮浑浊多淤，河行阛阓中，三年一淘，为市井大患，而六井亦几废。公始至，浚茅山、盐桥二河，以茅山一河专受江潮，以盐桥一河专受湖水。复造堰闸，以为湖水畜泄之限，然后潮不入市。且以余力复完六井，民稍获其利矣。公间至湖上，周视良久，曰："今欲去葑田，葑田如云，将安所置之？湖南北三十里，环湖往来，终日不达，若取葑田积之湖中，为长堤以通南北，则葑田去而行者便矣。吴人种菱，春辄芟除，不遗寸草，葑田若去，募人种菱，收其利以备修湖，则湖当不复埋塞。"乃取救荒之余，得钱粮以贯石数者万。复请于朝，得百僧度牒以募役者。堤成，植芙蓉杨柳其上，望之如图画，杭人名之"苏公堤"。

杭僧有净源者，旧居海滨，与舶客交通牟利，舶至高丽，交誉之。元丰末其王子义天来朝，因往拜焉。至是源死，其徒窃持其画像附舶往告，义天亦使其徒附舶来祭。祭讫，乃言国母使以金塔二祝皇帝、太皇太后寿。公不纳，而奏之曰："高丽久不入贡，失赐予厚利，意欲来朝矣，未测朝廷所以待之薄厚，故因祭亡僧而行祝寿之礼，礼意鲜薄，盖可见矣。若受而不答，则远夷或以怨怒；因而厚赐之，正堕其计。臣谓朝廷宜勿与知，而使州郡以理却之。然庸僧猾商，敢擅招诱外夷，邀求厚利，为国生事，其渐不可长，宜痛加惩创。"朝廷皆从之。未几，高丽贡使果至。公按旧例，使之所至，吴、越七州，实费二万四千余缗，而民间之费不在，乃令诸郡量事裁损。比至，民获交易之利，而无侵扰之害。

浙江潮自海门东来，势如雷霆，而浮山峙于江中，与渔浦诸山，犬牙相错，洄洑激射，岁败公私船不可胜计。公议自浙江上流，地名石门，并山而东，凿为运河，引浙江及溪谷诸水二十余里，以达于江；又并山为岸，不能十里以达于龙山之大慈浦；自浦北折抵小岭，凿岭六十五丈，以达于岭东古河；浚古河数里，以达于龙山运河，以避浮山之险，人皆以为便。奏闻，有恶公成功者，会公罢归，使代者尽力排之，功以不成。公复言："三吴之水，潴为太湖。太湖之水，溢为松江以入海。海日两潮，潮浊而江清，潮水尝欲淤塞江路。而江水清駃，随轭涤去，海口尝通，则吴中少水患。昔苏州以东，公私船皆以篙行，无陆挽者。自庆历以来，松江大筑挽路，建长桥以扼塞江路，故今三吴多水，欲凿挽路为千桥，以迅江势。"亦不果用，人皆恨之。公二十年间再莅此州，有德于其人，家有画像，饮食必祝，又作生祠以报。

六年，召入为翰林承旨，复侍迩英。当轴者不乐，风御史攻公。公之自汝移常也，授命于宋，会神考晏驾，哭于宋，而南至扬州。常人为公买田，书至，公喜作诗，有"闻好语"之句，言者妄谓公闻讳而喜，乞加深谴。然诗刻石有时日，朝廷知言者之妄，皆逐之。公惧，请外补，乃以龙图阁学士守颍。

先是开封诸县多水患，吏不究本末，决其陂泽，注之惠民河，河不能胜，则陈亦多水。至是又将凿邓艾沟，与颍河并。且凿黄堆，注之于淮，议者多欲从之。公适至，遣吏以水平准之。淮之涨水高于新沟几一丈，若凿黄堆，淮水顾流浸州境，决不可为，朝廷从之。郡有宿贼尹遇等数人，群党惊劫，杀变主及捕盗吏兵者非一。朝廷以名捕不获，被杀者喋不敢言。公召汝阴尉李直方，谓之曰："君能擒此，当力言于朝，乞行优赏；不获，亦以不职奏免君矣。"直方退，缉知群盗所在，分命弓手往捕其党，而躬往捕遇。直方有母年九十，母子泣别而行，手戟刺而获之。然小不应格，推赏不及。公为言于朝，请以年劳，改朝散郎阶，为直方赏，朝廷不从。其后吏部以公当迁，以符会

陪你去看苏东坡（全新增订版）

公考，公自谓已许直方，卒不报。

七年，徙扬州。发运司旧主东南漕法，听操舟者私载物货，征商不得留难。故操舟者富厚，以官舟为家，补其弊漏，而周船夫之乏困，故其所载，率无虞而速达。近岁不忍征商之小失，一切不许，故舟弊人困，多盗所载，以济饥寒，公私皆病。公奏乞复故，朝廷从之。

未阅岁，以兵部尚书召还，兼侍读。是岁，亲祀南郊，为卤簿使，导驾入太庙，有贵戚以其车从争道，不避仗卫，公于车中劾奏之。明日，中使传命申敕有司，严整仗卫。寻迁礼部，复兼端明殿、翰林侍读二学士。高丽遣使请书于朝，朝廷以故事尽许之。公曰："汉东平王请诸子及《太史公书》，犹不肯予，今高丽所请，有甚于此，其可予之乎？"不听。公临事必以正，不能俯仰随俗，乞守郡自效。

八年，以二学士知定州。定久不治，军政尤弛，武卫卒骄惰不教，军校蚕食其廪赐，故不敢呵问。公取其贪污甚者，配隶远恶，然后缮修营房，禁止饮博。军中衣食稍足，乃部勒以战法，众皆畏伏。然诸校多不自安者，有卒史复以赃诉其长，公曰："此事吾自治则可，汝若得告，军中乱矣。"亦决配之，众乃定。会春大阅，军礼久废，将吏不识上下之分。公命举旧典，元帅常服坐帐中，将吏戎服，奔走执事。副总管王光祖自谓老将，耻之，称疾不出。公召书吏作奏，将上，光祖震恐而出，讫事，无敢慢者。定人言，自韩魏公去，不见此礼至今矣。北戎久和，边兵不试，临事有不可用之忧，惟沿边弓箭社兵，与寇为邻，以战射自卫，犹号精锐。故相庞公守边，因其故俗，立队伍将校，出入赏罚，缓急可使。岁久法弛，复为保甲所挠，渐不为用。公奏为免保甲，及两税折变科配，长吏以时训劳，不报，议者惜之。

时方例废旧人，公坐为中书舍人，日草责降官制，直书其罪，诬以谤讪，绍圣元年遂以本官知英州，寻复降一官。未至，复以宁远军节度副使安置惠州。公以侍从齿岭南编户，独以少子过自随。瘴疠所侵，蛮蜒所侮，胸中泊然无所蒂芥。人无贤愚，皆得其欢心，疾苦者畀之药，殒毙者纳之窆。又率众为二桥，以济病涉者，惠人爱敬之。

居三年，大臣以流窜者为未足也。四年，复以琼州别驾安置昌化。昌化非人所居，食饮不具，药石无有。初僦官屋以庇风雨，有司犹谓不可，则买地筑室，昌化士人畚土运甓以助之，为屋三间。人不堪其忧，公食芋饮水，著书以为乐。时从其父老游，亦无间也。

元符三年，大赦，北还。初徙廉，再徙永，已乃复朝奉郎提举成都玉局观，居从其便。公自元祐以来，未尝以岁课乞迁，故官止于此。勋上轻车都尉，封武功县开国伯，食邑九百户。将居许，病暑，暴下，中止于常。

建中靖国元年六月，请老，以本官致仕，遂以不起。未终旬日，独以诸子侍侧，曰："吾生无恶，死必不坠，慎无哭泣以怛化。"问以后事，不答，湛然而逝，时七月丁亥也。

公娶王氏，追封通义郡君；继室其女弟，封同安郡君，亦先公而卒。子三人，长曰迈，雄州防御推官，知河间县事。次曰迨、次曰过，皆承务郎。孙男六人：箪、符、箕、钥、筌、筹。明年闰六月癸酉，葬于汝州郏城县钧台乡上瑞里。

公之于文，得之于天。少与辙皆师先君，初好贾谊、陆贽书，论古今治乱，不为空言。既而读《庄子》，喟然叹息曰："吾昔有见于中，口未能言，今见《庄子》，得吾心矣。"乃出《中庸论》，其言微妙，皆古人所未喻。尝谓辙曰："吾视今世学者，独子可与我上下耳。"既而谪居于黄，杜门深居，驰骋翰墨，其文一变，如川之方至，而辙瞠然不能及矣。后读释氏书，深悟实相，参之孔老，博辩无碍，浩然不见其涯也。先君晚岁读《易》，玩其爻象，得其刚柔远近喜怒逆顺之情，以观其词，皆迎刃而解。作《易传》，未完，疾革，命公述其志。公泣受命，卒以成书，然后千载之微言，焕然可知也。复作《论语说》，时发孔氏之秘。最后居海南，作《书传》，推明上古之绝学，多先儒所未达。既成三书，抚之叹曰："今世要未能信，后有君子，当知我矣。"至其遇事所为诗、骚、铭、记、书、檄、论、撰，率皆过人。有《东坡集》四十卷、《后集》二十卷、《奏议》十五卷、《内制》十卷、《外制》三卷。公诗本似李杜，晚喜陶渊明，追和之者几遍，凡四卷。幼而好书，老而不倦，自言不及晋人，至唐褚、薛、颜、柳，仿佛近之。平生笃于孝友，轻财好施。伯父太白早亡，子孙未立，杜氏姑卒未葬。先君没，有遗言。公既除丧，即以礼葬姑。及官可荫补，复以奏伯父之曾孙彭。其于人，见善称之如恐不及，见不善斥之如恐不尽，见义勇于敢为而不顾其害，用此数困于世，然终不以为恨。孔子谓伯夷、叔齐古之贤人，曰："求仁而得仁，又何怨？"公实有焉。

铭曰：

苏自栾城，西宅于眉，世有潜德，而人莫知。猗欤先君，名施四方。公幼师焉，其学以光。

出而从君，道直言忠，行险如夷，不谋其躬。英祖擢之，神考试之。亦既知矣，而未克施。

晚侍哲皇，进以诗书，谁实间之，一斥而疏。公心如玉，焚而不灰。不变生死，孰为去来。

古有微言，众说所蒙，手发其枢，恃此以终。心之所涵，遇物则见。声融金石，光溢云汉。

耳目同是，举世毕知，欲造其渊，或眩以疑。绝学不继，如已断弦。百世之后，岂无其贤。

我初从公，赖以有知，抚我则兄，诲我则师。皆迁于南，而不同归。天实为之，莫知我哀！

北宋徽宗崇宁元年（1102）闰六月二十日，苏辙依兄长遗嘱，将苏轼与王闰之合葬于汝州郏城县钧台乡上瑞里（河南省平顶山市郏县小峨眉山）。

宋徽宗政和二年（1112）十月三日，苏辙病逝于颍昌；享年74岁。政和七年（1117）三月二十五日，苏辙妻子史氏病逝于颍昌。苏辙夫妇合葬于苏轼墓旁。加上苏洵衣冠冢，称为三苏坟。

带着一束鲜花和我的书《陪你去看苏东坡》，我对着苏东坡先生的坟墓行三跪拜大礼。行礼完毕起身，不禁泪如泉涌！我抱着邀请我到河南大学讲学的郭伟老师说："感谢您让我的心愿得以圆满达成！"

念念不忘，必有回响。是机缘和合，给予我前往河南平顶山市郏县三苏坟，在东坡先生的坟前，表达我的敬佩和感激之情。

1990年第一次到中国大陆旅行，台风暴雨中行经杭州西湖畔的苏东坡纪念馆，一时心潮澎湃，我立即想下车，在苏东坡纪念馆前瞻仰。司机没好气地说："没看见吗？大风大雨，树都倒了，纪念馆也关门了！"他摆摆手叫我回座位坐好。

　　已经驶离苏东坡纪念馆好远了，我仍然回头张望，希望能够看到一点苏东坡曾经在杭州的蛛丝马迹。这个莫大的遗憾，促使我决心走东坡先生走过的路，看近千年以后他看过的风景。花了30年的时间，在2020年出版了《陪你去看苏东坡》的繁体字版，隔年出版了简体字版。

　　读者读了《陪你去看苏东坡》，其中有苏轼的弟弟苏辙写的《亡兄子瞻端明墓志铭》，问我为什么书里没有写到苏轼下葬的地方呢？我说：《陪你去看苏东坡》里我走访的地方，都是苏东坡生前去过，在他的诗文中描写过的。我虽然几次参拜过他家乡四川眉山附近的苏坟山，但那是衣冠冢。一直没有机会到河南郏县祭拜他。

　　接到河南大学的邀请演讲，我构思如何将文图学用三场演讲贯穿——从理论的建构，到案例的探索，然后到人工智能元宇宙，设计了"苏东坡陪你认识文图学"的三场讲座。

　　第一场演讲前，接受开封电视台采访，谈到我的开封印象，话题还是离不开苏东坡。这是他通过科举考试的发迹之地；是父亲苏洵和第一任夫人王弗去世的伤心之地；也是他历经"乌台诗案"之后，重返政坛的东山再起之地。

　　祭拜苏东坡前一夜，我辗转难眠，突然想起：没有准备任何贡品！我从床上一跃而起，瞥见桌上有两束花，是郭伟老师和博士生付佳楠在机场迎接我时送的，花束下面还裹着花泥，正适合献在坟前。我指导的博士生郭一，是河南南阳人，听说我到河南演讲，特地从新加坡飞到开封相见，他正好带了《陪你去看苏东坡》的新修订版，于是，2024 年 5 月 25 日，一花一书，虔诚供奉。

经同行的李汶檠老师引见，三苏园刘永军主任接待，我们聆听了王路远女士的导览讲解。三苏坟的正中间是苏洵的衣冠冢（修于元代），面对苏洵墓的右手边是苏东坡的墓，石碑上刻"宋东坡子瞻苏先生墓"，碑前石案上有石香炉，一对石瓶立于香炉左右。苏洵墓左手边是苏辙墓，形制和苏东坡墓一样，石碑上刻"宋颍滨子由苏先生墓"。

其实根据史料，苏东坡是和第二任夫人王闰之合葬；苏辙是和夫人史氏合葬。苏辙为王闰之写的《再祭亡嫂王氏文》说："茔兆东南，精舍在焉。"这精舍就是广庆寺，建于北宋，苏东坡安葬前曾经停枢于此。寺内有元代郏县县尹杨允立的三苏塑像，是目前所见最古老的三苏塑像。广庆寺现在位于三苏坟的西南，可知苏东坡兄弟的墓地稍有迁移。

很多人关心为什么苏东坡没有归葬四川，也没有就地葬于去世之处常州？提出许多推测，我想，原因很简单，这是苏东坡为体恤弟弟，以及包括苏东坡的三儿子苏过等当时居住在河南的子孙后代，便于照管和祭祀。他在给苏辙的信中交代："葬地，弟请一面果决。八郎妇可用，吾无不可用也。更破十缗买地，何如留作葬事，千万莫徇俗也。"意思是交给弟弟决定，可以和苏辙的三媳妇黄氏一样处理，不要破费，不必拘束于世俗礼制。

翻阅刘永军主任赠送的《三苏坟资料汇编》，我在开封的旅店，临睡前倒了一杯白开水，一小段柏树的叶子从书页里落入水中。捞出柏树叶细细咀嚼，那是东坡先生坟头的柏树，朝着西南，四川的方向生长。味道很淡，情韵悠长。

* * *

（一）

苏辙《祭亡嫂王氏文》(1093) [1]

元祐八年岁次癸酉，十月丙子朔十九日癸巳，太中大夫、守门下侍郎苏辙与新妇德阳郡夫人史氏，谨以家馔酒果之奠，致祭于亡嫂同安郡君王氏之灵。辙幼学于兄，师友实兼。志气虽同，以不逮惭。兄刚而塞，物或不容。既以名世，亦以不逢。辙骤而从，初未免忧。嫂以妇人，处之则优。兄坐语言，收畀丛棘。窜逐邦城，无以自食。赐环而来，岁未及期。飞集西垣，遂入北扉。贫富戚忻，观者尽惊。嫂居其间，不改色声。冠服肴蔬，率从其先。性固有之，非学而然。族人咨嗟，观行责报。谓必多福，继以寿考。中岁而殂，理有莫知。三子俱良，聊以慰之。兄牧中山，始殡而往。谓我在兹，属以时享。距城半舍，旁抚仲妇。无戚无惧，祭遣诸子。呜呼哀哉！尚飨。

---

1. 苏辙《祭亡嫂王氏文》，《栾城后集》，卷20，页1385—1386。

苏辙《再祭亡嫂王氏文》(1102)[1]

　　维崇宁元年岁次壬午，四月乙酉朔二十三日丁未，具官苏辙与新妇德阳郡夫人史氏，谨以家馔酒果之奠，致祭于亡嫂同安郡君王氏之灵。呜呼！天祸我家，兄归自南，没于毗陵。诸孤护丧，行于淮、汴，望之拊膺。自嫂之亡，旅殡西圻，九年于今。兄没有命，葬我嵩少，土厚水深。迨往告迁，及迨初妇，灵輀是升。道出颍川，家寓于兹，迎哭伤心。远日孟秋，水潦方降，畏行不能。茔兆东南，精舍在焉，有佛与僧。往寓其堂，以须兄至，归于丘林。虽非故乡，亲族不遐，勿畏勿惊。呜呼！尚飨。

---

1. 苏辙《再祭亡嫂王氏文》,《栾城后集》, 卷 20, 页 1389。

摸福石

多年夙愿得偿，我祭拜完毕，稍稍平复汹涌澎湃的心情，调整思绪，从苏东坡先生的墓前，走回墓道中央。往后退十几步，放眼自右而左的苏东坡、苏洵、苏辙三座坟冢。

印象中看过的三苏坟照片，环境寂寥凄清，石供桌前面没有四足石鼎香炉，供桌上的石烛台也没有缠绕红色的祈福丝带。这些印了学业有成、金榜题名、有求必应、生意兴隆、健康平安等愿望的祈福带，也绑系在三苏坟附近的柏树上，写着姓名和日期。

突然，身后背腰被撞了两下！

我转身回望，两位白衣女士穿过我左右两侧，朝苏洵墓摸索前进。一位戴着黄帽；另一位甩着马尾辫，她们丝毫没有因为我的"阻碍"而停歇。

哦哦，是在"摸福石"呀！

旁边的解说牌介绍当地一首顺口溜："站立祭坛闭双目，直行向前去摸福，谁能摸住香炉石，万事如意尽是福。"香炉石在供桌中央，现在被新的石鼎香炉占前，很难闭着眼睛一路走到摸住香炉石，大家看来还是兴致高昂，来沾点儿好运，得一些福气。

本来以为肃穆严正的古坟，光天化日，朗朗乾坤，游人欢乐嬉戏，希望三苏的灵性带来幸福。我祭拜时激动的泪水，反而稍稍尴尬了。

有读者问我："这里真的埋着苏东坡？""是假古迹吧？你怎么证明？"

我当然无法证明。而且经过考察和研读《郏县志》等史料，我发现了自己过去写《陪你去看苏东坡》时沿用旧说的错误和迷思。

苏东坡的墓地不是自己选的，也不是苏辙选的，而是当时正住在许昌，曾经受到苏东坡赏识却屡次落第的书生李廌堪舆的结果。

北宋徽宗建中靖国元年（1101）农历七月二十八日，苏东坡病逝于江苏常州。九月初五日，得知兄长噩耗的苏辙派儿子苏远前往常州协助料理后事，作《祭亡兄端明文》，文中提到"卜葬嵩阳"，意思是不会回葬家乡四川眉山，而是就近葬在弟弟所居住的河南。

苏东坡的三个儿子苏迈、苏迨、苏过扶灵柩跋山涉水，走了几个月，隔年崇宁元年（1102）五月初一日，苏东坡的灵柩才被护送到郏县。途中苏迈折往京师开封，将9年前去世的继母王闰之棺木迁到郏县，准备与父亲合葬。苏辙作《再祭亡兄端明文》，对于无法归葬兄长于父亲墓旁，无奈地表示受限于现实政治局势，幸亏郏县的山叫"小峨嵋"，多多少少带着一些故土的意象，这天意岂是人所能预料！苏辙写道：

先垄在西，老泉之山。归骨其旁，自昔有言。势不克从，夫岂不怀。地虽郏鄏，山曰峨嵋。天实命之，岂人也哉。

李廌为卜兆茔地而奔走寻觅，后来在钧台乡上瑞里找到合适的地点。传说黄帝问道广成子，驻跸在钧天台，"钧台"就是钧天台。以往的《苏轼年谱》都把"钧台乡"写成"钓台乡"，是点画之误。

闰六月二十日，正式安葬，苏辙作《亡兄子瞻端明墓志铭》，详细记述了苏东坡的跌宕人生，表达自己未能见兄长最后一面的深刻哀痛。

即使不在人世，朝廷还继续将苏东坡贬抑削官，销毁他的著作印板，不准出版。苏东坡留给世人的遗绪被强制噤声，对苏家人而言，真是情何以堪！十年后的政和二年（1112），苏辙去世，葬在苏东坡墓旁。

乔建功先生等前辈学者研究过三苏坟的位置迁移情况，以及苏家后代埋葬在周边的情形。苏辙的后人也告诉过我：为了提防盗墓，先人入土之处和墓碑有距离。总之，难以肯定苏东坡墓的原址，大家也别想挖看看能不能找到苏东坡说要拿来陪葬的米芾紫金砚石啦！

从郏县城内往西北方行车20多公里，花30分钟，一路是崎岖蜿蜒的坡垄，偶尔可见阳光下晒着黄澄澄小麦的农家。是什么机缘驱使男女老少游客前来这个山区，只是为了"摸福石"？

我深深吸了满腔暮春的温暖空气，也许相信苏东坡的考运可以庇佑鲤跃龙门；也许苏东坡的苦难磨砺可以转化为涓涓冥恩，东经113度，北纬34度附近的苏东坡"福石"，用意念摩挲他的字字珠玑吧。天长地久，点石成金。

* * *

苏辙《祭亡兄端明文》（1101）[1]

维建中靖国元年岁次辛巳，九月己未朔初五日癸亥，弟具官辙，
谨遣男远，以家馔酒果之奠，致祭于亡兄端明子瞻之灵。呜呼！手足
之爱，平生一人。幼学无师，受业先君。兄敏我愚，赖以有闻。寒暑
相从，逮壮而分。涉世多艰，竟羡所为。如鸿风飞，流落四维。渡岭
涉海，前后七期。瘴气所烝，飓风所吹。有来中原，人鲜克还。义气
外强，道心内全。百折不摧，如有待然。真人龙翔，雷雨泱天。自儋
而廉，自廉而永。道路数千，亦未出岭。终止毗陵，有田数顷。逝将
归休，筑室凿井。呜呼！天之难忱，命不可期。秋暑涉江，宿瘴乘之。
上燥下寒，气不能支。启手无言，时惟我思。念我伯仲，我处其季。
零落尽矣，形影无继。嗟乎不淑，不见而逝！号呼不闻，泣血至地。
兄之文章，今世第一。忠言嘉谟，古之遗直。名冠多士，义动蛮貊。
流窜虽久，此声不没。遗文粲然，四海所传。《易》、《书》之秘，古所
未闻。时无孔子，孰知其贤。以俟圣人，后则当然。丧来自东，病不
克迎。卜葬嵩阳，既有治命。三子孝敬，罔留于行。陟冈望之，涕泗
雨零。尚飨。

---

1. 苏辙《祭亡兄端明文》，《栾城后集》，卷 20，页 1388。

现今所见最早的三苏塑像

如果你和我一样是苏东坡的粉丝，可能走访过不少苏东坡一生经历过的地方，欣赏过各式各样的苏东坡塑像，比如在四川眉山三苏祠，有神采飞逸，右腿曲起，左手垂下，坐在倾斜大磐石的"自由自在像"。在海南儋州东坡书院，有头戴斗笠，胡须飘然，左手提起衣摆前行的"东坡笠屐像"。在广东惠州，他手持书卷，昂首挺立。这些不同造型的苏东坡塑像，展现了设计者对苏东坡的理解和诠释，让观众产生潇洒、亲切、儒雅的印象。基于历史纪念和城市文化旅游建设，这些苏东坡塑像，都是 20 世纪 80 年代以后陆续竖立。我在河南郏县三苏园内的三苏祠，看到了存世最早的苏东坡塑像，非但没有潇洒、亲切、儒雅的印象，反而是严肃凝重，若有所思。

为什么会塑造这尊长相普通，望之俨然的苏东坡像呢？

原来，这是元朝至正十二年（1352）郏城县尹杨允命照管苏坟寺广庆禅院的住持僧人从惣建造的。彩色塑像共三尊，端坐中央，长须及胸，左手执书卷，右手扶着腰带的是父亲苏洵。右边素净白面，头戴幞头，身穿圆领袍，右手扶腰带，左手放膝盖的是苏东坡。苏东坡对面，面容清秀，也是乌帽官服的是苏东坡的弟弟苏辙。根据刘继增先生研究，这是塑匠张天秀按照画工田子新所绘的三苏职官画像所制作的泥塑。

北宋徽宗建中靖国元年（1101）农历七月二十八日，苏东坡病逝于江苏常州。九月初五日，得知兄长噩耗的苏辙在许昌率儿子苏远遥祭，作《亡兄端明文》，文中提到"卜葬嵩阳"，意思是不会回葬家乡四川眉山，而是就近葬在弟弟所居住的河南。

隔年崇宁元年（1102）五月初一日，苏东坡的灵柩被护送到郏县，苏辙作《再祭亡兄端明文》，对于无法归葬兄长于父亲墓旁，无奈地表示受限现实局势，幸亏郏县的山叫"小峨嵋"，多多少少带着一些故土的意象。这天意岂是人所能预料：

先垄在西，老泉之山。归骨其旁，自昔有言。势不克从，夫岂不怀。地虽郏鄏，山曰峨嵋。天实命之，岂人也哉。

停枢期间，曾经受到苏东坡赏识却屡次落第的书生李廌为卜兆茔地而奔走寻觅，后来在钧台乡上瑞里找到合适的地点，就是现在的三苏坟。"钧台"指的是黄帝问道广成子，驻跸钧天台。

闰六月二十日，苏辙作《亡兄子瞻端明墓志铭》，详细记述了苏东坡的跌宕人生。崇宁四年（1105）徽宗听信蔡京之言，将苏东坡、苏辙等309位曾经反对新法的官员名列元祐党籍。政和二年（1112），苏辙去世，葬在苏东坡墓旁。

随着时局动荡，北宋灭亡，二苏坟逐渐荒废。元贞初年（1295），汝州知州元叔仪进行了修缮。他的父亲元好问推崇苏东坡，也写过二苏坟的诗篇。近60年以后，杨允置苏洵衣冠冢，此地改称"三苏坟"，他并在广庆寺后面建三苏祠，内供奉三苏塑像。

早在南宋孝宗乾道八年（1172）常州太守晁伯彊就在东坡祠堂塑苏东坡塑像，可惜如今不存。河南三苏祠的苏东坡像有别于他处的文人装束和气质，是官服整齐的坐姿，符合塑像用以祭祀崇敬的功能。而且，坐在父亲身旁，苏东坡必须庄重收敛，他双目微微低垂，仿佛在聆听教诲。

三苏彩塑在明代成化十三年（1477）由苏东坡的同乡吴节主持修整，造型变动不大。苏东坡塑像和绘画、诗文中描写的不同，很难一眼辨识人物身份，风格则和山西一带的元代彩塑人像类似，较为质朴。

隔着玻璃橱窗端详，我听见有人说"文革"期间村民如何维护三苏塑像，避免被捣毁，又是一番惊心动魄。比起荒草蔓生，坟茔最大的劫难是人：盗墓、砸碑、破像……幸而历劫保全，天助之福。

* * *

苏辙《再祭亡兄端明文》(1102)[1]

维崇宁元年岁次壬午，五月乙卯朔日，弟具官辙与新妇德阳郡夫人史氏，谨以家馔酒果之奠，致祭于亡兄子瞻端明尚书之灵。呜呼！惟我与兄，出处昔同。幼学无师，先君是从。游戏图书，寤寐其中。日予二人，要如是终。后迫寒饥，出仕于时。乡举制策，并驱而驰。猖狂妄行，误为世羁。始以是得，终以失之。兄迁于黄，我斥于筠。流落空山，友其野人。命不自知，还服簪绅。俯仰几何，宠禄遒臻。欲去未遑，祸来盈门。大庾之东，涨海之南。黎蜒杂居，非人所堪。瘴起袭帷，飓来掀帘。卧不得寐，食何暇甘？如是七年，雷雨一覃。兄归晋陵，我还颍川。欲一见之，乃有不然。瘴暑相寻，医不能痊。嗟兄与我，再起再颠。未尝不同，今乃独先。呜呼我兄，而止斯耶。昔始宦游，诵韦氏诗。夜雨对床，后勿有违。进不知退，践此祸机。欲复斯言，而天夺之。先垄在西，老泉之山。归骨其旁，自昔有言。势不克从，夫岂不怀。地虽郏鄏，山曰峨嵋。天实命之，岂人也哉。我寓此邦，有田一廛。子孙安之，殆不复迁。兄来自西，于是磐桓。卜告孟秋，归于其阡。颍川有苏，肇自兄先。呜呼！尚飨。

1. 苏辙《再祭亡兄端明文》，《栾城后集》，卷 20，页 1390。

卷
二

——

海
角

东坡先生，
生日快乐！

东坡先生，您早化为太空宇宙的星辰，世上还有您的 31 代子孙，认祖归宗。

2000 年法国《世界报》（*Le Monde*）评选您为生存于公元 1001 至 2000 年的 12 位世界级人物之一，称为"千年英雄"。理由除了您的文学与政治成就，还因为您是位美食家！

驰名国际的中国名菜"东坡肉"不必说了。在南洋，马来语里的乌贼和鱿鱼叫做 Sotong，我在课堂上提到"苏东坡"，同学们窃窃微笑，没吃过吗？Sotong Ball，章鱼小丸子！

1997 年我第一次参加国际学术研讨会，就见识到数百位学者专家济济一堂的大场面。虽然不大清楚什么是"东坡文化节"，那壮盛热闹的庆典，不但让我大开眼界，印象深刻，从此更增强了我"加入研究队伍"的信心。会议期间，正值中秋节，我们在您四川眉山老家的院子里赏月喝茶吃花生，个个都说，拜您之赐，靠您老人家吃饭……

我们这帮人，大多不过是由于职业而成为"爱好者"；"好之者，不如乐之者"，真正乐在其中，当您"铁杆粉丝"（用南方的食物来比喻，叫"粉丝变粿条"）的人，中外古今比比皆是。

就说两位，让您老人家开心吧！

清朝人翁方纲（1733—1818），可能在天上拜见过您了。他36岁时在广州花了六十金，买了"江湖中流传甚久"的东坡先生墨宝《嵩阳帖》，起首写的是北宋蔡襄梦见的诗句："天际乌云含雨重，楼前红日照山明"，于是又世称《天际乌云帖》。翁方纲多次题跋《天际乌云帖》，自号"苏斋"。他和朝鲜文人金正喜（1786—1856）、申纬（1769—1847）的交往，还让《天际乌云帖》扬名东方诸国。

每年腊月十九日，翁方纲不忘在家中请出《天际乌云帖》，和他请友人朱鹤年画的东坡先生像，举行"寿苏会"。"寿苏会"的活动在朝鲜、日本都举行过，把现在首尔的汉江畔当成"赤壁"的朝鲜文人，模仿东坡先生月下泛舟。而20世纪的大型日本"寿苏会"就有五次，参加的雅士包括王国维（1877—1927）、罗振玉（1866—1940）、日本汉学家内藤湖南（1866—1934）。主持人长尾雨山（1864—1942）还把贵客们的诗文，以及未能躬逢其盛的同好，例如吴昌硕（1844—1927）的作品，收录成册，可见于池泽滋子教授和曾枣庄教授的大作中。

21世纪，"为东坡活下半生"的尧军先生，是另一位奇人。

尧军是四川乐山人，也算东坡的老乡；学的是电子科技，十多年前从事的是"学以致用"的"本行"。操劳疲惫的生活，让他的身体发出了"病危"的警示。

尧军告诉我，他带着"等死"的绝望，在病床上空度日。有朋友带了书籍让他解闷，他无意间翻阅，读到苏东坡，从此上了瘾。那是王水照教授和崔铭教授合著的《苏轼传：智者在苦难中的超越》。

尧军说："读到苏东坡如何度过人生的艰辛波折，我很感动，深受启发。"他的"上瘾"，便是央求友人大量为他购买有关苏东坡的书籍。看着看着，他的血压逐渐稳定，心境愈发平和，直到奇迹般康复出院。

"苏东坡救了我的命。"如果不是亲耳听见，我实在难以相信这种比宗教"感应""见证"更震撼的事。

"华夏苏东坡文化传播中心执行董事"，尧军的名片这么写着。他花了9年时间，走遍苏东坡一生游历和居住过的400多个地方。他从事推广传播东坡文化的工作，小自赠送东坡相关书刊，大到召集全中国30多个以"东坡"命名，或者与"东坡"有关的中小学校长、教师与学生代表，于2011年7月，在东坡的家乡参加首届"东坡学校与东坡文化传播交流活动"。

东坡先生，您46岁的生日在赤壁下听李委吹笛度过。曲终人不见，我在比海南岛更南方的南洋，遥寄心念。

诞辰975周年（2012年），人间有东坡，学习苦中作乐。

苏轼《李委吹笛并引》[1]（1082）

　　元丰五年十二月十九日，东坡生日也。置酒赤壁矶下，踞高峰，俯鹊巢。酒酣，笛声起于江上。客有郭、石二生，颇知音，谓坡曰："笛声有新意，非俗工也。"使人问之，则进士李委，闻坡生日，作新曲曰《鹤南飞》以献。呼之使前，则青巾紫裘腰笛而已。既奏新曲，又快作数弄，嘹然有穿云裂石之声。坐客皆引满醉倒。委袖出嘉纸一幅，曰："吾无求于公，得一绝句足矣。"坡笑而从之。

　　山头孤鹤向南飞，载我南游到九疑。下界何人也吹笛，可怜时复犯龟兹。

（二）

苏轼《天际乌云帖》

其一

　　"天际乌云含雨重，楼前红日照山明。嵩阳道士今何在，青眼看人万里情。"此蔡君谟梦中诗也。仆在钱塘，一日谒陈述古，邀余饮堂前小合中。壁上小书一绝，君谟真迹也。"约绉新娇生眼底，侵寻旧事上眉尖。问君别后愁多少，得似春潮夜夜添。"又有人和云："长垂玉箸

1.《苏轼全集校注》诗集 4，卷 21，页 2406—2407。

残妆脸，肯为金钗露指尖。万斛闲愁何日尽，一分真态为谁添。"二诗皆可观，后诗不知谁作也。

其二

杭州营籍周韶，多蓄奇茗，常与君谟斗，胜之。韶又和作诗。子容过杭，述古饮之，韶泣求落籍。子容曰："可作一绝。"韶援笔立成，曰："陇上巢空岁月惊，忍看回首自梳翎。开笼若放雪衣女，长念观音般若经。"韶时有服，衣白，一坐嗟叹。遂落籍。同辈皆有诗送之，二人最善。胡楚云："淡妆轻素鹤翎红，移入朱阑便不同。应笑西园旧桃李，强匀颜色待春风。"龙靓云："桃花流水本无尘，一落人间几度春。解佩暂酬交甫意，濯缨还见武陵人。"故知杭人多慧也。[1]

---

1. 虞集：《道园学古录》，卷4，页8ab（台湾中华书局，1971年《四部备要》集部本中华书局据明刻本校刊）。

在青海西宁开会，很快就被认出来——"我看过您在电视上说苏东坡！"

这是媒体的传播效应吧？即使我的镜头并不多，每次画面也不长。

2017 年 7 月 17 日，中央电视台大型人文历史纪录片《苏东坡》在特辑预告过了近一年之后播出。前一天仓促得知节目即将推出时，还有些疑惑，以为应该更早会有消息。毕竟那气势撼人、排场宏大、阵容坚强的 21 分钟预告片花太令人惊艳了！

摄制组不但访谈了数十位中外学者、书法家、收藏家、音乐家、作家，还远赴美国、法国、日本拍摄，试图穿梭古今中外，呈现苏轼在世界的形象。

将纪录片《苏东坡》的片花转发在我设置的"爱上苏东坡" Facebook 网页，便经常有网友垂询何时正式播出？我一度也想直接询问摄制组，后来念头一转，知道节目的后期制作和放映都牵涉许许多多环节，恐非易事。不过，我肯定地认为：今年（2017）是苏轼诞辰980周年，有因应天时的效果。

我不大熟悉央视纪录片的一般长度和放映频率，而且今年夏季一直在旅行中，没能锁定时间看电视。7月18日友人寄来我在电视上的荧幕截图，哦，已经播四集了！每集30分钟，总共6集，主题分别是："雪泥鸿爪""一蓑烟雨""大江东去""成竹在胸""千古遗爱"和"南渡北归"。和我在大学开设的"苏轼文学与艺术"课的架构相近。

从标题可以大致看出，纪录片《苏东坡》是以苏轼的事迹为纵轴，政治文字狱"乌台诗案"为转折点，讲述他的生平境遇。凡是谈苏轼的传记，比如林语堂、王水照和崔铭等人的大作中，这部分都有精彩的内容。影片里，包括我敬陪末座的访谈，回答编导的提问，主旨也都不离"苏东坡如何过完了一生"。

个人以为，最出彩的亮点是受访者的言语、表情、手势让观众感染到生动热忱。尤其是叶嘉莹、余光中几位前辈的唱诵及引述，是把苏东坡"吃透"，融进心魂的传达，是媒体说书人难以企及的高度境界。

纪录片《苏东坡》的第二大亮点，是"苏东坡如何活了近一千年"。我曾经写过一篇文章，题目是《我不要你死》，开头便说："有的人肉体死亡，精神还一直活着；有的人活着，却如行尸走肉。"教东坡诗词，苏东坡在我的讲堂里，活了一次，又死了一次。流行歌曲《水调歌头》传唱不衰；行书《寒食帖》从黄庭坚到内藤湖南隔世对话；宋代乔仲常的《后赤壁赋图卷》绘画出苏轼在1082年农历十月十五日夜游黄州赤壁的景况和幻梦。后世的人们各自以音乐、文字、图像、戏剧的艺术媒介，延续苏轼的生命，也让自己的生命随苏轼生命的延续而找到依托。

再看第三大亮点，"苏东坡如何被新世纪观看"。全片巧妙运用科技手段，创制虚实相益的水墨动画和人物演出，使得"说明"（telling）的叙事性加入了"展示"（showing）的视觉性。预告片花令人目不暇接，激发观影期待的动力即在于此。举凡受过基本中文教育的华人，包括汉字水平中等的外国人，都听过"苏东坡"的大名（虽然我遇过很少数的华人不知道"苏东坡"和"苏轼"是同一人），欣赏《苏东坡》影片，焦点不全集中于"听故事"，而是"看故事"。我们也能够发现制作单位偏爱用全景的视角，让观众仿佛站在超然的时空，俯瞰苏东坡，当这巨人般的文化偶像转身面向我们，我们便与他站在同一地平线上，为之同情共感。

我是在"B站"看《苏东坡》影片的，有趣的弹幕流露了"90后"的心声：时而"美哭"，时而"6666"，时而秀两句诗词，恶搞不多，拜神不少。更多的，是被老师要求观看，得写暑假报告，跪求分享观影心得的学生。

"不晓得今年暑假过后，老师们会不会收到一碗碗一盆盆的'东坡鸡汤'？"我对在西宁的友人说。

（一）

苏辙《超然台赋》[1]（1075）

子瞻既通守余杭，三年不得代。以辙之在济南也，求为东州守。既得请高密，其地介于淮海之间，风俗朴陋，四方宾客不至。受命之岁，承大旱之余孽，驱除螟蝗，逐捕盗贼，廪恤饥馑，日不遑给。几年而后少安，顾居处隐陋，无以自放，乃因其城上之废台而增葺之。日与其僚览其山川而乐之，以告辙曰："此将何以名之？"辙曰："今夫山居者知山，林居者知林，耕者知原，渔者知泽，安于其所而已。其乐不相及也，而台则尽之。天下之士，奔走于是非之场，浮沉于荣辱之海，嚣然尽力而忘反，亦莫自知也。而达者哀之，二者非以其超然不累于物故邪？《老子》曰：'虽有荣观，燕处超然。'尝试以'超然'命之，可乎？"因为之赋以告曰：

东海之滨，日气所先。岿高台之陵空兮，溢晨景之絜鲜。幸氛翳之收霁兮，逮朋友之燕闲。舒堙郁以延望兮，放远目于山川。设金罍与玉斝兮，清醪洁其如泉。奏丝竹之愤怨兮，声激越而眇绵。下仰望而不闻兮，微风过而激天。曾陟降之几何兮，弃混浊乎人间。倚轩楹以长啸兮，袂轻举而飞翻。极千里于一瞬兮，寄无尽于云烟。前陵阜之汹涌兮，后平野之浚漫。乔木蔚其荟蓁兮，兴亡忽乎满前。怀故国

于天末兮，限东西之崄艰。飞鸿往而莫及兮，落日耿其夕躔。嗟人生之漂摇兮，寄流枿于海壖。苟所遇而皆得兮，遑既择而后安。彼世俗之私己兮，每自予于曲全。中变溃而失故兮，有惊悼而汍澜。诚达观之无不可兮，又何有于忧患？顾游宦之迫隘兮，常勤苦以终年。盍求乐于一醉兮，灭膏火之焚煎。虽昼日其犹未足兮，竢明月乎林端。纷既醉而相命兮，霜凝磴而跰蹒。马蹢躅而号鸣兮，左右翼而不能鞍。各云散于城邑兮，徂清夜之既阑。惟所往而乐易兮，此其所以为超然者邪？

（二）

苏轼《超然台记》[1]（1075）

凡物皆有可观。苟有可观，皆有可乐，非必怪奇玮丽者也。

哺糟啜醨，皆可以醉；果蔬草木，皆可以饱。推此类也，吾安往而不乐？

夫所为求福而辞祸者，以福可喜而祸可悲也。人之所欲无穷，而物之可以足吾欲者有尽，美恶之辨战乎中，而去取之择交乎前。则可乐者常少，而可悲者常多。是谓求祸而辞福。夫求祸而辞福，岂人之情也哉？物有以盖之矣。彼游于物之内，而不游于物之外。物非有大小也，自其内而观之，未有不高且大者也。彼挟其高大以临我，则我常眩乱反复，如隙中之观斗，又乌知胜负之所在。是以美恶横生，而

1.《苏轼全集校注》文集 2，卷 11，页 1104—1106。

　陪你去看苏东坡（全新增订版）

忧乐出焉，可不大哀乎！

余自钱塘移守胶西，释舟楫之安，而服车马之劳；去雕墙之美，而庇采椽之居；背湖山之观，而行桑麻之野。始至之日，岁比不登，盗贼满野，狱讼充斥；而斋厨索然，日食杞菊。人固疑余之不乐也。处之期年，而貌加丰，发之白者，日以反黑。予既乐其风俗之淳，而其吏民亦安予之拙也。于是治其园圃，洁其庭宇，伐安丘、高密之木，以修补破败，为苟全之计。

而园之北，因城以为台者旧矣，稍葺而新之。时相与登览，放意肆志焉。南望马耳、常山，出没隐见，若近若远，庶几有隐君子乎！而其东则庐山，秦人卢敖之所从遁也。西望穆陵，隐然如城郭，师尚父、齐桓公之遗烈，犹有存者。北俯潍水，慨然太息，思淮阴之功，而吊其不终。台高而安，深而明，夏凉而冬温。雨雪之朝，风月之夕，余未尝不在，客未尝不从。撷园蔬，取池鱼，酿秫酒，瀹脱粟而食之，曰："乐哉游乎！"

方是时，余弟子由，适在济南，闻而赋之，且名其台曰"超然"，以见余之无所往而不乐者，盖游于物之外也。

　　去年（2019）就得知北京故宫博物院要以"苏轼"作为紫禁城建成 600 年的特展主题人物。这个构想有点特殊，苏轼一生没有去过北京，他和北京的因缘值得注意的，除了明清宫廷收藏他的作品之外，在我的书《书艺东坡》里，提过另一件重要的事，就是 1917 年时，为赈济京畿水患的灾民，一些收藏家提供珍藏，在北京中央公园举办了"京师（第一次）书画展览会"。展览会的展品中，有"宋苏轼黄州寒食诗帖卷"，这是《寒食帖》初次对一般大众公开展示。"一般大众"里，就包括日本的内藤湖南，埋下了之后《寒食帖》东售日本的种子。

　　写了 5 本苏轼研究的书，"苏轼"成了我的标签。社交媒体标注（tag）指定对象，"千古风流人物——故宫博物院藏苏轼主题书画特展"的消息发布以来，不断有友人转发和标注我，或是私信我相约看展。

我很想躬逢其盛！要看新冠肺炎病毒能否饶过世人。

终于，在收到大学通知之后，彻底破灭了"在北京，相聚为东坡"的美梦。

幸好，从新闻里"解馋"，品味了几件过去未见的作品，比如据说是1949年以来初次公开的明代朱之蕃《临李公麟苏轼像轴》。

这幅画苏轼穿屐戴笠，双手提起衣摆，作势前行的绘画，一般称为《东坡笠屐图》。据画上题语记录，此画作于明万历四十七年（1619）。同年四月，朱之蕃也画了同样的作品，现藏于广东省博物馆，两件作品分别于乾隆四十八年（1783）和嘉庆七年（1802）被翁方纲收藏。

关于《东坡笠屐图》，我曾经应邀在2010年海南儋州"东坡文化国际论坛"上发表演讲，讲题为"东坡海南笠屐故事的形成，传播与影响"。由于当年主办单位并未要求撰写论文，作为论坛最后一位发言人，我只能用10分钟左右大致谈论我的研究所得和看法。我认为，目前所见东坡在海南向农家借笠而归的故事，最早见于12世纪下半叶，上距苏轼去世已经50余年，其间均无记载；而且又过了将近50年，才见有绘画记录，与其将此类题材绘画当成"历史画"，毋宁视作"故事画"。

我的发言被当地媒体公布，记者断章取义，且史料、人名多有谬误，引起一位韩姓作者在网络论坛上对我的"论文"大加挞伐，后继的应和者也每每指陈我的"论文"不是，甚至人身攻击。

网络霸凌何其致命？我仰赖学术求真的信念，相信史料和论据支撑才有底气，我告诉那位作者和相关人士，学术问题可以讨论，毁谤名誉小心官司。

见到故宫收藏的《临李公麟苏轼像轴》，想到 10 年前未撰写的论文，再度燃起我的热情。我来谈谈我的发现，展览图录没有说明的细节，提供更多的认识。

这件作品是明代状元朱之蕃为张京元画的，后来转给张京元的同乡江苏泰兴季振宜家族。颜崇规从季家购得，送给翁方纲。翁方纲之后，收藏此画的人有叶梦龙和罗振玉。此画多次在纪念苏轼生日的"寿苏会"展示，包括 1918 年 1 月 31 日于日本京都，由罗振玉出借。画上被认为和本图主旨无关的刘墉诗句，可能是为梦禅居士瑛宝的画像题写。

移接刘墉题赞者大概认为赞词的"其气浩然，得全于天"，也适用于形容苏轼。苏轼记梦参禅，在画像的"相"之外，此轴得以传世，乃缘于笠屐形象赋予的风雨不惊，怡然自如之精神。

东坡笠屐故事画不仅流行于中国的明清时代，15 世纪到 20 世纪，日本和韩国的画家也图绘《东坡笠屐图》，是为东亚共同的苏轼文化意象。《书艺东坡》的藏书票，便源自富冈铁斋的手笔。

2037 年，苏轼千岁，已经有读者朋友问我：是否有什么纪念活动？我还不知道。我期待更多"新见如旧识"的苏轼作品赏心悦目，为了苏轼千岁之约，我们都好好活着。17 年后，相聚为东坡。

陪你去看苏东坡（全新增订版）

* * *

（一）

周紫芝《东坡老人居儋耳，尝独游城北，过溪，观闽客草舍，

偶得一箬笠，戴归。妇女小儿皆笑，邑犬皆吠，吠所怪也。

六月六日，恶热如堕甑中，散发，南轩偶诵其语，

忽大风自北来，骤雨弥刻》[1]

持节休夸海上苏，前身便是牧羊奴。应嫌朱绂当年梦，故作黄冠
一笑娱。遗迹与公归物外，清风为我袭庭隅。凭谁唤起王摩诘，画作
东坡戴笠图。

（二）

费衮《梁溪漫志》（自序于1192年，首刊于1201年）《东坡戴笠》[2]

东坡在儋耳，一日过黎子云，遇雨，乃从农家借箬笠，戴之，着
屐而归。妇人小儿，相随争笑，邑犬群吠。竹坡周少隐有诗云："持节
休夸海上苏，前身便是牧羊奴。应嫌朱绂当年梦，故作黄冠一笑娱。
遗迹与公归物外，清风为我袭庭隅。凭谁唤起王摩诘，画作东坡戴笠
图。"今时亦有画此者，然多俗笔也。

---

1. 周紫芝：《太仓稊米集》卷7，景印文渊阁《四库全书》第1141册，页48。
2. 费衮：《梁溪漫志》，上海：上海书店，1990年，页5b—6a。

（三）

张端义《贵耳集》（自序于 1241 年）[1]

东坡在儋耳，无书可读，黎子家有柳文数册，尽日玩诵。一日遇雨，借笠屐而归。人画作图，东坡自赞："人所笑也，犬所吠也。笑亦怪也。"用子厚语。

---

1. 张端义：《贵耳集》卷上，景印文渊阁《四库全书》第 865 册，页 420—421。

刚收到"苏东坡 3D 写实数字人"模型研讨会邀请的时候，不明就里。除了知道"苏东坡"是谁，后面几个字又没有看懂，什么是"数字人"？是设计苏东坡手办？公仔？

"数字人"是 Digital Human，通过电脑图形学、语音合成技术、深度学习等绘制和建模，制造出应用于虚拟世界的人物。数字人以平面二维或是立体三维的图像／影像形态出现，我想到网络的虚拟主播（VTuber）、歌手艺人，像日本的初音未来，韩国的 Rozy，中国的洛天依、夏语冰……所以，中华书局是要进军二次元还是元宇宙吗？可是，数字人本来就是虚拟的，哪来的"写实"呢？

我带着好奇心参加 2022 年 5 月 22 日的线上会议，和北京师范大学李山教授同一场，前一天的学者专家有故宫博物院祝勇老师和中国社会科学院陈才智研究员。原来，"3D 写实数字人"已经是专有名词，还有所谓的"3D 超写实数字人"呢！"写实"或"超写实"的意思，是指图形影像颗粒细致，组织精密，惟妙惟肖模拟真人，甚至可以乱真。身材曼妙、面容姣好、能歌善舞，Rozy"出道"3个月爆红，她的社交媒体吸引数十万粉丝关注，制作公司才公布她的数字人身份。中华书局设计苏东坡数字人的"写实"追求，主要在于合乎文献史料和图像纪录里的苏东坡形貌。

在本书里，我写了《东坡长得怎样？》，从苏东坡自己的诗文总结得知他的个子高，颧骨耸然，胡须不浓密也不稀疏。中年时体格稍胖，老年在岭南和海南生活不易，霜鬓骨瘦。目前能见到和苏东坡时代较接近的画作，例如宋代乔仲常的《后赤壁赋图卷》，描绘在黄州大约46到49岁的苏东坡，或许保留了些许他的形态特征。我研究东亚的《东坡笠屐图》，还发现清代翁方纲收藏的明朝状元朱之蕃摹《东坡笠屐图》，东坡右边颧骨有几粒星斗般的痣，是误解元人题画诗的结果。

人工智能和演算法、数码科技的进步发展，2021年被称为数字人元年。在2013年，周杰伦就和"复活"的虚拟邓丽君同台演唱过，今年（2022）这一波数字人的热潮，是看见了数字人的使用场景、市场需求，以及变现风口。我想，是娱乐圈之外，更大的人和数字人协同合作的机会。直接取材成熟的大IP，比制造新的人设和外观，更容易让大众接受，经典传统文化中人见人爱的大IP，不能不提苏东坡。

2021年博主大谷Spitzer在微博和B站上发布了用人工智能"还原"三张苏东坡相貌的视频。他采用的是清代叶衍兰《历代文苑像传》里的苏东坡画像、元代赵孟頫《苏东坡小像》，以及翁方纲收藏的《天际乌云帖》中朱鹤年摹李公麟《按藤杖坐盘石图》，加上模拟古汉语的朗读《题西林壁》，颇为有趣。不过，为了求真，我还是要指出：最后一张右颧骨有痣的画像有问题哦。

观看了中华书局项目组展示的四张建模样品，我知道工作团队已经做了相当充分而扎实的调查研究，很是佩服。参考了古代的苏东坡相关绘画，还选了几位古装扮相和气质相近苏东坡的演员为样板，包括胡歌、陈道明、张震、陆毅等人。

力求兼顾形似和神似，我谈了四张建模样品的五官特色和视觉效果，既然是 3D 数字人，还要考虑将来如何因语境调整表情，和受众互动的可塑性，以及回应工作团队担心吊梢眼的"辱华"观感。我认为：审美评价依靠集体的共识力量，成功的苏东坡 3D 写实数字人，或许正是让吊梢眼"拨乱反正"的媒介。

陈龙强和张丽锦在《虚拟数字人 3.0：人"人"共生的元宇宙大时代》一文中提到美国天使投资人沙恩·普里（Shaan Puri）的看法：元宇宙不是一个空间，而是时间上的某一个点。在那个"奇点"，你随意穿越，见到苏东坡，你想和他说什么呢？

＊ ＊ ＊

苏轼《题西林壁》(1084)[1]

横看成岭侧成峰，远近高低各不同。

不识庐山真面目，只缘身在此山中。

1.《苏轼全集校注》，诗集 4，卷 23，页 2578。

今天早上，很好的日光。

我不见他，已是 8 年；今天见了，精神分外振奋……

在人潮还未流向这里之前，我霸占住展柜橱窗，我是这一档期首先见它的人。

"雪堂余韵"，乾隆皇帝的四个楷书大字写在印有海棠花的仿澄心堂纸上，钤印"乾隆御笔"。"堂"和"韵"字的下半截几乎被熏黑掩盖。历经 1860 年英法联军火烧圆明园、1923 年日本关东大地震、1945 年第二次世界大战空袭等几次劫难，它仍以顽强的生命力坚持于世间。

2015 年 9 月在北京故宫博物院参加《石渠宝笈》国际研讨会时，中央电视台的纪录片制作小组告诉我，他们想制播一个名为《苏东坡》的节目。研讨会恰好集合了不少研究宋代文学与艺术的专家，制作小组在开会的酒店租了一个房间权为摄影棚，跟学者们约时间访谈录影。

导演很认真，设计了几页的提问，我笑说："好几个都像是让大学生作答的考题呀！"

其中有一道问题是：您是什么时候第一次看到《寒食帖》？那时的印象和感受如何？

1082年，被贬谪到黄州的苏东坡，度过了第三个寒食节。寒食节是冬至过后的第105天，与冬至、春节同为宋代的三大节日，官员休假七天。寒食节不生火煮食，只吃事先预备好的食物，于是发明了"春卷"，也叫"润饼"或"薄饼"。寒食节有扫墓、踏青的习俗，由于日期和"清明节"相近，后来逐渐被清明节取代。

不能回四川老家扫墓祭祖，也不能到京师汴梁服务朝廷，萧瑟如秋的春天和快要淹进屋里的滂沱大雨，让苏东坡的这个寒食节过得狼狈而抑郁。苏东坡写了两首诗，随着情绪起伏的昂扬落寞，留下深沉直率的书艺，后人称为《寒食帖》。

我是什么时候第一次见到《寒食帖》呢？是《寒食帖》首度在台北公开展示的1987年吗？

我记得，那次的感受像面对火伤后难饰残容的脸，想看，又不忍看。想抚着他的疤痕，问他是否还疼痛？

我没有直接回复导演。我想试着用现代女性的眼光，看这一位让家人担心，自己却天真自信的男人。大家都为他"乌台诗案"的政治失利叫屈，我却认为他的天真自信终于招来祸害。不能不说，经这人生的一跌，才站立起一个千年英雄；不到黄州，就没有"东坡居士"。

　　本来预定 30 分钟的访谈，导演让我滔滔不绝讲了将近三倍的时间。录制到尾声，我突然觉得眼前变暗，顶上的灯光不再那样明晃，周围异常地安宁。我的话并没有停，但是身心游离，像是要从座椅上飘浮起来……

　　飞回台北，为了 8 年前告别时的心约，只要展出，我尽可能与它相见。

　　徘徊于聚散依依，为了下一次的相见，我会好好的。

　　"いらっしゃいませ！"（欢迎！）

　　坐上出租车，司机劈头朝我说。

　　我报上地点。弯下身整理刚才买的图册提袋。

　　司机又叽里咕噜说着日语。

　　我把提袋里的图册重新挪挪调整，安置成相等重量的两袋。

　　他的日语还是说个没完。

　　"日本人ではありません。"（我不是日本人。）我说。

　　是没听见我说的话吗？他自顾自说不停。

　　"我不是日本人！"我终于耐不住性子倾前朝他大声说。

　　"啊小姐你长得很像日本人哩！"（这是拍马屁的话吗？）

　　我没理他。他又说："可是你也说日本话咧。"

　　我和台湾出租车司机的对话能力已经退化了吗？

　　"故宫只有外国人和大陆人才会来。"他从后照镜看了我两眼。

　　车过忠烈祠，秋色盈盈，我闭上眼睛。

他仍不放过："我看你不像大陆人，应该是外国来的……"

今天早上，太好的日光。

我见了他，分外爽快的精神，照耀在那本没有年代的历史书上。我从书的夹缝里，瞧出四个上下左右颠倒的字——"文化中国"。

* * *

（一）
苏轼《寒食雨二首》（1082）[1]

其一

自我来黄州，已过三寒食。年年欲惜春，春去不容惜。

今年又苦雨，两月秋萧瑟。卧闻海棠花，泥污燕脂雪。

暗中偷负去，夜半真有力。何殊病少年，病起头已白。

其二

春江欲入户，雨势来不已。小屋如渔舟，蒙蒙水云里。

空庖煮寒菜，破灶烧湿苇。那知是寒食，但见乌衔纸。

君门深九重，坟墓在万里。也拟哭途穷，死灰吹不起。

1.《苏轼全集校注》诗集 4，卷 21，页 2341—2343。

（二）
黄庭坚跋《寒食帖》[1]（1100）

东坡此诗似李太白，犹恐太白有未到处。此书兼颜鲁公、杨少师、李西台笔意。试使东坡复为之，未必及此。它日东坡或见此书，应笑我于无佛处称尊也。

（三）
曾敏行《独醒杂志》卷三[2]

东坡尝与山谷论书，东坡曰："鲁直近字虽清劲，而笔势有时太瘦，几如树梢挂蛇。"山谷曰："公之字固不敢轻议，然间觉褊浅，亦甚似石压虾蟆。"二公大笑，以为深中其病。

1.《跋东坡书寒食诗》，收入《黄庭坚全集》（四川大学出版社 2001 年版），别集卷 7，页 1608。
2.《独醒杂志》，收入《全宋笔记》（大象出版社 2008 年版），第 4 编第 5 册，页 138。

上

海

飞行千里来看你

清晨 4 点起床，飞上海。看上海博物馆"丹青宝筏——董其昌书画艺术大展"。不只为了董其昌，更为的是苏东坡。

2019 年 3 月，在上海古籍出版社出版《书艺东坡》，这是我的第 9 本学术著作，也是第 3 本研究苏东坡的书。《书艺东坡》里探讨的东坡书法作品共有 5 件，包括后世题跋最多的《天际乌云帖》、有"天下第三大行书"美誉（仅次于王羲之《兰亭集序》和颜真卿《祭侄文稿》）的《黄州寒食帖》、内容最玄妙的《李白仙诗卷》、临终前数月写的《答谢民师论文帖卷》，以及篇幅最长（加上后人题跋，全长 450.3 米）的《洞庭春色赋》《中山松醪赋》合卷。除了目前只存复制品的《天际乌云帖》无法看到原件，我都希望亲览，眼见为凭。很幸运的，《洞庭春色赋》《中山松醪赋》合卷之外，我都观赏过不只一两次，论述解析，稍有底气。

写作《洞庭春色赋》《中山松醪赋》合卷的论文时，便向往能够拜访所藏地吉林省博物院。论文先是出版英文版，为了取得图片授权，辗转联系到该馆的研究人员，得知近期不会展出这件书迹。询问是否可以让我购买图像？对方说要请示上级。每一次联系，总要过些时日才有回音（说不在办公室，打听不到消息）。电邮和微信往来 4 个月，论文出版在即，我直接打电话给负责人，说明请求授权。负责人电邮回复说："我们与上级主管部门进行了沟通，意见是博物馆藏品知识产权的授权使用目前在法律层面上还不完善，暂不支持对个人进行文物藏品授权，望谅解。"我申请借调作品拍摄，结果是："我们院藏品管理制度不允许对个人提供借观作品和拍照。"

无法勉强，只能叹无缘。《洞庭春色赋》《中山松醪赋》合卷所在藏地，是所有东坡书迹身处最北之境。2016 年应辅仁大学邀请，我参加"王静芝教授百岁诞辰纪念国际学术研讨会"，我选择撰写研究《洞庭春色赋》《中山松醪赋》合卷的文章，原因归结于两个字——"东北"。我随王静芝老师学习书法，是认认真真、恭恭敬敬、三鞠躬拜师成为弟子，我这弟子虽然不才，艺不上手，但是"道"在心胸。没有"书家"的资格，做个"研究者"还行，也算不辱师门。王老师是东北人，出生于沈阳。因王老师的介绍，结识老师的同窗好友，也是书法家、篆刻家的刘廼中老师，两位都是启功先生的高足。刘廼中老师生前任职于吉林省博物馆，正是《洞庭春色赋》《中山松醪赋》合卷由散落民间的"东北货"入藏该馆的鉴定学者之一。

清朝覆亡以后，为了支付开销和筹措打算出国的旅费，末代皇帝溥仪从 1922 年 11 月开始，用赏赐给皇弟溥杰的名义，把宫廷收藏的书画文物经由溥杰带出紫禁城。1924 年，溥仪被冯玉祥逐出紫禁城，暂居父亲载沣的宅邸醇王府。溥仪后来逃往天津，那些陆续从皇宫带出的书画文物也被运往天津。随着 1932 年溥仪就任伪满洲国执政，书画文物被运往长春。1945 年 8 月，日本战败，溥仪仓皇准备出逃，留在长春"小白楼"的书画文物部分流入市场，人称"东北货"，《洞庭春色赋》《中山松醪赋》合卷便是其中之一。

1982 年 12 月，时任吉林市第五中学历史教师的刘刚，将父亲刘忠汉收藏的《洞庭春色赋》《中山松醪赋》合卷呈现给吉林的文史专家。据说刘忠汉是在长春市上购买此卷。1983 年 1 月 13 日，刘刚将此卷捐赠给吉林省博物馆。

《洞庭春色赋》写的是黄柑酒，《中山松醪赋》写的是松节酒，1094 年闰 4 月 21 日，57 岁的东坡从河北定州要往贬谪地岭南，途中遇大雨，留阻襄邑（今河南睢县），羁旅书怀，把自己创作的两篇关于酒的赋写在白麻纸上。

飞行 3794 公里，我抖落满身上海的冷冽冬雨，终于，924 年后，与你相见。

后记：2019 年 9 月 28 日，终于在吉林省博物院观赏久未全部展出的《洞庭春色赋》《中山松醪赋》合卷。

* * *

（一）

苏轼《洞庭春色并引》[1]（1091）

　　安定郡王以黄甘酿酒，谓之洞庭春色，色香味三绝，以饷其犹子德麟。

　　德麟以饮余，为作此诗。

　　醉后信笔，颇有沓拖风气。

　　二年洞庭秋，香雾长噀手。

　　今年洞庭春，玉色疑非酒。

　　贤王文字饮，醉笔蛟龙走。

　　既醉念君醒，远饷为我寿。

　　瓶开香浮座，盏凸光照牖。

　　方倾安仁醴，（潘岳《笙赋》云："披黄苞以授柑，倾缥瓷以酌醽"）。

　　莫遣公远嗅。

　　（明皇食柑，凡千余枚，皆缺一瓣，问进柑使者，云："中途尝有道士嗅之。"盖罗公远也。）要当立名字，未用问升斗。

　　应呼钓诗钩，亦号扫愁帚。

　　君知蒲萄恶，正是媒母黝。

1.《苏轼全集校注》诗集6，卷34，页3885。

须君滟海杯，浇我谈天口。

（二）

苏轼《洞庭春色赋并引》[1]（1092）

安定郡王以黄柑酿酒，名之曰洞庭春色，其犹子德麟得之以饷予，戏作赋曰：

吾闻橘中之乐，不减商山。岂霜余之不食，而四老人者游戏于其间？悟此世之泡幻，藏千里于一斑。举枣叶之有余，纳芥子其何艰。宜贤王之达观，寄逸想于人寰。袅袅兮秋风，泛天宇兮清闲。吹洞庭之白浪，涨北渚之苍湾。携佳人而往游，勒雾鬓与风鬟。命黄头之千奴，卷震泽而与俱还。糅以二米之禾，藉以三脊之菅。忽云蒸而冰解，旋珠零而涕潸。翠勺银罂，紫络青纶。随属车之鸱夷，款木门之铜镮。分帝觞之余沥，幸公子之破悭。我洗盏而起尝，散腰足之痹顽。尽三江于一吸，吞鱼龙之神奸。醉梦纷纭，始如髦蛮。鼓包山之桂楫，扣林屋之琼关。卧松风之瑟缩，揭春溜之淙潺。追范蠡于渺茫，吊夫差之惸鳏。属此觞于西子，洗亡国之愁颜。惊罗袜之尘飞，失舞袖之弓弯。觉而赋之，以授公子曰："呜乎噫嘻，吾言夸矣，公子其为我删之。"

1.《苏轼全集校注》文集1，卷1，页51—52。

新

加

坡

疗愈安抚系之
苏东坡

我曾谈过一位在病榻上翻阅苏东坡的相关著作，深受感动和启发，以至于心境转换，由濒死而复生的人的亲身体验。这位后来出院，创立"华夏苏东坡文化传播中心"，并担任执行董事的东坡同乡，把"发扬东坡精神"的活动办得红红火火。

近日认识了一位新加坡的出版工作者，听闻我研究苏东坡，很激动地告诉我："我和苏东坡有一段不解的缘分！"

我以为她要说她和苏东坡绵长而遥远的亲戚关系。南洋此地，卧虎藏龙，未必不可能有名人后代。

她睁着一双几乎要溢出水的眼睛，问我："那篇文章你熟吗？说'羽化登仙'的那篇。"

我说："是前《赤壁赋》。"

她马上点点头："对！对！就是讲赤壁的！"

我看着她，她的泪水却是要夺眶而出了。

"我的父亲，临终前，就是听着苏东坡的《赤壁赋》去世的。"她说：父亲青少年时从广东下南洋，在南洋经商谋生，好几位姑姑先后也来，都在南洋领洗，成为虔诚的天主教徒。

　　"我父亲不像姑姑们那么信教，他去世之前，心情很混乱。"她说，一位姑姑来看父亲，坐在父亲的病床边，拉着父亲的手，安慰他，说着生死的话题。父亲还是充满疲惫和恐惧。

　　姑姑说："我念《圣经》给你听，你闭眼听吧！"

　　父亲摇头，不想听《圣经》。

　　父亲就要离去，周围的人都有心理准备了。

　　大家看着父亲，他像在做无力挣扎。

　　姑姑说："我背苏东坡的文章好不好？"

　　父亲闭上了眼睛。

　　"壬戌之秋，七月既望，苏子与客泛舟游于赤壁之下。清风徐来，水波不兴……"

　　姑姑用潮州话念诵着，一手牵着父亲，一手轻拍他的手背。

　　抑扬顿挫，行云流水，父亲在苏东坡的文章里长眠了。

　　她叹了一口气："我好惊讶，有那么美的文章，顺着那节奏，心情变得安定。"

　　因父亲的葬礼而聚集的其他姑姑们，听了父亲临终前的事，不知不觉也陆续用潮州话背诵起《赤壁赋》。

　　"虽然我也领洗了，我也喜欢想象父亲最后是'羽化登仙'。我羡慕我的那些姑姑，会背潮州话的《赤壁赋》。苏东坡写的《赤壁赋》，是我父亲一辈子听到的最终声音。"她说。

　　　　　　　　　　　　陪你去看苏东坡（全新增订版）

***

苏轼《与范子丰八首》（之七）[1]（1083）

　　黄州少西，山麓斗入江中，石室如丹。传云曹公败所，所谓赤壁者。或曰：非也。时曹公败归华容路，路多泥泞，使老弱先行，践之而过，曰："刘备智过人而见事迟，华容夹道皆葭苇，使纵火，则吾无遗类矣。"今赤壁少西对岸，即华容镇，庶几是也。然岳州复有华容县，竟不知孰是？今日李委秀才来相别，因以小舟载酒饮赤壁下。李善吹笛，酒酣作数弄，风起水涌，大鱼皆出。山上有栖鹘，亦惊起。坐念孟德、公瑾，如昨日耳。适会范子丰兄弟来求书字，遂书以与之。李字公达云。元丰六年八月五日。

1.《苏轼全集校注》文集 7，卷 50，页 5421—5422。

我不要你死

有的人肉体死亡，精神还一直活着；有的人活着，却如行尸走肉。

有的人早已化为尘土，我们还时时想起；有的人从我们的记忆中消逝，即使他并未停止呼吸。

自从有学生告诉我："我最喜爱并且会背诵的唐诗是《水调歌头》——明月几时有……"我对我的工作充满了"危机感"和"挑战心"。

我所教的"唐诗"课程，是中文系的选修课，也开放给非中文系的同学选读。本来预设 40 位学生的名额，总是"供不应求"，必须多开名额"消化"长长的"候补"名单。虽然未必皆能足人所愿，但好歹我是很有诚意地尽力了。

因此，我常好奇，为什么大家很想修"唐诗"课呢？

我问学生选课动机，请学生写出一首"你喜爱并且会背诵的唐诗"的第一句。

这个"民意调查"不必具名，不影响成绩，目的是为了帮助我掌握学生们的知识程度和学习兴趣，所以完全接受"我没有任何一首喜爱并且会背诵的唐诗"的回答。我向学生们说："教育的成就之一是'转化'。'我没有任何一首喜爱并且会背诵的唐诗'，可能就是促使各位想要'转化'的动机。"

"我最喜爱并且会背诵的唐诗是《水调歌头》——明月几时有"，造成我的"危机感"，并不是学生无法区分唐诗和宋词，而是如果不是托邓丽君或王菲之口，透过流行歌曲传播，一代代的年轻人，是否还能记得"但愿人长久，千里共婵娟"？

我的"挑战心"，就在于"不要让经典死在当下"。宋儒说："为往圣继绝学。"倘若"经典"成为"绝学"，甚而断绝生命，是集体的"文化破产"。

在"唐诗"课，我会列出日本和韩国中小学教材里的"唐诗"，问同学们有没有"听过"？这带着"挑衅"意味的内容，常让同学们后来在学期结束时告诉我"感到震撼"。

可不是吗？经典是人类共享的智慧资源，一个族群的"文化破产"了，并不能阻碍其他族群来继承。

"你们中文系要学什么？毕业以后有什么出路？"类似的问题，每年的校园开放日（open house）都会有家长和学生提出。说起"就业率"，新加坡的中文系毕业生毫不逊色，有可观的数据。比较特别的是，2013年对于课程设置里有"古典文学"的询问度挺高，且看以下的对话：

问："古典文学是学什么？文言文吗？"

答："是的，包括诗词、小说、戏曲和古文。"

问："文言文会不会很难？要不要背？"

答："难是难，老师会教到你懂。念多了，就记住了。"（朱子说：看来看去，自然晓得。）

问："中文系为什么要读古典文学咧？"

答："和英语系读莎士比亚一样呀！古典文学是中文系的独门功夫，你想学英文法文日文泰文可以去补习班学，想学中国古文就要来中文系！"

应着学生对于《水调歌头》的着迷，我开设了东坡文学与艺术的课。

每次讲东坡的故事，从他到底是1036年生还是1037年生，到他在常州临终前的遗言，东坡在我的讲堂里活了一次，又死了一次。

东坡出生于北宋仁宗景祐三年农历12月19日，卯时，生肖属鼠，摩羯座。也就是公元1037年1月8日。去世于北宋徽宗建中靖国元年农历7月28日，也就是公元1101年8月24日。古人说他活到66岁，仔细算来，总共23603天，64.5年。

学生们看我如此较真，都笑了。我说："我们现在说的十二星座其实早在唐代以前就传来了。东坡自己都说自己命在摩羯呢！要不要排排看东坡的紫微斗数命盘？看他的流年大限？"

在东坡的生命周期曲线图上，清清楚楚，1079年是跌到谷底，有丧命之虞。可不是吗？他的人生转折点"乌台诗案"，正发生在那年啊！

这些稍稍"出格"的内容，拉近了和东坡的千年距离，更激起了大家探知东坡的兴趣。

东坡肉怎么做？有同学搜集了不同的食谱，在家演练烹调后带来班上让大家品尝。中国有多少用"东坡"命名的景点、学校？和他行迹有关的地方？用他的名号兴起的"文化创意产业"？一位同学的父亲从海南带回来新制的"东坡鸭"，我们轮流"传阅"那真空包装的精美食品，很想嗅出里面的香气。

学期结束前，我再和同学们回顾东坡的一生，算了一笔"账"。还记得东坡活了23603天吗？可知道他存世的作品有多少？4300多篇散文，2700到2900多首诗，320到360阕词！"乌台诗案"发生期间，妻子王闰之为了他的安危，烧掉了他的一些作品。他去世后，宋徽宗受宰相蔡京教唆，把反对王安石新法的309个大臣，无论是否健在，全部列入元祐党人，名刻于元祐党籍碑，下诏焚毁《东坡集》的印板——我们不晓得有多少东坡作品已永绝于人间。

我请同学们"推荐给现代读者，不可不知，不可不读的两首东坡诗或词"。参与的60位同学，选出了《念奴娇·赤壁怀古》（25票），以及同为16票的《和子由渑池怀旧》《蝶恋花·花褪残红青杏小》《江城子·十年生死两茫茫》。

"死了十年之后，还有人牢牢地记着你，思念你，真不枉费活一场，死了也值得。"我说。

当时全班鸦雀无声。推荐《江城子》的同学写道："我整个人呆掉了，热泪盈眶。"有同学后来回家念《江城子》给妈妈听，母女俩感动得一时"相顾无言"。

黄侃曾说:"死而不亡者寿。学有传人,亦属死而不亡。"不只是学术,文学艺术的永恒,就在"死而不亡"。我不但要当"传人",而且,我不要你死。

* * *

(一)

苏轼《和子由渑池怀旧》[1]（1061）

人生到处知何似,应似飞鸿踏雪泥。泥上偶然留指爪,鸿飞那复计东西。

老僧已死成新塔,坏壁无由见旧题。往日崎岖还记否,路长人困蹇驴嘶。

(二)

苏轼《蝶恋花》[2]（约1094）

花褪残红青杏小。燕子飞时,绿水人家绕。枝上柳绵吹又少,天涯何处无芳草。

墙里秋千墙外道。墙外行人,墙里佳人笑。笑渐不闻声渐悄,多

1.《苏轼全集校注》诗集1,卷3,页186。
2.《苏轼全集校注》词集,卷2,页691。

情却被无情恼。

（三）

苏轼《江城子》[1] （1075）

　　十年生死两茫茫，不思量，自难忘。千里孤坟，无处话凄凉。纵使相逢应不识，尘满面，鬓如霜。

　　夜来幽梦忽还乡，小轩窗，正梳妆。相顾无言，惟有泪千行。料得年年肠断处，明月夜，短松冈。

1.《苏轼全集校注》词集，卷1，页131。

躺平看星星 |

　　2019 年开始，我用录音和影像的方式，通过互联网，在我的播客"有此衣说"和 YouTube、Bilibili 频道纪念苏东坡的生日。

　　清代康熙三十九年（1700）宋荦和幕僚完成校补南宋的《施顾注东坡先生诗》，正值农历十二月十九日，苏东坡的生日，于是举行祭拜苏东坡的仪式。此后，翁方纲、毕沅仿效纪念，开枝散叶，新疆、海南，中国台湾、中国香港，甚至在东亚的韩国、日本都有纪念苏东坡生日的活动雅集，后来统称"寿苏会"。

　　2022 年，我在网上参加了台北行舟社举办的辛丑寿苏会，也和三位分别在北京、安庆和上海的"90后"男女青年录制我的播客节目，听他们怎么样在学校读教科书之前就遇见苏东坡，最小的是在 5 岁时。他们有对苏东坡的作品和文物的印象，还有近距离认识苏东坡的发现，比如苏东坡的金石学知识不足、苏东坡的旷达非常深沉，而且是从苦难里提炼出来的。

我们纪念苏东坡，究竟在纪念什么？

古代以来，对文化有贡献的名人，具体记录生日，而且被后人长期纪念的，除了孔子，几乎只有苏东坡。北宋仁宗景祐三年农历十二月十九日，卯时生，那天是公元 1037 年 1 月 8 日（星期六），他的生肖属鼠，摩羯座，那么清楚。我好奇排了一下他的紫微斗数命盘，和他的一生流年大运，真是"细思极恐"。

我们纪念苏东坡，我想，一是敬仰他的人格精神，用现代心理学的话来说，就是有"逆商"，百折不挠；二是感谢他的艺文成就，他是少数在世的时候就名扬海外的"国际畅销书作家"。他为汉语创造了两百多个成语，像是"庐山真面目"这样的诗句，日语和韩语里也还在使用。是被法国《世界报》（*Le Monde*）选为世界 12 大"千年英雄"的唯一华人。

第三，我今天想着重谈的，是他对生命的珍爱和人生价值的思想。一个重视自己生日，记得明明白白，还写收到什么生日礼物的人，会不会很自恋啊？他收到的生日礼物有什么呢？有茶叶、有古画，还有新编的笛子曲《鹤南飞》。这些和他相牵系的人情，让每一次生日都有了时间的印记。

大家现在在互联网上说苏东坡是网红、段子手、吃货、技术宅……念念不忘的，我想，是苏东坡告诉我们人生的各种"活法"。如果命运只能让我躺平，我就躺着看星星，吃苦当做吃补。等到翻身的那天，我再奋起。可惜命运并没有给苏东坡足够的岁月。

这样是不是很可惜呢？

我在"苏轼文学与艺术"的课堂和同学们讨论，详细计算，他总共活了两万三千六百多日，也就是 64.65 岁。和学者统计的宋代一般读书人的平均寿命 61.68 岁，只多活了不到 3 年，这么看来苏东坡的"活法"并没有让自己很长寿呀！于是，我在我的第 6 本写苏东坡的书——《倍万自爱：学着苏东坡爱自己，享受快意人生》里，谈了"养生"和"乐活"的想法。

人生总要有点什么，才算活着，才算活过。苏东坡填空的那个"什么"好丰富，已经抵过一般庸庸碌碌，混吃等死的人了。

所以，我们纪念苏东坡，是把我们平凡有限的生命和苏东坡的境界相连。我们在纪念的，是此时此刻，我们在这里，2022 年，别有意义的一天！

在公元 1037 年 1 月 8 日快要破晓的时候，四川眉山的一声婴儿哭声，过了 985 年，我们还在感谢他哭哭笑笑的人生，带给我们爱自己、爱人间、爱世界的勇气！

* * *

苏轼《送表弟程六知楚州》[1]（1086）

炯炯明珠照双璧，当年三老苏程石。里人下道避鸠杖，刺史迎门

1.《苏轼全集校注》，诗集，卷 27，页 2992—2993。

倒凫舄。我时与子皆儿童，狂走从人觅梨栗。健如黄犊不可恃，隙过白驹那暇惜。醴泉寺古垂橘柚，石头山高暗松栎。诸孙相逢万里外，一笑未解千忧积。子方得郡古山阳，老手风生谢刀笔。我正含毫紫微阁，病眼昏花困书檄。莫教印绶系余年，去扫坟墓当有日。功成头白早归来，共藉梨花作寒食。

漂洋过海卖掉你

　　我始终认为，就像图书馆是书最好的安顿处所，美术馆也是艺术品最好的归宿。

　　比起攒在私人收藏家手里，作为一个欣赏者和研究者，我宁可作品是放在美术馆，可以在展览期间前去观看，或是为了研究需要，特别申请借阅。虽然在私人收藏家府上和画廊、古物店也可能看得到作品，但毕竟不甚方便。

　　如同有些所谓的"海内孤本"书籍，研究者千辛万苦得到亲览的机会，写了洋洋洒洒的鸿文巨著，其他人难以一睹庐山真面目，要说共感共鸣，或是反思批评，都无以置一词。

　　也许这是我的偏见。文章，尤其是学术文章，假使只能孤芳自赏，实在可怜。当然，这并非意味研究者只能挑流行的学科领域或是迎合大众兴趣的话题，我自己的学术论文，也是属于"可怜"而"冷清"的那一类。正由于如此，颇能咀嚼个中滋味。

我想说的，是书籍和艺术品的"公器"意义。能够尽量让多人接触，即使不是原件，比如微卷（microfilm）、光盘、印刷品、复制品，在知识的传播和意趣的渲染上，都比"养在深闺人未识"有意义。"养在深闺人未识"固然有"待价而沽""奇货可居"的姿态，然则天长地久，世人总会遗忘。高不可攀之余，就是束之高阁，再也没有价值了。所以，我喜欢大方的图书馆和美术馆，无论他们收藏的是不是本国的书籍文物。

为了研究苏轼的书法《李白仙诗卷》，2009 年 4 月 18 日我去大阪市立美术馆借观。《李白仙诗卷》原是东洋纺绩株式会社社长阿部房次郎（1868—1937）先生家旧藏。阿部房次郎去世之后，其子阿部孝次郎于 1943 年遵其遗嘱，将作品寄赠给大阪市立美术馆，现为日本重要文化财产。

因为生意往来的关系，阿部房次郎多次前往中国，我以为他的数百件中国书画收藏是趁着去中国之便，在中国购得带回。先前我研究阿部先生的另一件收藏品，宫素然的《明妃出塞图》时，便这么猜想。这次请教了接待我的 N 先生，才晓得其实不然。阿部先生的收藏品，是透过原田悟朗（1893—1980）的"博文堂"取得。

N 先生给我看鹤田武良先生写的《原田悟朗氏聞書　大正―昭和初期における中國畫コレクションの成立》,（《中国明清名画展》，1992 年），解答了我许多的迷惑。"博文堂"是原田悟朗的祖父梅逸先生开设，本来在东京日本桥久松町的书店，出版医学、法律、经济和小说方面的书籍。原田悟朗的父亲后来将"博文堂"搬到大阪。原田悟朗的叔父小川一真（1860—1929）曾经留学美国学习摄影，归国后在银座开设写真馆，并参与冈仓天心创设的《国华》等美术杂志的图版制作。

辛亥革命后，大量的中国文物流入日本。经由内藤湖南（1866—1943）、犬养毅（1855—1932）、长尾雨山（1864—1942）等人的介绍，"博文堂"开始经营中国书画的收藏与转售。原田悟朗去过北京和上海，结识了陈宝琛、傅增湘、宝熙、阚铎、郭葆昌，包括罗振玉（1911—1919年寓居京都）等人，这些人都成为"博文堂"中国书画的提供者，也是阿部房次郎收藏品的来源。

原田悟朗回忆，阿部房次郎的几件著名收藏品的经历都是因缘际会。他在北京因关冕钧（1871—1933）介绍，得知宫素然《明妃出塞图》，当时关冕钧与一位法国人有约，怎料那个法国人生病无法赴约，最后回国去了。原田悟朗希望得到《明妃出塞图》，持有者是一位女士，经大仓组北京支店长中根齐（1869—？）从中斡旋，以唐代的白瓷交换得手。

东坡的《李白仙诗卷》是从银座"中华第一楼"餐馆的主人林文昭处得来。林文昭喜欢搜集砚石，原田悟朗收到林文昭的快信，得知《李白仙诗卷》有意出让，立即奔走张罗资金。他把《李白仙诗卷》带给内藤湖南品鉴，内藤起初半信半疑，然后认为是相当了不起的书法。犬养毅看了，也非常激赏。阿部房次郎得知消息，便向原田悟朗要求，如果出让《李白仙诗卷》，一定先通知。

《李白仙诗卷》果然进入阿部的收藏。1937年1月31日，即农历丙子十二月十九日，适逢东坡诞辰900周年。在长尾雨山主导的第五次"寿苏会"上，《李白仙诗卷》与当时同在日本的东坡《寒食帖》一起于京都展示，是为文坛盛事。

这些作品的身世遭遇，就算不够"离奇"，也让我长了见识。在大阪市立美术馆的地下室看《李白仙诗卷》，想象它从北方的金朝宰相蔡松年、元代的乔篑成，到明清江南苏杭一带的王鸿绪、高士奇、沈德潜、程桢义，它住过刘恕的苏州"留园"，又怎么漂洋过海到了日本银座的中华料理餐馆？

感谢阿部房次郎没有再把它转卖。戴着口罩仍能嗅到浓重的防虫剂气味，东坡书迹的纸面浮现隐约的芦苇野雁花纹，原来你就是属于水边波澜的啊？

"お疲れ様でした…"（您辛苦了……）

不知为何，心里冒出了这句日语。

辛苦了！东坡。

* * *

（一）

苏轼《李白仙诗卷二首》（《记李太白诗》，又名《李白谪仙诗》）[1]

其一

朝披梦泽云，笠钓青茫茫。寻丝得双鲤，内有三元章。

---

1. 高士奇：《江村销夏录》（上海古籍出版社 2011 年版），卷 3，页 337—338。

篆字若丹蛇，逸势如飞翔。还家问天老，奥义不可量。

金刀割青素，灵文烂煌煌。咽服十二环，奄见仙人房。

莫跨紫鳞去，海气侵肌凉。龙子善变化，化作梅花妆。

赠我累累珠，靡靡明月光。劝我穿绛缕，系作裙间裆。

挹子以携去，谈笑闻遗香。

其二

人生烛上花，光灭巧妍尽。春风绕树头，日与化工进。

只知雨露贪，不闻零落近。我昔飞骨时，惨见当涂坟。

青松霭朝霞，缥缈山下村。既死明月魄，无复玻璃魂。

念此一脱洒，长啸登昆仑。醉着鸾皇衣，星斗俯可扪。

若芬按，以下文字《李白仙诗卷》无：

余顷在京师，有道人相访，风骨甚异，语论不凡。自云："常与物外诸公往还。"口诵此二篇，云："东华上清监清逸真人李太白作也。"

可爱者不可信

最近我被自己的偏执拗气纠结着。陷入"保留一个美好的传奇"和"揭露事实真相"的矛盾。

所以我有违"学术良知"地企图寻求证成美好传奇的理由，以及解释那个捏造的口述历史的诸多可能性。

我站在资料的周边，绕着它们打转。我反复读着自己以前写的，相信那个说词的文章，"今是昨非"。我绝不胆怯承认错误，只是鸵鸟心态，想：如果让接受谎言的人们，都继续沉醉其中，未尝不是一种愉快。

现在有个词，叫做"认知升级"。我的学术研究生涯里，屡次发现人云亦云的事件之无稽，自我"认知升级"，并撰文供读者"认知升级"。这一次，我回到少女时代读小说的情状，明知道主角的结局是死，不读到最后，情节便不会发展到命终。假使我不"升级"，就能让认知停留吧？

兜兜转转半天，要说的是苏轼《寒食帖》怎么被卖去日本的经过。

我曾经引述鹤田武良访问日本"博文堂"主人原田悟朗的内容，谈到《寒食帖》和南宋李生《潇湘卧游图》是由郭葆昌的亲戚介绍转手，原田悟朗亲自携带两件宝物到日本。

原田悟朗说他带《寒食帖》和《潇湘卧游图》乘船，过程很艰辛，拿回日本的时候，是"贴身"一般，紧紧地把作品抱回来的。乘船的时候也是，那时候还没有塑料薄膜，所以就用几张油纸包着，心想就算是船沉了，挂在脖子上也要游回来、带回来。

郑文堂导演拍摄过以《寒食帖》为主轴的电影《经过》，讲述一位自由作家、作家任职于故宫博物院的女友，还有到台湾旅游的日本青年，三人因《寒食帖》交织的世事人情。日本青年的祖父曾经修护过《寒食帖》，睹物思人，分外感怀。

我异想天开，觉得电影编剧如果把日本青年的祖父设定为原田悟朗，大海航行，颠簸浮沉，为了《寒食帖》奋不顾身，戏剧张力一定更强！

《潇湘卧游图》的题跋里，有吴汝纶在1902年于东京观览此图的记录，如果原田悟朗带了《潇湘卧游图》和《寒食帖》去日本，时间应该在1902年之前。然而，这是说不通的——1902年原田悟朗还不到10岁，况且那时《寒食帖》仍在中国。

对舶载《寒食帖》的景况想象太过着迷，我的脑子自动排除了原田悟朗说的疑点，"照单全收"了他谈中国文物在20世纪初转卖入日本的因缘际会。

鹤田武良的访问稿后来有了中文翻译，影响扩大，我读着引用译文的论述，内心开始不安。译文有些错误，比如把原田悟朗的名字写成"原田悟郎"；把原田悟朗对收购《寒食帖》的东海银行行长菊池惺堂说的话："请让我用这个做抵押，借点钱给我。"翻译成"我可以担保并且借钱给您。"意思完全相反。

我的不安，在整理自己数年来研究苏轼书艺的结果，准备编辑出版成书时，终于敌过对于传奇的沉沦。有好些证据能指明原田悟朗带《寒食帖》去日本的回忆是"幻想"，而清清楚楚、明明白白，在学者内藤湖南的跋语里早就记录，是1922年颜世清带去日本出售的。我怎么就爱调弄悬念，不老老实实接受内藤湖南毫无夸饰的文字呢？

再仔细读内藤湖南的书简，他写信给妻子分享旅行见闻；他写信给友人讨论学问；他也写信给原田悟朗，为了筹措开刀的手术费用，请原田悟朗帮他处理变卖个人收藏品。甚至，我还注意到，1923年关东大地震之后，菊池惺堂冒死赴火抢救出的《寒食帖》有半年之久寄放在内藤湖南家里。菊池惺堂损失惨重，东海银行被并购，内藤湖南没有趁机把《寒食帖》据为己有。

这世界不缺编造的传奇，即使是口述回忆。

走出纠结，我直视内藤湖南和妻子田口郁子的墓，行了长长的注目礼。

王国维《三十自序·二》[1]

……余疲于哲学有日矣。哲学上之说，大都可爱者不可信，可信者不可爱。余知真理，而余又爱其谬误。伟大之形而上学，高严之伦理学，与纯粹之美学，此吾人所酷嗜也。然求其可信者，则宁在知识论上之实证论，伦理学上之快乐论，与美学上之经验论。知其可信而不能爱，觉其可爱而不能信，此近二三年中最大之烦闷，而近日之嗜好所以渐由哲学而移于文学，而欲于其中求直接之慰藉者也。要之，余之性质，欲为哲学家则感情苦多，而知力苦寡；欲为诗人，则又苦感情寡而理性多。诗歌乎？哲学乎？他日以何者终吾身，所不敢知，抑在二者之间乎？

1.《王国维散文》(上海科学技术文献出版社 2013 年版)，页 184。

　　"那个……"观看过全卷书迹和金代以来的题跋，我收起相机，还是忍不住问："那个，嗯，著录里说到，这件是砑花笺白纸，芦雁纹，是什么意思？"

　　他严肃的表情，突然像寒冬冰解，春暖大地，肌肉整个放松，牵动了似乎微笑的嘴角。

　　"请等一下。"他说完，走出库房阅览室。

　　我环顾这博物馆秘地般的库房阅览室。铺了蓝厚毡布的长桌，上面是我正在研究的作品。长桌抵着分成五格的长木架，每格有编号。木架旁的大桶里插着长短不一的木棍、竹叉和绿色席子。我身旁另一边墙前，散放了几张折叠椅、翻拍藏品用的灯架……。

　　知道不宜轻举妄动，我垂手低头，再细看眼前的书迹。那浓重的墨渗透纸内，凝聚于笔势。虽然多次看过图像，亲睹真迹，我仍被神韵撼动。

有他陪同，我的学者姿态还能维持理智客观；和这书迹独处，好像心里的堤防被浪涛波波冲击——我想，要不要移步去角落稍坐？

他进来，提着一个探照灯样的手电筒。

"砑花笺……"他说。打开手电筒斜照向书迹，指引我偏转视角，侧面欣赏，一条条向上伸展，左右交错，遒劲的芦苇纹刹时浮现纸上！

真的——

我左手捏着手帕掩口，右手食指朝着那隐藏在字里的花纹。

没有保持"安全距离"，我的食指几乎要碰触纸面，赶紧往后倒退了一步。

他调整了手电筒的照射角度，让我看到更多纸的理路和花纹。

"可以摸摸看，感觉……"他说。

我听错了吗？瞪大眼睛看着他。

他点点头。没错，那是微笑。

我右手食指怯生生地滑过不平缓的纸面，不晓得是花纹还是纸的裂纹，质感比想象的粗。

像是被心爱的人亲吻了掌心，我竟然觉得脸庞发热。

许多事情，许多经历的意义，在那片刻当下，是毫无察觉的。

时间会给我们答案，即使事过境迁。

近日在修订《书艺东坡》，参观过台北故宫博物院"宋代花笺特展"，才注意到，也许，2009年那个在大阪和东坡的墨宝亲密接触的春天，已经埋下了一个私底的心愿：我要用我的方法，为我爱我好奇的东坡书法，说出一番意趣。

除了根据作者生平，依照他的生命历程，将他的存世书迹排列顺序，整理出个人风格的分期发展，和同时代的其他人并置，比如北宋四家的"苏、黄、米、蔡"；再把他放进整体的书法演进过程，定出书法史的坐标地位，我们还可以怎么理解书法家和他的作品呢？

《书艺东坡》是我的第 3 本研究苏轼的专书，也是我出版的第 9 本学术著作。书里，我用文图学的方法，解读苏轼的几件名迹：题跋最多的《天际乌云帖》、评价最高的《黄州寒食帖》、内容最玄的《李白仙诗卷》、篇幅最长的《洞庭春色赋》与《中山松醪赋》合卷，以及临终前不久写的《答谢民师论文帖卷》。我讨论苏轼的书法写什么、怎么写、为何写，还有这些作品流传递藏的生命历程。在历代中外人士接触苏轼墨宝的故事里，我发现为苏轼庆生的"寿苏会"活动在东亚文化交流里的意义。

"字形"和"字义"的有意识组合，书写汉字成为一种"技术"和"艺术"，就是"书艺"。输送和承载"书艺"的工具直接影响表达的效果："工欲善其事，必先利其器。"笔墨纸砚文房四宝，各有其门道，然而后世的我们只能看到纸上的墨迹，不容易确断书法家用的是哪一支笔，研的是什么墨，唯有纸张，可见可触，可惜我们研究得还不够。

经过台北故宫博物院何炎泉先生的解说，才明白"砑花"是用刻有花纹的雕版在纸上砑出凹凸纹饰。目前能找到的最早砑花笺是北宋的实物，存世 31 件北宋砑花笺书迹，有 6 件是苏轼的笔墨。

我手感的"粗",原来是纹路的起伏啊!

在花纹不明显的纸上书写,暗自传达郑重的心情,收信的人可知晓?在不同的光线和视角下反复捧读,纸上隐约的双凤牡丹,是东坡对友人"万万以时自重"的叮咛和期许。

晏几道词:"相思本是无凭语,莫向花笺费泪行"。一纸花笺诉相思,若心神相通,端详情影,万千泪行,不费。

* * *

(一)

苏轼《答谢民师论文帖卷》(《与谢民师推官书》) [1] (1100)

轼启。近奉违,亟辱问讯,具审起居佳胜,感慰深矣。轼受性刚简,学迂材下,坐废累年,不敢复齿缙绅。自还海北,见平生亲旧,惘然如隔世人,况与左右无一日之雅,而敢求交乎?数赐见临,倾盖如故,幸甚过望,不可言也。

所示书教及诗赋杂文,观之熟矣。大略如行云流水,初无定质,但常行于所当行,常止于不可不止,文理自然,姿态横生。孔子曰:"言之不文,行而不远。"又曰:"辞达而已矣。"夫言止于达意,即疑若不文,是大不然。求物之妙,如系风捕影,能使是物了然于心者,盖千万人而不一遇也。而况能使了然于口与手者乎?是之谓辞达。辞

1.《苏轼全集校注》,文集,卷7,卷49,页5291—5293。

至于能达，则文不可胜用矣。扬雄好为艰深之词，以文浅易之说，若正言之，则人人知之矣。此正所谓雕虫篆刻者，其《太玄》《法言》皆是类也。而独悔于赋，何哉？终身雕虫，而独变其音节，便谓之经，可乎？屈原作《离骚经》，盖风、雅之再变者，虽与日月争光可也。可以其似赋而谓之雕虫乎？使贾谊见孔子，升堂有余矣，而乃以赋鄙之，至与司马相如同科！雄之陋，如此比者甚众。可与知者道，难与俗人言也。因论文偶及之耳。欧阳文忠公言文章如精金美玉，市有定价，非人所能以口舌定贵贱也。纷纷多言，岂能有益于左右。愧悚不已。

所须惠力法雨堂字。轼本不善作大字，强作终不佳，又舟中局迫难写，未能如教。然轼方过临江，当往游焉。或僧有所欲记录，当作数句留院中，慰左右念亲之意。今日已至峡山寺，少留即去。愈远。惟万万以时自爱。不宣。

（二）
晏几道《鹧鸪天》[1]

醉拍春衫惜旧香。天将离恨恼疏狂。年年陌上生秋草，日日楼中到夕阳。　　云渺渺，水茫茫。征人归路许多长。相思本是无凭语，莫向花笺费泪行。

1.《小山词笺注》，收入张草纫笺注：《二晏词笺注》（上海古籍出版社 2008 年版），页322。

和李公麟《五马图》面对面

过马路时发现很多人和我同一个方向，都是朝着根津美术馆。距离开馆还有 15 分钟，长长的队伍，轻轻的谈笑，初秋的阳光斜映在走道边的竹丛，大家都和我一样，和北宋的文人画家李公麟有约吧。

径直走到一楼展厅最后面，经过几位和服盛装的女士。把参观博物馆展览当成慎重高雅的事情，讲究端庄品味，我也不禁稍稍看了看自己的衣裳。

开幕式上，创馆人根津嘉一郎的后人根津公一馆长提到，这里举办过几次重要的特展，我想到 2004 年的《南宋绘画——才情雅致的世界》、2005 年的《明代绘画与雪舟》，以及这次的《北宋书画精华》，我都托策展人板仓圣哲教授之福，得以亲近名品，百闻不如一见。松原茂副馆长说，根津美术馆收藏有国宝尾形光琳的《燕子花图》，"光琳"和本次的亮点画家李公麟的名字"公麟"日语同音，信是有缘。

是啊！缘分正始于板仓教授连续成功策展所显示的专业素养和学术实力，收藏家或许默默观察了 10 年，终于决定将隐迹江湖 80 多年的李公麟《五马图》委托于他。

李公麟是苏东坡的友人，擅长绘画，两人曾经联合作画，苏东坡也多次为李公麟的作品题写。说起北宋绘画的高峰，必定要数李公麟，可惜存世的真迹不多。

多年以前，板仓教授就告诉我，李公麟《五马图》应该还在世间。我说："不是毁于战火了吗？"2014 年是马年，我应北京故宫博物院《紫禁城》杂志邀请，写一篇和马有关的文章。我立即想到画马高手李公麟把马画死的故事。《宣和画谱》记载："（李公麟）尝写骐骥院御马，如西域于阗所贡，好头赤、锦膊骢之类，写貌至多，至围人恳请，恐并为神物取去。"说的是李公麟画了很多宫廷养的马，非常逼真肖似。管理马的人请李公麟不要再画马了，因为担心马的精神魂魄被李公麟的笔夺去。被画死的马，叫做"满川花"，是一匹有斑点的杂色马，就写在曾纡为李公麟《五马图》写的题跋里。我的文章题目是《画杀满川花——画马异事的神秘与超越》，我以为《五马图》下落不明，只有珂罗版图像流传。

后来再从板仓教授处得知，《五马图》的珂罗版图像有误，五匹马的顺序和画卷不一致，而且，最惊人的是：《五马图》不是黑白的白描画，是设色的！我相信他亲眼见过《五马图》了，但是，在哪里？他说在收藏家府上。收藏家是谁？是末延道成的后人吗？还是转手了？画的状况怎么样？

我的一连串好奇都不能得到正面的回答，我知道板仓教授在处理《五马图》了，必须保密。最后我只问了关键的问题："外人有机会看到吗？"他说："要时间，有希望。"我猜，《五马图》会借出或是寄赠给美术馆或博物馆。

2018年，在大阪市立美术馆《阿部房次郎与中国书画》展览会场，板仓教授打开他的笔记本电脑，我看到了彩色高清的《五马图》局部，和可能是南宋官方的"睿思殿"印，传说中的梦幻之笔，就要在东京国立博物馆公开了！

虽然不像板仓教授初次接触《五马图》时候的双手颤抖，浑身冒汗，2019年2月1日，站在展柜前面，低调栖身于颜真卿主题展的《五马图》，还是使我心潮澎湃：你，真的，还活着！还活得幽静娴雅！那么多前辈学者感慨无缘一窥的你，我，何其有幸，和芥川龙之介一样，能和你面对面。

展览过后，《五马图》由冈墨光堂修护整理。在植松瑞希女士的调查报告书中，聚精会神的工作人员戴着口罩的照片引起我的注意。戴口罩工作本是修复师的日常，想到那时是新冠疫情期间，那样的日常却又是非比寻常。

2022年，《五马图》修理完成公之于世，可惜我无法飞去东京。

终于，2023年再偿夙愿，看了三回，每回都有新的意趣和疑惑。既赞叹那流畅洗练的线条、恰到好处的敷色，又不知该如何理解那些笔法不一的题签。我退出观画的人群，看着他们的背影：熬过大患，活着，真好！一眨眼，热泪如涌泉。

李公麟《五马图》

黄庭坚　跋

余尝评伯时人物，似南朝诸谢中有边幅者，然朝中士大夫多叹息：伯时久当在台阁，仅为喜画所累。余告之曰：伯时丘壑中人，暂热之声名，傥来之轩冕，此公殊不汲汲也。此马骎骏，颇似吾友张文潜笔力，瞿昙所谓识鞭影者也。黄鲁直书。

曾　纡　跋

余元祐庚午岁，以方闻科应诏来京师，见鲁直九丈于酺池寺。鲁直方为张仲谟笺题李伯时画天马图。鲁直谓余曰：异哉！伯时貌天厩满川花，放笔而马殂矣。盖神骏精魄，皆为伯时笔端取之而去，实古今异事。当作数语记之。后十四年，当崇宁癸未，余以党人贬零陵，鲁直亦除籍徙宜州，过余潇湘江上，因与徐靖国、朱彦明道伯时画杀满川花事，云此公卷所亲见。余曰：九丈当践前言记之。鲁直笑云：只少此一件罪过。后二年，鲁直死贬所。又廿七年，余将漕二浙，当绍兴。辛亥至嘉禾，与梁仲谟、吴德素、张元览泛舟访刘延仲于真如寺，延仲遽出是图，开卷错愕，宛然畴昔。拊事念往，逾四十年忧患余生，巍然独在，彷徨吊影，殆若异身也。因详叙本末，不特使来者知伯时一段异事，亦鲁直遗意。且以玉轴遗延仲，俾重加装饰云。空青曾纡公卷书。

睁眼做梦

在北京外国语大学秦刚教授的文章《芥川龙之介赏〈五马图〉：完美的现实主义》中读到日本小说家芥川龙之介在 1921 年 6 月 11 日至 7 月 10 日访问北京。那期间他曾经在溥仪的老师陈宝琛府上（位于灵境胡同）观赏过一些清宫收藏的名画，其中包括李公麟的《五马图》，留下了法语"toute réaliste"的笔记，意思是"完全写实"（完美的现实主义）。

在那之前的 1920 年，芥川龙之介根据明末清初画家恽寿平《瓯香馆集》卷 12 中的《记秋山图始末》，写了小说《秋山图》。《记秋山图始末》记载王石谷告诉恽寿平关于黄公望《秋山图》的故事。王石谷的忘年笔墨交王时敏听老师董其昌说：《秋山图》是宇内奇作，现在藏于润州张府，应该前往拜观。王时敏拿了董其昌的介绍信，如愿见到《秋山图》，恽寿平的形容是："一展视间，骇心洞目。"此后，王时敏对《秋山图》念念不忘，希望向张氏购买而不得。50年后,《秋山图》易主,王时敏再去新藏家王氏府上,观感却大不如前,怀疑是赝本。恽寿平于是叹道:"奉常曩所观者,岂梦邪?神物变化邪?抑尚埋藏邪?或有龟玉之毁邪?"说王时敏以前看画的经历,难道是做梦?《秋山图》是神仙变化的吗?或者埋藏在秘密的地方?还是已经毁坏?

带有杂谈野史性质的《秋山图》故事,到了芥川龙之介笔下,更为玄妙奇幻。他描写张氏展示《秋山图》时,"像少女似的羞红了脸,露出寂寞的微笑",说:"事实上,每次我看着那幅画,都觉得自己在睁着眼睛做梦。不错,《秋山图》很美,但这美,是否只有我觉得呢?别人来看,也许认为只是一张平庸的画。——不知为何,这样的疑惑一直困扰着我。我不知道这是由于我的犹豫,还是因为画太美了,不适合出现在世上。"

这样微妙的感觉,正是我看李公麟《五马图》的心情。

在画册和互联网上看过无数次的图像,在亲临展场前,也已经知道过往图像的偏差和误解,当我面对横铺在眼下的《五马图》,不是"原来如此"的恍然大悟,而是"怎会这样"的迷惘。——怎么比想象的小幅?颜色怎么保持得这么好?不是说没有整修过吗?纸张怎么这么干净?近乎雾白,和图版的淡褐色不一样……

我屏气凝神,怕呼吸弄潮了玻璃;时而退身抬头,环顾四周,很想问问其他人:"真的笔墨超逸,收放自如,设色恰到好处,精准的高手,极品!是吗?"许多因为找不到比较的基准点,无法解答的鞍马画、人物画、宗教画传承和定位的困难;那些来不及一睹

陪你去看苏东坡(全新增订版)

《五马图》而将谜团带进坟墓的遗憾……只有我这样情绪起伏，思绪翻腾吗？我不是小说《秋山图》里的张氏，为什么也脸颊发烫？这不是严谨的学者应该有的激动，说出来更让人难为情啊。

"完全写实"的《五马图》和芥川龙之介倾向纠结迷离、如幻似真的风格不同。他1927年去世，不晓得1930年《五马图》被陈宝琛的外甥刘骧业经手，通过古董商江藤涛雄卖给末延道成。1933年被日本政府指定为重要美术品。出售过程中，还一度可能献给天皇。比起《秋山图》，《五马图》的政治内涵好像缺少了单纯欣赏山水的自然美感。

然而，透过我研究苏轼为李公麟的另一幅画作《三马图》的题赞，学者考证《五马图》与史实不符的题签问题，便可迎刃而解：《三马图》是《五马图》之后，苏轼请李公麟画的作品，绝非顺序相反，以为《三马图》加上两匹马就是《五马图》。两幅作品都不是原原本本的对物写生和历史记录，而是如李公麟自己的艺术观——"如骚人赋诗，吟咏性情"。一人一马的构图组合，显示二者的紧张或亲密关系，比起北朝墓室壁画的骑马飞奔、唐太宗《昭陵六骏》的帝国威权，《五马图》很细腻地处理了人与动物的交流，有调节、有掌控、有抵抗、有驯服。

就算只有我这样想，但睁眼做梦，不是很美吗？

* * *

苏轼《三马图赞》（1097）[1]

元祐初，上方闭玉门关，谢遣诸将。太师文彦博、宰相吕大防、范纯仁建遣诸生游师雄行边，饬武备。师雄至熙河，蕃官包顺请以所部熟户除边患，师雄许之，遂禽猲羌大首领鬼章青宜结以献。百官皆贺，且遣使告永裕陵。时西域贡马，首高八尺，龙颅而凤膺，虎脊而豹章。出东华门，入天驷监，振鬣长鸣，万马皆喑，父老纵观，以为未始见也。然上方恭默思道，八骏在庭，未尝一顾。其后圉人起居不以时，马有毙者，上亦不问。明年，羌温溪心有良马，不敢进，请于边吏，愿以馈太师潞国公，诏许之。蒋之奇为熙河帅，西蕃有贡骏马汗血者。有司以为非入贡岁月，留其使与马于边。之奇为请，乞不以时入事下礼部。轼时为宗伯，判其状云：朝廷方却走马以粪，正复汗血，亦何所用？事遂寝。于时兵革不用，海内小康，马则不遇矣，而人少安。轼尝私请于承议郎李公麟，画当时三骏马之状，而使鬼章青宜结效之，藏于家。绍圣四年三月十四日，轼在惠州，谪居无事，阅旧书画，追思一时之事，而叹三马之神骏，乃为之赞曰：吁鬼章，世悍骄。奔贰师，走嫖姚。今在廷，服虎貂。效天骥，立内朝。八尺龙，神超遥。若将西，燕昆瑶。帝念民，乃下招。简归云，逝房妖。

1.《苏轼全集校注》，文集，卷21，页2367—2368。

附

录

苏轼家族谱系

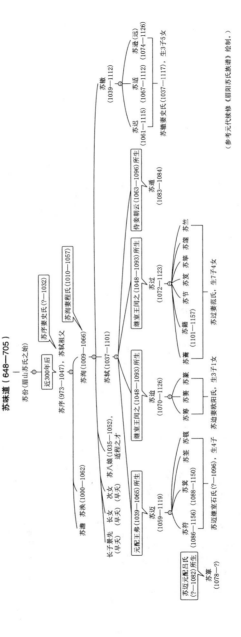

苏味道（648—705）

苏份（眉山苏氏之始）

近300年后

苏序（973—1047），苏轼祖父

□ 苏序妻史氏（？—1032）

苏洵（1009—1066）

□ 苏洵妻程氏（1010—1057）

苏澹（1000—1062）

苏涣（1000—1062）

长子景先　长女　改女　苏八娘（1035—1052），
（早天）（早天）（早天）　适程之才

苏轼（1037—1101）□

苏辙（1039—1112）□

元配王弗（1039—1065）所生
继室王闰之（1048—1093）所生
侍妾朝云（1063—1096）所生

苏迈
（1059—1119）
苏迨
（1070—1126）
苏过
（1072—1123）
苏遁
（1083—1084）

苏迈元配吕氏
（？—1082）所生

苏箪
（1078—？）

苏符　苏箕　苏签　苏筌
（1086—1156）（1088—1150）
苏迈继室石氏（？—1096），生4子

苏篹　苏签　苏篐　苏钱
苏迨妻欧阳氏，生子3子女

苏籍　苏筚　苏节　苏笃　苏笞
（1101—1157）
苏过妻范氏，生子4子女

苏迟　苏适　苏远（远）
（1061—1115）（1067—1112）（1074—1126），生3子5女
苏辙妻史氏（1037—1117）

（参考元代续修《眉阳苏氏族谱》绘制。）

"乌台诗案"始末

乌台诗案始末—北宋神宗元丰二年（1079）

《元丰续添苏子瞻学士钱塘集》出版——1078年至1079年初

（1079年）4月20日到湖州任知州

4月29日《湖州谢上表》有云："（陛下）知其愚不适时，难以追陪新进；察其老不生事，或能牧养小民"

7月2日，监察御史里行舒亶札子：苏轼文字"小则镂板，大则刻石，传播中外，自以为能"

7月3日，御史中丞李定札子：苏轼有可废之罪四，其二为"傲悖之语，日闻中外"

7月4日，监察御史里行何正臣札子：苏轼《湖州谢上表》"愚弄朝廷，妄自尊大，宣传中外，孰不叹惊"

7月28日，中使皇甫遵到湖州押送苏轼至汴京御史台

8月18日，苏轼被押赴御史台入狱

8月20日，开始审讯苏轼

10月20日，太皇太后曹氏卒。曹氏为仁宗皇后，神宗祖母

8月20日至11月20日苏轼供状。供出《山村》诗等反对新法，讥讽朝廷。并与王诜、张方平、黄庭坚等人往来文字

11月30日，御史台奏上审讯结果

12月初，大理寺初判，苏轼"当徒二年，会赦当原"。即可降两官抵两年徒刑，因皇上宽宏而赦免无罪

12月初，李定等人不服大理寺初判，上神宗疏，言苏轼罪重，当"特行废绝"

12月，审刑院同意大理寺初判，判决苏轼"原免释放"。上神宗最后裁定

12月28日，神宗圣旨：苏轼可责授检校水部员外郎充黄州团练副使，本州安置，不得签书公事。王诜、王巩、苏辙三人谪降。张方平等22人罚铜

陪你去看苏东坡（全新增订版）

苏东坡生平大事年表

年份	年龄	事　迹	地　点	本书提及作品	本书文章
北宋仁宗景祐三年〔丙子〕农历十二月十九日公元1037年1月8日	1	1. 苏轼字子瞻，一字和仲，又字子平。 2. 祖父苏序，祖母史氏。 3. 父亲苏洵，字明允。母亲程氏，大理寺丞程文应之女。 4. 乳母任采莲。	四川眉山纱縠行（今三苏祠）		《东坡家的月光》《程夫人不急着吃棉花糖》
宝元二年〔己卯〕1039	3	2月，弟苏辙生。辙字子由，一字同叔，又称卯君，小字九三郎。	四川眉山		
庆历二年〔壬午〕1042	6	开始读书。知欧阳修、梅尧臣文名。	四川眉山		
庆历三年〔癸未〕1043	7	眉州朱姓老尼时年90岁，自言尝其随师入蜀之孟昶宫中，能记宫词。	四川眉山	后苏轼作《洞仙歌》（1082）	《洞中神仙不怕热》
庆历四年〔甲申〕1044	8	入天庆观北极院从道士张易简读小学。得知石介《庆历圣德诗》。	四川眉山		
庆历六年〔丙戌〕1046	10	父亲苏洵周游四方，母程夫人亲自授书，读《后汉书·范滂传》。	四川眉山	《记先夫人不发宿藏》《记先夫人不残鸟雀》《梦南轩》（1097）	《程夫人不急着吃棉花糖》
庆历七年〔丁亥〕1047	11	5月11日，祖父苏序卒。	四川眉山	（约本年）苏洵《名二子说》	《世界上最短的咒语》
庆历八年〔戊子〕1048	12	苏轼于纱縠行隙地中得异石。	四川眉山	后苏轼作《天石砚铭并叙》（1084）	《阴影的背面》

年份	年龄	事 迹	地 点	本书提及作品	本书文章
至和元年〔甲午〕1054	18	与青神县乡贡进士王方之女王弗结婚。王弗时年 16 岁。	四川眉山		《四遇三星堆》
至和二年〔乙未〕1055	19	苏辙 17 岁，与史氏结婚。史氏时年 15 岁。	四川眉山		
嘉祐元年〔丙申〕1056	20	1. 3月，苏洵带领苏轼、苏辙赴京师应试。 2. 父子三人行至河南，马死于二陵，骑驴至渑池，停歇于奉闲僧舍。 3. 5月抵京师，馆于兴国寺浴院。 4. 7月3日，于开封景德寺发解试。袁毂第一，苏轼第二，子由亦中举。	河南开封		
嘉祐二年〔丁酉〕1057	21	1. 1月6日，参加开封省试。《刑赏忠厚之至论》被欧阳修误认为曾巩之作，列为第二名。省试结果：省元李寘。苏轼、苏辙合格。 2. 3月5日—7日，仁宗亲试崇政殿。状元章衡。苏轼初列丙科第五甲，后升为乙科第四甲，赐进士出身。 3. 4月8日，母亲程夫人病故，年48。苏洵父子回蜀奔丧。	河南开封	《刑赏忠厚之至论》	《爱我还是害我》
嘉祐三年〔戊戌〕1058	22	在家丁忧。	四川眉山		

陪你去看苏东坡（全新增订版）

年份	年龄	事　迹	地　点	本书提及作品	本书文章
嘉祐四年〔己亥〕1059	23	丁忧期满。10 月还朝。苏氏父子三人经嘉州走水路，出三峡。妻王弗随行，长子苏迈出生。	三峡、重庆、武汉	《初发嘉州》《郭纶》《南行前集叙》《新滩阻风》《渝州寄王道矩》《江上值雪效欧阳体限不以盐玉鹤鹭絮蝶飞舞之类为比仍不使皓白洁素等字，次子由韵》	《重庆棒棒军》《作诗如作战》《老大说了算》《武汉麻木》
嘉祐五年〔庚子〕1060	24	2 月 15 日，苏氏父子抵达京师。朝廷授苏轼河南福昌县主簿，不赴。	河南开封	《诸葛亮论》	《为什么李白、杜甫不是千年英雄?》
嘉祐六年〔辛丑〕1061	25	1. 8 月 17 日，苏轼兄弟通过秘阁考试制科—贤良方正能直言极谏。2. 8 月 25 日，仁宗亲试崇政殿制科试。苏轼三等，苏辙四等。第一和第二等为虚设。3. 苏轼授大理评事，签书凤翔府节度判官。11 月赴凤翔，子由送至郑州。12 月 14 日到任。	河南开封	《魏武帝论》《辛丑十一月十九日，既与子由别于郑州西门之外，马上赋诗一篇寄之》《和子由渑池怀旧》	《东京梦花落》《为什么李白、杜甫不是千年英雄?》《我不要你死》
嘉祐七年〔壬寅〕1062	26	凤翔府节度判官任上。	陕西凤翔	《病中大雪数日未尝起观虢令赵荐以诗相属戏用其韵答之》	《作诗如作战》
嘉祐八年〔癸卯〕1063	27	凤翔府节度判官任上。	陕西凤翔	苏辙《记岁首乡俗寄子瞻二首》《和子由踏青》《和子由蚕市》《客位假寐》	《东坡长得怎样》《踏青》

年份	年龄	事　迹	地　点	本书提及作品	本书文章
英宗治平元年〔甲辰〕1064	28	12月17日，罢凤翔签判。自凤翔赴长安。	陕西凤翔		
治平二年〔乙巳〕1065	29	1. 1月还朝。判登闻鼓院，直史馆。 2. 5月28日，妻王弗病卒于京师，年27。	河南开封	《亡妻王氏墓志铭》	《说不》
治平三年〔丙午〕1066	30	1. 在京师，直史馆。 2. 4月25日，父苏洵病逝于京师，年58。	河南开封		
治平四年〔丁未〕1067	31	在家居丧。	四川眉山		
神宗熙宁元年〔戊申〕1068	32	1. 10月，续娶王弗堂妹、王介幼女王闰之为妻。王闰之时年21岁。 2. 冬，与弟辙携家赴汴京，途中在长安度岁。	四川眉山		
熙宁二年〔己酉〕1069	33	2月还朝，在京任殿中丞直史馆判官告院。反对王安石实行新法。	河南开封	《石苍舒醉墨堂》	《一块宋砖》
熙宁三年〔庚戌〕1070	34	1. 苏轼在京，以直史馆权开封府推官。 2. 二子苏迨生。	河南开封	《书六一居士传后》	《六一泉》
熙宁四年〔辛亥〕1071	35	1. 苏轼在京，权开封府推官。 2. 上书朝神宗，论朝政得失，请求外任。 3. 4月任命通判杭州。7月离京。11月到杭州任。	河南开封	《腊日游孤山，访惠勤、惠思二僧》《游金山寺》	《六一泉》《金山寺雨中闻铃》

年份	年龄	事　迹	地　点	本书提及作品	本书文章
熙宁五年〔壬子〕1072	36	1. 任杭州通判。 2. 欧阳修病逝。 3. 三子苏过生。	浙江杭州	《秀州报本禅院乡僧文长老方丈》《六月二十七日望湖楼醉书五绝》	《银杏》《苏堤横亘白堤纵》
熙宁六年〔癸丑〕1073	37	任杭州通判。	浙江杭州	《宝山昼睡》《饮湖上初晴后雨二首》《于潜僧绿筠轩》	《苏堤横亘白堤纵》《东坡没吃过东坡肉》
熙宁七年〔甲寅〕1074	38	1. 任杭州通判。 2. 朝云入苏家。 3. 罢杭州通判，以太常博士、直史馆权知密州军州事。10月离杭北上，11月3日到密州任。	浙江杭州	《金山寺与柳子玉饮，大醉，卧宝觉禅榻，夜分方醒，书其壁》	《金山寺雨中闻铃》
熙宁八年〔乙卯〕1075	39	知密州。	山东诸城	《江城子·乙卯正月二十日夜记梦》《江城子·密州出猎》《超然台记》《蝶恋花·密州上元》苏辙《超然台赋》《怀西湖寄晁美叔同年》	《东坡家的月光》《很高兴你在这里》《苏堤横亘白堤纵》《东坡鸡汤》《我不要你死》
熙宁九年〔丙辰〕1076	40	知密州。	山东诸城	《水调歌头·明月几时有》《薄薄酒二首并引》《寄题密州新作快哉亭》	《毛巾煎饼》《快哉亭上草萋萋》
熙宁十年〔丁巳〕1077	41	1. 知密州。 2. 4月21日到徐州任。	山东诸城	《阳关曲·中秋月》《快哉此风赋》	《东坡家的月光》《快哉亭上草萋萋》

年份	年龄	事　迹	地　点	本书提及作品	本书文章
元丰元年〔戊午〕1078	42	1. 知徐州。 2. 长子苏迈元配吕氏生子苏箪。	江苏徐州	《答黄鲁直书》《次韵黄鲁直见赠古风二首》《虔州八境图八首并叙》《中秋见月和子由》《永遇乐·明月如霜》《送笋芍药与公择》黄庭坚《上苏子瞻书》《古诗二首上苏子瞻》	《东坡家的月光》《银杏》《八境台上说八景》《东坡没吃过东坡肉》
元丰二年〔己未〕1079	43	1. 知徐州。 2. 3月20日，到湖州任上。 3. 7月，被弹劾。8月18日，苏轼被押赴台狱勘问，史称"乌台诗案"。 4. 12月29日，获释出狱，责授检校水部员外郎黄州团练副使，本州安置，不得签书公事。	江苏徐州、浙江湖州、河南开封	《大风留金山两日》《湖州谢上表》《予以事系御史台狱狱吏稍见侵自度不能堪死狱中不得一别子由故作二诗授狱卒梁成以遗子由二首》	《畅销书作家蹲大牢》《金山寺雨中闻铃》
元丰三年〔庚申〕1080	44	1. 2月1日，到黄州贬所，寓居定惠院。 2. 5月29日，迁居临皋亭。 3. 纳朝云为妾。	湖北黄冈	《西江月·世事一场大梦》《卜算子·黄州定慧院寓居作》《寓居定惠院之东，杂花满山，有海棠一株，土人不知贵也》《迁居临皋亭》《安国寺浴》《赤壁怀古》《菩萨蛮·七夕黄州朝天门上》《岐亭五首并叙》	《东坡家的月光》《何处是东坡》《水疗》《一碗超难吃的汤饼》

年份	年龄	事　迹	地　点	本书提及作品	本书文章
元丰四年〔辛酉〕1081	45	2月，故人马正卿哀苏轼乏食，为请郡中故营地数十亩，使得躬耕其中，地在城中东坡。	湖北黄冈	《东坡八首并叙》《与王定国》	《何处是东坡》
元丰五年〔壬戌〕1082	46	1. 2月，于东坡筑雪堂，自号东坡居士。 2. 7月16日，与道士杨世昌泛舟赤壁。 3. 10月15日，再与杨世昌、潘大临游赤壁。 4. 12月19日，东坡生日，与郭遘、古耕道置酒赤壁矶下，李委作新曲《鹤南飞》以贺。	湖北黄冈	《临江仙·夜归临皋》《（前）赤壁赋》《后赤壁赋》《李委吹笛并引》《定风波·三月七日沙湖道中遇雨。雨具先去，同行皆狼狈，余独不觉。已而遂晴，故作此》《浣溪沙·游蕲水清泉寺，寺临兰溪，溪水西流》《念奴娇·赤壁怀古》《蜜酒歌（并叙）》《又一首答二犹子与王郎见和》《寒食雨二首》	《赤壁》《疗愈安抚系之苏东坡》《苏东坡〈赤壁赋〉写错字了吗?》《中山松醪之味》《再见寒食帖》
元丰六年〔癸亥〕1083	47	1. 谪居黄州。 2. 9月27日，朝云生子苏遁。	湖北黄冈	《寒食雨二首》《水调歌头·黄州快哉亭赠张偓佺》《记承天夜游》《黄州快哉亭记》《与范子丰八首》	《很高兴你在这里》《快哉亭上草萋萋》《再见〈寒食帖〉》《韦驮菩萨站或坐》《疗愈安抚系之苏东坡》
元丰七年〔甲子〕1084	48	1. 3月，苏轼移汝州团练副使，本州安置，不得签书公事。 2. 4月，别黄州。 3. 7月28日，幼子苏遁夭折。	湖北黄冈江西庐山江苏扬州	《题西林壁》《天石砚铭并叙》《去岁九月二十七日，在黄州，生子遁，小名干儿，颀然颖异。至今年七月二十八日，病亡于金陵，作二诗哭之》《黄州安国寺记》	《阴影的背面》《说萝莉控太过分》《可爱者不可信》《韦驮菩萨站或坐》《苏东坡3D写实数字人》

年份	年龄	事　迹	地　点	本书提及作品	本书文章
元丰八年〔乙丑〕1085	49	1. 3月，神宗驾崩，年38。 2. 5月，司马光荐举苏轼，诏命复朝奉郎起知登州。 3. 10月15日，到登州。 4. 10月20日，接诰命，以礼部郎中召回京。 5. 12月到京。迁起居舍人。	山东蓬莱河南开封	《书陈怀立传神》	《东坡长得怎样》
哲宗元祐元年〔丙寅〕1086	50	1. 在京师任中书舍人，翰林学士。 2. 苏迈继室石氏生子苏符。	河南开封	《送表弟程六知楚州》	《躺平看星星》
元祐二年〔丁卯〕1087	51	在京师任翰林学士兼侍读。	河南开封		
元祐三年〔戊辰〕1088	52	在京师任翰林学士，知制诰兼侍读。	河南开封		
元祐四年〔己巳〕1089	53	1. 在京任翰林学士，知制诰兼侍读。连续上章乞求外任。 2. 3月，以龙图阁学士充浙西路兵马钤辖知杭州军州事。 3. 7月3日，到杭州。	河南开封浙江杭州	《以玉带施元长老元以衲裙相报次韵二首》	《金山寺雨中闻铃》
元祐五年〔庚午〕1090	54	知杭州。疏浚西湖，筑堤，杭人名之苏公堤。	浙江杭州	《杭州乞度牒开西湖状》《六一泉铭并叙》	《苏堤横亘白堤纵》《六一泉》《徐志摩、鲁迅、我的雷峰塔》

年份	年龄	事　迹	地　点	本书提及作品	本书文章
元祐六年〔辛未〕1091	55	1. 1月，任命苏轼为史部尚书，2月改命为翰林学士承旨。2. 5月26日，抵达京师。遂即又被任命为翰林学士承旨兼侍读。3. 8月，诏以龙图阁学士知颍州。4. 8月22日，到颍州。	河南开封安徽阜阳	《杭州召还乞郡状》《洞庭春色并引》《赵德麟字说》《行香子》	《同志变女神》《畅销书作家蹲大牢》《清风明月》《飞行千里来看你》
元祐七年〔壬申〕1092	56	1. 1月，知颍州。2. 2月，罢知颍州，以龙图阁直学士充淮南东路兵钤辖知扬州军事。3. 3月16日，到扬州。4. 8月，以兵部尚书兼差充南郊卤簿使召回。5. 11月，为卤簿使导驾景灵宫，迁端明殿学士兼翰林、侍读学士，守礼部尚书。	安徽阜阳江苏扬州河南开封	《轼在颍州，与赵德麟同治西湖，未成，改扬州。三月十六日，湖成，德麟有诗见怀，次其韵》《洞庭春色赋并引》	《徐志摩、鲁迅、我的雷峰塔》《飞行千里来看你》
元祐八年〔癸酉〕1093	57	1. 8月1日，继室王闰之卒于京师，年46。2. 9月，苏轼以端明殿学士兼翰林侍读学士、礼部尚书出知定州。3. 10月，至定州。	河南开封河北定州	《祭亡妻同安郡君文》《梦南轩》《中山松醪赋》	《阴影的背面》《中山松醪之味》
绍圣元年〔甲戌〕1094	58	1. 6月，责授建昌军司马，惠州安置，不得签书公事。2. 苏轼令次子苏迨携家眷从长子苏迈一家同居宜兴。与少子苏过，侍妾朝云赴惠州。3. 9月，度大庾岭（梅岭）。10月2日，抵惠州。	广东惠州	《十一月二十六日，松风亭下，梅花盛开》《再用前韵》《朝云诗并引》《过大庾岭》《虔州八境图后叙》《蝶恋花》	《梅岭梅花还没开》《八境台上说八景》《说萝莉控太过分》《我不要你死》

年份	年龄	事迹	地点	本书提及作品	本书文章
绍圣二年〔乙亥〕1095	59	谪居惠州。	广东惠州	《记游松风亭》	《悬解》
绍圣三年〔丙子〕1096	60	1. 谪居惠州。 2. 7月5日，朝云病逝，年34。	广东惠州	《西江月·玉骨那愁瘴雾》《悼朝云诗并引》	《说萝莉控太过分》
绍圣四年〔丁丑〕1097	61	1. 谪居惠州。 2. 被贬，责授琼州别驾，移送昌化军安置。 3. 5月抵梧州。11日与子由相遇于滕州，相处1月，同行至雷州，6月11日相别渡海。未意竟为永别。 4. 7月2日到儋州。	海南儋州	《闻子由瘦》《吾谪海南，子由雷州，被命即行，了不相知，至梧乃闻其尚在藤也。旦夕当追及，作此诗示之》《夜梦并引》《桃榔庵铭并叙》《三马图赞》	《一碗超难吃的汤饼》《我家住在桃榔庵》《睁眼做梦》
元符元年〔戊寅〕1098	62	谪居儋州。	海南儋州	《在儋耳书》（又名《试笔自书》）《过子忽出新意，以山芋作玉糁羹，色香味皆奇绝，天上酥陀则不可知，人间决无此味也》《菜羹赋》《次韵子由浴罢》	《水疗》
元符二年〔己卯〕1099	63	谪居儋州。	海南儋州	《被酒独行，遍至子云威徽先觉四黎之舍三首》（约本年）《老饕赋》	《一碗超难吃的汤饼》
元符三年〔庚辰〕1100	64	1. 遇赦，6月离儋州。 2. 奉敕复朝奉郎提举成都府玉局观，在外州军任便居住。	海南儋州广东广州	《澄迈驿通潮阁二首》《六月二十日夜渡海》《与谢民师推官书》	《花笺泪行》《一碗超难吃的汤饼》

年份	年龄	事　迹	地　点	本书提及作品	本书文章
徽宗建中靖国元年〔辛巳〕1101	65	1. 1月，度梅岭。停留虔州40日，之后继续北上。 2. 6月抵常州，寓于孙氏馆，上表请致仕。 3. 7月28日，苏轼病逝于常州。	江西赣州 江苏常州	《余昔过岭而南题诗龙泉钟上今复过而北次前韵》《自题金山画像》《过岭二首》	《金山寺雨中闻铃》《东坡在这里闭上了眼睛》《我不要你死》《梅岭梅花还没开》
崇宁元年〔壬午〕1102		闰6月20日，苏轼与王闰之合葬于汝州郏城县钓台乡上瑞里嵩阳峨眉山。		苏辙《亡兄子瞻端明墓志铭》	

主要参考资料

文本史料

1. 北京大学古文献研究所编:《全宋诗》,北京大学出版社 1991 年版。
2. 四川大学中文系唐宋文学研究室编:《苏轼资料汇编》,中华书局 1994 年版。
3. 苏轼:《东坡志林》,台湾商务印书馆 1965 年《丛书集成简编》本。
4. 苏轼著,孔凡礼点校:《苏轼诗集》,中华书局 1982 年版。
5. 苏轼著,孔凡礼点校:《苏轼文集》,中华书局 1986 年版。
6. 苏轼著,郎晔选注,庞石帚校订:《经进东坡文集事略》,(香港)中华书局 1979 年版。
7. 苏轼著,施元之、顾禧、施宿合注,郑骞、严一萍编校,《增补足本施顾注苏诗》,艺文印书馆 1980 年版。
8. 苏洵著,曾枣庄、金成礼笺注:《嘉祐集笺注》,上海古籍出版社 2001 年版。
9. 苏辙著,曾枣庄、马德富校点:《栾城集》,上海古籍出版社 1987 年版。
10. 王水照选注:《苏轼选集》,群玉堂出版事业股份有限公司 1991 年版。
11. 吴文治主编:《宋诗话全编》,江苏古籍出版社 1998 年版。
12. 曾枣庄主编:《全宋文》,上海辞书出版社 2006 年版。
13. 张志烈、马德富、周裕锴主编:《苏轼全集校注》,河北人民出版社 2010 年版。

年谱

1. 孔凡礼:《三苏年谱》,北京古籍出版社 2004 年版。
2. 孔凡礼:《苏轼年谱》,中华书局 1998 年版。
3. 苏洵著,苏谓再编,苏垲续修,苏青龙、苏航补辑:《眉阳苏氏族谱》,自印,2018 年。
4. 王水照:《宋人所撰三苏年谱汇刊》,上海古籍出版社 1989 年版。

　　　　　　　　　　　　　　　　陪你去看苏东坡(全新增订版)

研究论著

1. 程民生：《宋代物价研究》，人民出版社 2008 年版。

2. 池泽滋子：《日本的赤壁会和寿苏会》，上海人民出版社 2006 年版。

3. 韩国强：《寻访东坡踪迹》，海南出版社 2015 年版。

4. 姜青青：《〈咸淳临安志〉宋版"京城四图"复原研究》，上海古籍出版社 2015 年版。

5. 李常生：《苏轼行踪考》，城乡风貌工作室 2019 年版。

6. 李景新：《天涯孤鸿苏东坡》，中国文史出版社 2005 年版。

7. 陆明德编著：《苏轼知徐州札记》，香港中国文化出版社 2017 年版。

8. 莫砺锋：《漫话东坡》，凤凰出版社 2008 年版。

9. 内山精也著，朱刚等译：《传媒与真相：苏轼及其周围士大夫的文学》，上海古籍出版社 2013 年版。

10. 朋九万：《东坡乌台诗案》，人民出版社 2012 年版。

11. 浅见洋二著，金程宇、冈田千穗译：《距离与想象——中国诗学的唐宋转型》，上海古籍出版社 2005 年版。

12. 《三苏祠志》编纂委员会编：《三苏祠志》，中国文史出版社 2011 年版。

13. 山本和义：《诗人人と造物：苏轼论考》，研文出版社 2002 年版。

14. 王琳祥：《苏东坡谪居黄州》，华中师范大学出版社 2010 年版。

15. 王水照、崔铭：《苏轼传：智者在苦难中的超越》，天津人民出版社 2000 年版。

16. 王水照、朱刚：《苏轼评传》，南京大学出版社 2004 年版。

17. 王友胜：《苏诗研究史稿》，中华书局 2010 年版。

18. 衣川强著，郑梁生译：《宋代文官俸给制度》，台湾商务印书馆 1977 年版。

19. 衣若芬：《赤壁漫游与西园雅集：苏轼研究论集》，线装书局 2001 年版。

20. 衣若芬：《书艺东坡》，上海古籍出版社 2019 年版。

21. 衣若芬：《苏轼题画文学研究》，文津出版社 1999 年版。

22. 曾枣庄、衣若芬等合著：《苏轼研究史》，江苏教育出版社 2001 年版。

23. 朱刚：《苏轼十讲》，上海三联书店 2019 年版。

24. 朱宏达、朱磊：《苏东坡与西湖》，杭州出版社 2004 年版。

25. Egan, Ronald C., *Word, Image, and Deed in the Life of Su Shi*, Cambridge, Mass.: Harvard University Press, 1994.

26. http://www.dongpogd.org/newsshow2.php?cid=16&id=10

网络资料

1. 东坡文化网

   http://web.archive.org/web/20070818175454/http://www.sudongpo.com.cn/index.asp

2. 国学网——苏轼研究

   http://www.guoxue.com/zt/sushiyjiu/ssyj_1.htm

3. 浪淘尽千古风流人物：苏轼文史地理信息系统

   http://cls.lib.ntu.edu.tw/Su_shi/index.html

4. 苏轼行迹图

   http://amap.zju.edu.cn/maps/2173/mobile?from=singlemessage&fbclid=IwAR1lbBksvbFlTRmGUS4mVAkNJxwzc4v7z1CsvRjbe76XsyMnDak1w13XBQ8

5. 台北故宫博物院书画典藏数据检索系统

   https://painting.npm.gov.tw/

6. 台湾宋史研究网——苏轼研究

   http://www.ihp.sinica.edu.tw/~twsung/subject/04/subject04frame.html

7. 唐宋文学编年地图

   https://sou-yun.cn/poetlifemap.aspx

图书在版编目(CIP)数据

陪你去看苏东坡 : 全新增订版 / 衣若芬著.

上海 : 上海人民出版社，2025. -- ISBN 978 - 7 - 208 - 19497 - 7

Ⅰ. I267.1

中国国家版本馆 CIP 数据核字第 2025KP0898 号

责任编辑	马瑞瑞
封扉设计	人马艺术设计·储平
封面题字	吴耀基

陪你去看苏东坡(全新增订版)

衣若芬 著

出	版	上海人民出版社
		(201101 上海市闵行区号景路 159 弄 C 座)
发	行	上海人民出版社发行中心
印	刷	浙江新华数码印务有限公司
开	本	890×1240 1/32
印	张	13
插	页	14
字	数	268,000
版	次	2025 年 6 月第 1 版
印	次	2025 年 6 月第 1 次印刷

ISBN 978 - 7 - 208 - 19497 - 7/K · 3487

定	价	98.00 元